KB159336

미술인
추억

미술인 추억

발행일 초판 1쇄 발행 2018년 8월 20일
지은이 김정
펴낸이 안병훈
펴낸곳 도서출판 기파랑
등록 2004년 12월 27일 제300-2004-204호
주소 서울시 종로구 대학로8가길 56(동숭동 1-49) 동숭빌딩 301호
전화 02)763-8996 편집부 02)3288-0077 영업마케팅부
팩스 02)763-8936
이메일 info@guiparang.com
홈페이지 www.guiparang.com

ISBN 978-89-6523-638-2 03810

미술인
추억

김정

기파랑

추천의 글

'미술인추억은 국내화가의 소중한 인문학적 연구자료…'

박근자(원로화가)

본인은 축사나 서문을 쓰는 일이 드문 편이다. 그러나 이번 출간에는 최초 한국미술에서 인문학적 개척이라는 의미와 인간과 세월을 세밀히 기록하고자 했던 김정 교수의 숨은 노력에 몇 자 적는다.

대체로 화가들 행동은 일반인과 약간 다른 점이 있다. 삶속에서 늘 생각해야하는 창작 리듬이 있기 때문이다. 그 리듬은 즐겁기도 하지만 한편으론 부담도 되는 이중적 삶이다. 이런 예술창작가들의 일상적 행동 관찰에 대한 기록은 매우 소중한 자료이다.

일찍이 유럽 화가들의 일상적 언행기록은 미술사에 큰 자료가 됐다. 국내에도 이중섭, 장욱진 님 등의 행적기록 자료는 미술학도나 일반에게도 큰 관심을 받기도 했다. 작가의 인문학적 기록은 소중한 문화자산이다. 금년 장욱진 탄생 100주년기념 때 출간한《김정 기증 장욱진 소묘집》도 매우 가치 있는 저서로 평가된다.

아리랑화가로 50년 작업해온 김정 작가의 인문학적 연구 진가가 엿보인다. 자료기록 연구는 하루아침에 되지 않는다. 50여 작가 숨은 일화 기록을 모아놓은 것도 국내최초다. 꾸준히 노력한 결과며 그것은 곧바로 한국문화발전의 자산이 된다.

오늘 국내화가들의 숨은 행적 《미술인 추억》 출간은 매우 큰 의미와 가치가 있다. 현대미술사에 소중한 자료를 묵묵히 기록해 온 저자의 정성이 돋보인다. 이 아름다운 예술가 기록을 출간한 기파랑에도 경의를 표한다.

2017. 12월

Reminiscences about Artists in Korean, an Invaluable Record of Humanities by a Painter

- Painters behave in a little different way than ordinary people do. There is a rhythm of creation that they always have to think about through life. Records that reveal everyday lives of those artists are so precious that they later come to serve as valuable materials.

Artist Kim Jung, who has worked as an Arirang artist for more than 50 years, has produced an invaluable research record of humanities. The book is a hidden history of Korean painters. Congratulations on the publication of this important book. <G.J, PARK/ Woman Senior Painter>

서문 시작하면서…

'그냥 좋아서 그리는 짓이니 어쩌것소…' 1910년대 미술에 대한 부모들의 인식이었다. 1950년대엔 '그림 그려봤자 밥 굶을 거, 뭣하러 하냐?'며 미술을 말리던 시대였다.

그러던 것이 오늘날에 이르러서는 '하고 싶은 대로 하라'며 미술의 인식과 관점이 달라졌다. 이렇게 되기까지 백년 세월이 걸렸다. 필자의 부모도 미술을 말렸었다.

미술도 과학이고 수학이고, 음악, 문학 등 폭넓은 인문학적 관점으로 보는 세상이 도래했다. 음악과 과학을 융합한 미술, 소리와 미술 등 시각 영역도 다양해졌다.

이 책에서 만나본 미술인들은 백 년 세월의 시작과 오늘을 그림과 함께 살아 오셨다. 평생 작업을 통해 희노애락 다 겪으신 분들이다. 필자도 그 세월 속에 미술인들과 같이 국밥도 먹고 노래하던 스승, 선배, 동료 등으로 함께 했다. 대부분 1910년대에서 1940년대 태어나셨던 세대로, 일제 강점기와 6·25 전쟁 등 힘들게 미술공부하신 작가들이다. 내가 그분들과 어울려 배우거나 같은 동인(同人)그룹 활동을 하다 보니 함께 하는 시간이 많아 기록을 남기게 된 것이다. 이 기록을 남긴 동기는 젊은 청년시절 문학을 좋아해 일기와 시를 쓰던 영향이였겠지만, 결정적 이유는 클레(P.Klee1870-1940) 일기장을 보면서 큰 자극을 받았다. 그 후 독일로 가 클레의 삶을 추적하다보니 미술 분야 인문학의 중요성을 느꼈고, 나의 체질과 맞는 흥미를 갖게 됐다. 결국 국내 작가들 기록을 해야겠다고 마음먹은 것이다.

이 책의 특징은 자연스런 만남에서, 일상적 모습과 대화, 언행을 기록한 것이다. 특별히 인터뷰를 기획한 바도 없고, 보통 때와 똑같이 40~50년을 꾸준히 한줄 두줄 기록하다보니 여기까지 온 것이고, 오늘 그것을 정리한 것이다.

이 기록은 김정 개인을 떠나 한국 미술 분야 또는 예술적 인문학의 접근이라는 중요성을 느끼게 됐다. 미술관련 전공 논문연구 자료가 없는 척박한 환경에 작은 거름 역할이라도 기여했으면 한다. 관련 논문을 통해 봐도 국내자료가 부족한 것은 오늘 내일의 문제가 아니다. 순수한 객관적 입장에서 이것이 국내자료 보고의 초석이 되길 희망한다. 그것은 한국의 미술사적 측면에서나 인문학에서도 중요한 의미가 있으리라 본다.

그래서 독일의 클레보다도 한걸음 더 발전시켜 미술인의 개인적 특징과 인생철학까지 엿보는 인문학 진가를 찾고 싶었다. 국내외 이 책이 작가 인생론이랄까 작가들 목소리를 듣는 유일한 기회가 될 수도 있다. 더 늙기 전에 끝내려고 50년을 노력했다. 지금도 건망증세가 있어서 투약 중이지만, 이것만으로도 행복하고 감사하다.

그러나 마음에 걸리는 것은, 생전에 필자와 만나보지 못한 작가들이다. 인연이 안되어 만나 뵙지 못한 작가는 이 책엔 빠져 아쉬움이 크다. 그렇다고 스스로 찾아갈 순 없던 입장이다. 가능한 나는 자연스럽게 만나 뵙는 게 원칙이었다. 평상시 소중한 모습들이 중요했기 때문이다.

이 글은 2015년부터 3년 가까이 월간 <아트가이드> "미술인 추억"으로 일부 연재했던 것이다. 김달진 관장님의 애정 어린 관심도 좋은 결과를 남게 되어 행복했다.

건강도 썩 좋지 않으신데 반가운 마음으로 추천글을 써주신 원로화가 박근자 님께 감사드린다. 이 책의 총평을 써준 이주연 교수님도 온갖 성의를 갖고 써주심에 감사하고, 단평이지만 정성

담아 보내주신 안혜리 교수님, 김재덕 관장님, 재미 화가 마틸다 김 님도 감사를 드린다.

끝으로 도서출판 기파랑 편집실 박은혜 님의 빠른 감각으로 온갖 복잡 난무한 사진 인물스케치 그림 등을 잘 정리 애써주시는 모습도 감사했고, 디자인팀도 그림 컷 많은 얼굴 등 내용이 헷갈리지 않도록 신경 써 처리해주심에 두루 감사를 드린다.

2018. 7월

김 정

목차

장욱진

장욱진

휴머니즘의 감동

장욱진(1917-1990) 선생을 가까이 뵌 것은 민병목, 박근자 두 분의 추천으로 67년부터 앙가쥬망 회원이 되면서다. 1967년 신설동 시외터미널에서 회원들과 만나 함께 덕소로 가는 버스를 타고 장 선생 화실에 갔다. 50세이신 장 선생은 마당에서 줄담배 피우며 계셨다. 회원 8명이 속속 모이자 최경한 회장이 "안녕하세요. 어떻게 잘 지내셨습니까~"라고 인사한다. 장 선생은 웃는 얼굴로 맞으면서 "지내진 않고 여기 이렇게 서서 담배 폈어요~" 응수하신다.

마당에 여럿이 앉을 자리를 마련하고 있는데, 마침 동네 한 분이 왔다. 장 선생은 그분께 "면장님~" 하신다. 나는 그분이 와부면의 면장인 줄 알았는데, 나중에 알고 보니 얼굴이 길어서 '면장(面長)'이라 불렀다는 것이다. 장 선생의 남다른 유머를 봤다.

1976년 설날 혜화동 장 선생님 댁에 신년 세배하러 몇몇 동인들이 방문했을 때 맨발로 차디찬 마룻바닥에 앉아계신 모습을 보았다. 술을 드신 후 몸이 더워져 양말 벗고 담배 피신다는 것. 있는 그대로 사시는 모습이다. 손님이 왔다고 양말 챙겨 신는 모습도 없고 그냥 허허 웃는 표정이셨다.

"담배 맛 좋~다. 설날이라 그런가 봐요." 멋쩍으신지 한마디 하신다.

1965년 이남규 님이 대전에서 교편 잡고 있던 시절, 장욱진 선생이 학교로 갑자기 찾아오셨다. 강경에 사는 친구네 방문예정이었던 이남규 님은 어쩔 수 없이 장 선생과 이웃의 조영동 님과 예정대로 강경 친구네로 갔다. 강경 친구는 신혼살림이라 방이 부족했으나 어떻게 할 방법이 없어 밤새도록 술을 마시며 지내야했다.

서울에서 아들의 교수님이 오셨다고 새신랑 부친은 닭을 잡느라 마당에 있는데, 장 선생이 갑자기 나서면서, "나는 피를 보려고 여기 온 사람이 아니에요! 안 먹으니 그리 아슈!"라고 외치는 바람에 촌노가 놀라서 부

억으로 숨어버렸다.

일행은 잘 방이 없다는 이유로 피곤한데도 밤새도록 술을 마시느라 앉아 졸면서 또 깼다가, 또 조는 형상으로 새벽을 맞았다. 새벽아침에 장 선생의 얼굴을 보니 기가 막히더라며 이남규 님이 회고했다.

"장 선생 얼굴은 눈곱이 볼까지 내려와 붙어있고, 코딱지는 수염에 더덕더덕 붙어있었고, 완전히 가면을 쓴 무대 얼굴 같았어요. 모두 제각각 누워있거나 웅크리고 밤을 지냈으니 오죽 했겠습니까."

이런 비슷한 에피소드 한편 더 이야기를 해 보려한다. 1989년 12월 31일, 카톨릭 성모강남병원에 장욱진 선생이 입원하셨다는 소식을 들었다. 이 전갈에 놀란 최경한, 이남규, 이학영, 박한진, 이만익, 필자는 오후 2시쯤 모여 병문안을 갔다.

병명은 '속병'이었는데, 사연이 이러했다. 연말 사모님은 부친상(이병도)을 당하셔서 친정집의 부친 장례 때문에 집에 없었고 장 선생 혼자서 집을 지키며 소주, 맥주, 막걸리 하루 8병씩 총 320병을 마셨다고 한다. 그럼에도 당시 우리 일행을 보시자마자 꺼낸 말씀은 "구정 때 술 한잔 합시다!"였다.

한편 사모님은 부친상 쇼크와 과로가 겹쳐 병원에 입원하게 됐다. 부부는 비슷한 기간에 각각 따로 입원을 하신 것이다.

이런 일은 한두 건이 아니다. 술과 얽힌 애기는 바로 장 선생의 일기요 예술이요, 자연인의 모습이었다. 내가 기록해 놓은 것도 많지만, 대부분의 이야기는 개인의 프라이버시라서 공개를 피하고 있다.

여기도 전남-부산 여행 중의 얘기 한토막이다.

앙가쥬망 그룹 동인은 전국 스케치여행을 장 선생님과 자주 다녔다. 1978년 1월 26일에도 여수를 거쳐 부산으로 여행을 떠났다.

그때 장 선생의 나이가 딱 환갑이셨다.

아침 일찍 서울역 출발, 여수에서 저녁 먹고 20시 부산행 밤배를 탔다. 밤새도록 항해한 배는 27일 새벽 4시 반 부산부두에 도착. 컴컴한 연안 주변에 목욕탕을 찾았으나 모두 문을 닫아 할 수 없이 동래온천으로 갔다.

이곳도 새벽이라 문 닫은 상태. 근처 여관에서 4~5명이 들어갈 수 있는 작은 욕탕을 발견했다. 주인에게 사정해서 더운물 좀 넣어 달라 하고는 모두들 욕실로 들어갔다. 물은 20%도 안 찼으나, 너무도 춥고 피곤해 소형 탕이지만 염치 불구, 모두 끼어들어갔다.

작은 욕탕에 남자 9명이 들어가니 바닥물이 반쯤 차오른다. 끼어 앉은 자세는 각자 최대한 움츠렸다. 뒷사람의 무릎 뼈가 앞의 옆구리를 찌르기도 한다. 날카롭기로 이미 유명한 장 선생의

기흥의 장욱진댁 뒤뜰에서 동인및 친지들과 막걸리 마시다. 앞의 좌 이만익, 우 김정(1989)

엄지발톱은 (속칭 아라비아 장으로 독수리 발톱처럼 뾰족함) 앞사람 엉덩이를 찌르고….

그런들 어쩌랴. 추운 밖보다는 탕 속인데… 물이 점점 차올라 와 목까지 왔으나, 더 움직일 수가 없다.

턱 밑까지 물 차 오른 이 꼴들이 서로 우스워 그저 깔깔댄다. 같이 쭈그리고 앉아있던 장 선생 왈, “어~ 그거 따듯하고 괜찮아. 허허허…. 여기서 딱 한잔하면 더 좋을 거요~”

탕 속에 같이 있던 동인들은 일제히 폭소가 터졌다. 그러나 맘껏 웃을 수도 없을 만큼 꽉 끼어 있는 몸이라 웃음 반 비명 반이다. 마음은 웃음이 절로 나오지만 육체는 죽을 지경이다. 그래

완도 스케치 여행 중 김 건조대 앞에서. 사진 좌부터, 박학배 오수환 최경한 김정 장욱진 박한진 이만익 이계안.

도 깔깔대고 웃음을 터트렸다. 그야말로 동고동락동좌동소(同苦同樂同坐同笑)다.

이게 한 가족 아니면 안 되는 일이다. 또 가족이라고 쉽게 되는건가? 이건 마음 벽을 허물고, 그러면서도 장욱진이라는 인간미와 예술을 존경하고 소통된다는 의미다. 벌거벗은 상태에서 더 이상 무엇을 가리고 감춘단 말인가.

예술이라는 것은 반드시 엄숙하고 고상한 것만이 아니다. 인간의 휴머니즘을 숨김없이 전달하는 감동이 담겨 있어야 본질이리라. 그런 면에서 장욱진 선생의 철학은 휴머니즘의 감동이라고 본다.

나는 그런 인간적 모습을 30년 앙가쥬망 동인활동에서 장욱진 선생을 읽으며 배우려 노력했고, 그 모습들을 소소하나마 손 스케치와 기록으로 담아왔다. 그러다보니 장 선생의 평소 옆모습, 앞모습, 뒷모습 스케치 소묘를 많이 갖고 있다. 나의 스승으로 모신 장 선생님의 그 모습들을 가능한 놓치지 않고 수첩에 그리고 싶었다.

이런 기록들이 알려져 필자는 2015년 4월 28일 양주시립 장욱진미술관 개관 1주년 기념 때 장 선생 모습, 손 스케치, 소묘 25매를 특별전시까지 하게 되었다.

장 선생은 평생 그렇게 많이 피우시던 담뱃값도 모르고 사셨다. 76년 어느 날 동인전 모임에서 담배얘기가 나왔을 때 내가 장 선생께 여쭤봤다.

"선생님, 그 담배 어디서 사셨어요?"

"아 그건 우리 동네 앞 담배 가게에서 달라면 그냥 바로 줘요."

"공짜로요? 값이 얼만데 그렇게 매일 줍니까?"

"응 그건 난 몰라요, 달라면 공짜로 줘요~ 김 총무님도 한 갑 달라고 해보소~"

이 말을 바꿔보면 담뱃값도, 세상 물정도 모르신다는 의미다. 마치 동화 속에 나오는 얘기와 같다.

담배를 사시는 곳은 아마도 동네 앞 가게일 것이다. 나중에 사모님께서 한번에 값을 정리하시는 것이다. 그러니 평생을 뒷바라지만 해 오신 이순경 여사의 고생이랄까 숨은 공은 이루 말할 수가 없는 것이다.

자녀를 키우시면서 또 생계를 위해 서점(혜화동 동양서림)을 운영해온 사모님의 인고(忍苦) 는 얼마나 컸을 것인가. 앞이 안 보이는 안개 속을 걷는 심정으로 보살펴 오신 끝에 오늘의 장욱진이란 위대한 작가가 탄생된 것이 아닌가 하는 생각을 해본다.

1978년 장 선생 환갑기념전시가 드디어 계동 공간사랑에 열렸다. 그림과 작가의 진가가 알려져 거의 매진되다시피 했다. 그 후 장 선생께서 동인들 모임에서 취중농담으로 “내 그림도 사가네요. 허허허….” 신기하고 기쁘기도 하신 표정이었다.

장 선생이 동심 같은 꿈과 마음을 한평생 간직한 채 작업을 해 오신 뒤에는, 결국 그 꿈만큼 가족들의 정성과 눈물과 땀이 만들어낸 결과라는 생각이다.

선생께선 마지막 숨을 거두시는 것까지도 마치 동화 속에 나오는 주인공처럼 갑자기 속세를 떠나셨다. 정말 우연치고는 정말 묘한 풍경이었다. 사람이 살고 죽고 하는 문제는 얼마나 복잡한

장욱진, 남해 여행 중. 옆에 이만익 김정. 앞엔 따님과 사모님.

가. 그것 자체가 얽히고설키는 인간사니까. 그러나 장 선생은 마치 소설이나 동화책에 나오는듯하다. 당시 함께 자리하셨던 몇 분의 이야기를 종합해 그분의 마지막 장면을 재구성해 본다.

평소 용인에 사시던 장 선생께서 1990년 12월 27일 낮, 서울에서 지인과 점심 약속이 있었다. 점심을 맛있게 드시고 나서 좀 쉬시다가 갑자기, "어…. 그런데 머리가 좀 아파요. 머리가…어어…머리…머어리이이가 자꾸 자꾸 아아파파…." 점점 통증이 심해지자 곧바로 안국병원으로 모셔갔다. 병원 도착 직후까지도 의식을 잃지 않으셨기에 응급 처방 후 침대에 누워 잠깐 잠든 듯 하시다가, 바로 16시 30분 그대로 숨이 멎으셨다. 사인은 심장마비 사망.

믿기지 않을 정도였다.

시신은 용인으로 옮겨졌고, 밤 11시 최경한, 필자, 이만익, 박한진 등 앙가쥬망 동인 4인이 용인으로 달려가니 이춘기, 김재임, 최종태 등 세 분이 와 있었다. 상주 가족은 모두 정신을 잃은 듯 멍하니 벽만 바라보며 있고, 새벽 5시까지도 아무것도 드시지 않았다. 너무나도 급작스런 일이 닥쳐서 장례대책을 어떻게 할 겨를도 없었다. 결국 우리 일행은 장 선생님의 장남과 큰사위 등과 의논해 대책을 협의해 장례를 끝냈다.

장욱진 선생은 생전에 활동하시면서도 현실과 다른 꿈나라에서 사셨다. 가족은 힘들었으나, 그리는 작가도 즐겁고 그로 하여금 주변의 보는 사람도 즐거웠다.

그것은 정녕 아무나 할 수 있는 게 아니다.

장욱진 선생만이 품어낸 천성적인 아름다운 휴머니즘인 것이다. 바로 그런 마음을 작품에서 보여주셨고 즐거운 일생을 마치 동화처럼 살다 가신 것이다.

이철이

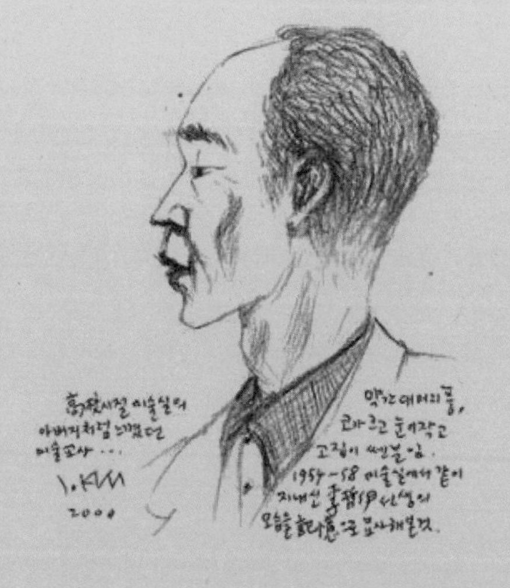

60년전을 記憶하며
그려봄. 2014. 5月
1950年代에는

이철이

고집으로 외롭게 살다 가신 화가

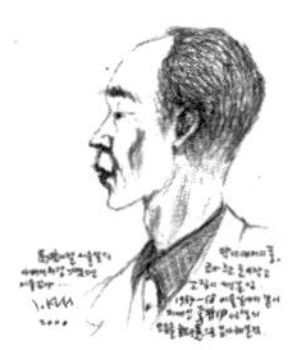

이철이(李哲伊, 1909-1969) 선생은 1909년 횡성 출생으로 춘천고보를 거쳐, 일본문화학원 미술학부를 졸업하셨다. 초기 일본 유학파였고 이마동 님 등과 같은 시기 중고등학교 교사였다. 신조형파 운동을 하던 중 어느 날부터 외부와의 접촉을 끊고 작업만 하셨다. 평소 과묵하셨지만 인정이 많으셨다.

나는 이철이 선생을 1953년 중학생 때 처음 뵈었다. 경복중학에 낙방해 울고 있는 나를 누님이 끌고 가 입학시킨 대동중학교 재학 시절이다. 중2때 미술 시간에 나는 국군 전투 진격장면을 그렸다. 군인 그림을 보신 선생님이 칭찬해주시며 "소질이 있구나" 하셨다. 그 바람에 나는 한 달 뒤 미술반에 들어갔고, 나중에 고3 미술반장까지 했다. 학교 미술실은 낡은 2층이고 반원은 19명이었다. 학교 미술반에선 수채화, 정물과 석고 데생 정도였다. 이철이 선생은 키도 체구도 작으셨지만, 목소리는 화통처럼 크셨고 늘 몽둥이를 들고 다니셨다.

작업은 밤에 혼자 수채화로 반추상을 하셨다. 내가 미술실에 와보면 밤새 작업하신 흔적이 있었다.

낮 3시쯤이면 가끔 학교 미술실 밖에 허름한 아저씨 한 분이 선생님을 기다리며 쭈그려 앉아 있곤 했다. 두 달에 한 번 정도 찾아오는 아저씨는 이철이 선생에게 작은 그림 하나를 두고 갔다. 그렇게 두고 간 그림이 우리 미술실에 몇 개가 됐다. 맡긴 그림을 본 우리들은 "아주 이상하게 그렸다"고 했다. 그 당시 우리들의 우상은 도상봉(1902-77), 이마동(1906-80)님 등의 리얼한 화풍이었다. 거기에 비해 허름한 아저씨의 그림은 '데생도 색채도 어둡고 왠지 싸구려 그림'으로 봤다. 일 년이 되니 그분이 놓고 간 그림이 3~4개쯤이고, 우린 그 그림들을 보며 장난으로 만지기도 했다.

어느 날 이철이 선생이 미술실에 있을 때 그 아저씨가 왔다. 선생님은 "어, 잠깐 밖으로 나갑시다." 나가시더니 주머니에서 돈을 꺼내 아저씨에게 준다. 또 어느 날은 서무과로 부지런히 가셔서 가불해 그분에게 주는듯했다. 나는 이철이 선생이 빚 갚는 줄 알고 선생님을 불쌍하게 생각했다. 우리끼리는 "우리 선생님이 얼마나 빚졌으면 저렇게…." "그런데 이상해, 돈 받는 주인이 왜 굽실거리지?"

암튼 의문이 많았고, 가끔 오시는 그분도 그냥 그려러니 하고 지냈다.

어느 날 내가 이철이 미술 선생에게 물었다. "저분은 누구신데 왜 자주 오세요?"

"어, 고향 후배지. 시끄러워! 니들은 그림이나 그려!" 하시며 야단치듯 말을 막으신다. 원래 무뚝뚝하셔서 긴말을 못하시는 우리 미술선생이시다.

정문 앞 가게에서 우동으로 아침 식사를 하시는 이철이 선생을 본 애들이 많다. 이상한 게 많고 말이 없으시고, 가끔 몽둥이 든 채 소리만 꽥 지르셨다. 사회와 담쌓고 홀로 고집대로 사시는 분처럼… 내가 미술반 떠난지 10년 뒤 1969년 별세하셨다는 소식 듣고 알았다. 그정도로 외부와는 담쌓고 사시는분인 듯 했다.

훗날에 놀라운 사실을 또 알게 된 것은, 우리 미술반 시절 늘 찾아왔던 허름한 아저씨 바로 양구에 사는 42세 박 모씨였다. 같은 고향 강원도 후배인 그의 어려운 사정을 아는 이철이 선생은 찾아온 그 아저씨에게 용돈을 주신 것이다. 선생님 본인도 어려운 형편임에도…. 그림을 들고 온 아저씨는 이철이 선생이 안받는다 해도 슬그머니 놓고 갔던 것. 아마 돈 받는 염치 때문에 양심적으로 그림을 놓고 가셨던 것이다.

이철이 선생이 아침에 학교 앞 식당에서 우동을 드신 건, 일찍이 부인과 사별하신 후 오랜 독신 생활을 하시기 때문이었다. 모두 한참 지나 알게 된 사실이다보니, 휴먼다큐 인간사를 돌아보는 흑백영화 한편 같았다. 가슴이 찡 한 감동이었다. 철없던 미술반 애들이었으니.

평소 과묵하시고 고함을 크게 지르셨지만 속마음은 인정이 많으셨던 이철이 선생님. 50년대 시절이라 복장은 늘 군대 야전복 점퍼를 입고 근무하셨고, 출퇴근 않고 미술실에서 1년 365일 혼자 지내셨던 기억이 떠오른다.

이대원

구 혜화동 15-83
대 원

15-83 HYEHWA-DONG, CHONGRO-KU, SEOU
DAE-WON, LEE

金氏 교수님:

研究誌 發刊의 用紙

一部로 써주시면 감

하겠읍니다

1992. 5. 11

李 大

이대원

인문학적 열정, 예술을 꽃피우다

이대원(1921-2005) 선생은 세계의 지식인들과 폭넓게 교류해 온 국제적인 인문학적 감성의 화가다.

1970년 '앙가쥬망'전 때 자주 뵙긴 했지만, 나 같은 젊은 존재엔 관심 없으셨으리라 생각했다. 15년 후 1984년 나는 국내 최초 '한국조형교육학회'를 창립하고 매년 학회논문집을 간행, 3년째 되자 재정이 힘들어 남몰래 내 월급 일부를 학회 운영비용으로 충당하는 아픔을 겪고 있었다. 명쾌하게 해결할 길도 없고, 누가 알아주는 것도 아닌데 이 짓을 계속해야 할 것인가를 고민하던 시기였다. 그러나 독일모습을 생각해보면 우리나라에서도 미술교수가 꼭 해야 할 부담도 중요했기에 '계속 하느냐, 마느냐' 갈림길에 서있던 때였다. 독일을 생각하면 꼭해야겠고, 우리 현실은 막막했기 때문이다. 과거 독일은 칸딘스키, 클레도 논문을 썼듯이 독일 미술교수는 논문을 평균 20편 정도는 쓴다. 독일 화가교수와 딴판인 우리나라 화가교수는 연구논문 한줄 안 쓰던 시절이다.

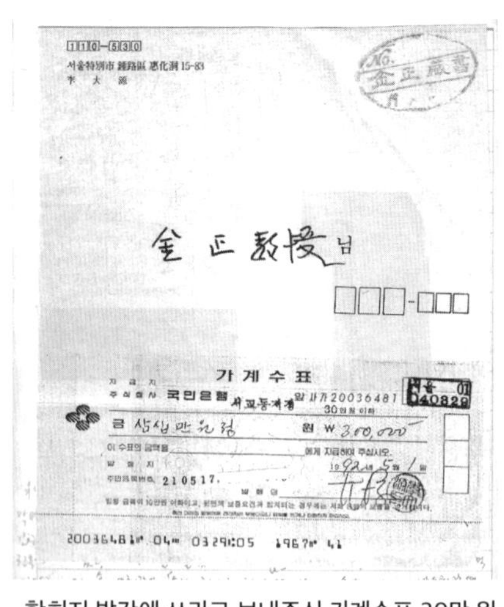
110-530
서울特別市 鍾路區 惠化洞 15-83
李 大 源

金 正 敎授님

가 계 수 표
지 급 지
주식회사 국민은행 서교동지점
금 삼십만 원정 원 W 300,000
이 수표의 금액을 에게 지급하여 주십시오.
발 행 지
주민등록번호 210517.
1992년 5월 1일
발 행 인

학회지 발간에 쓰라고 보내주신 가계수표 30만 원.

혼자 이런 고민에 빠져 있던 그때, 1992년 5월 1일 깜짝 놀랄 편지 한 통을 받았다. 격려글과 함께 가계수표 30만 원을 이대원 홍익대 총장님이 개인적으로 보내주셨던 것이다. 꿈만 같았다. 격려금 안에 담긴 편지에 "교수는 논문연구 하는 게 정도(正道)"라는 짧은글이 내 가슴을 울렸다. 금전적 도움은 이대원 선생님 한 분 뿐이었다. 즉시 감사드리고 싶은 마음에 전화를 드렸다. 이 총장님은 "김 교수 고생하는 거 잘 알고 있다오. 교수는 논문 쓰는 연구자세가 중요해요. 미술의 학문적 연구는 정말 누구보다 훌륭한 거요. 지금은 몰라요. 나중에 분명 김 교수의 진가를 알게 될 겁니다. 교수는 말없이 연구해야죠. 나도 옛날 독일에서 다 겪어봤죠. 작지만,

내 개인 성의요. 힘내소.”

“총장님께선 제가 혼자 이런 일 하는 걸 어떻게 아셨습니까. 더욱이 힘든 재정까지요. 눈물이 나려고 합니다.”

“나도 대학에 있으니 미술 관련 연구 논문집에 관심 있고, 자연히 알게 됩니다. 허허허.”

조형학회의 설립 초기 힘든 시절에 강의 요청했을 때 무료에 가까운 특강을 해주신 김서봉, 최덕휴, 전상범, 임영방, 유준상, 이재언, 전준, 이구열, 김재은, 최경한, 오경환, 박철준 교수님도 고마운 분들이셨다. 그리고 세월이 흘러, 1999년 학회창립 15주년 기념 이후부터 나는 학회에서 손을 뗐고, 현재는 고문이다. 2014년 10월 18일 학회는 창립 30주년 기념 학술행사를 서울시립북서울미술관에서 특별전시, 학술연구발표, 기념논문집출판, 시상식 등을 성대히 했다.

한국조형학회는 현재 학진 등재공인 1호로 연 4회 학회논문집을 간행하고 미술교육의 폭넓은 학문적 공헌을 하고 있다. 국내외는 물론 국제무대에서 아시아대표 급으로 일본학회와 선두를 이루며 활동 중이다. 2017년 8월 7일~11일 국제미술교육협회(이하 InSEA)가 대구에서 한국조형교육학회 등 국내학회 공동으로 주최해 세계의 찬사를 받기도 했다. 일본의 최대학회에서 2017년 대구대회를 자국보다 약간 앞선듯한 표현까지 써서 발표한 글도 있었다.

'이대원 별세 10주년 기념 평론상' 시상 및 추모식. 앞줄 좌부터 두번째가 김정.(2015년 11월 21일)

이대원 선생님께서 학회 초기 힘든 시절의 격려와 지원은 오늘의 학회를 살려주신 값진 씨앗이었다.

이대원 선생과 같이 '이만익'전(2000.11.24) 오픈 뒷풀이 때 세검동 식당의 저녁풍경 한 토막을 소개한다. 이대원 선생 왈, "내

이대원10주기 행사때 묘비앞에서,. 좌부터 김용철 김정 안휘준 교수.

가 아는 주변 콧수염 3인은 이만익, 김정, 임범택이야. 한국 콧수염은 인중 가운데 털이 안 나요. 일본인은 가운데 쪽털이 나지요. 옛 어른들에 따르면 에도시대는 관리 25%가 한국인 행세를 하느라 인중 털을 뽑고 도래인(渡來人) 행세를 했죠. 지금 자세히 보니 이만익은 약간 도래인 느낌이고, 김정은 한국인 수염 느낌인데, 본인들 생각은 어떻소. 허허허…." 이만익과 필자는 서로 상대방 수염을 쳐다보면서 "하하하…, 깔깔…." 이대원 선생도 껄껄껄 옆 사람들도 깔깔깔… 술밥상이 모두 웃음밥상으로 만드신 분, 바로 그 주인공은 인문학의 대가 이대원 선생의 수염론을 엿보았던 것이다.

이대원 교수님의 승천 후 10년이 되던 2015년 11월 21일 오전 11시엔 '화가 이대원을 좋아한' 모임 주최로 파주시 탄현 이대원 묘소에서 조촐한 행사가 있었다. 공식명칭은 "이대원 별세 10주기 평론상 시상식 및 추모식"이었다. 안휘준교수의 추모기념사에 이어 평론상은 김이순 님이 수상했고, 한도룡 님과 김용철 님의 간략한 모임 인사말로 추모식은 끝났다. 모였던 분들이 묘소를 돌아보고 사진도 찍고 이대원 님의 따듯했던 정감을 되새기면서 아래 본체 내실로 와 점심을 했다. 특히 나는 이대원 님이 작업하던 곳에서 손때 묻은 곳을 정감으로 만져봤고, 주변의 사과나무를 보면서 이대원 님을 상상해 봤다.

미술적인 실기 전공도 훌륭하시지만, 미술의 학문적 연구도 소중하게 보셨던 이 선생의 깊은 애정을 되새겨 봤던 하루였다.

이
만
익

IM JUNG & LEE MANIK
had always enjoyed Singing & Poetry.
2002.

이만익

시와 노래와 전통문화를 사랑한 화가

이만익(1938-2012)님은 늘 모친에 대한 사랑을 기억했다. "내 이름도 어머니의 고집으로 삼수변(氵)을 넣었고 그림도 엄마가 시킨 거죠. 어릴 때 종이에 그린 그림이 엄마 눈에 들었는지 그려보라는 주문이 많았고 그림에 점점 빠져들게 됐지요." 요즘 말로 마더파워쯤 된듯했다.

"그래서 난 중고교 땐 학교 외에 이봉상, 박상옥 화실에서 데생을 배웠고, 미대 졸업 후 바로 그 화실에서 아르바이트도 했었지…." 라고 어머니의 의지를 언급했다.

1992년 12월 1일 '이구열논총 출판기념'으로 인사동 국밥집에서 만나 식사 하는 도중 옛날 중학 시절 얘기가 나왔다. 동석한 L씨가 풀어놓길 "나는 김흥수 선생 지도를 받았는데, 이만익에게 서울예고를 같이 가자고 했죠. 그랬는데 어머니가 경기고도 괜찮다고 했다며 그만두지 뭡니까” 라고 엄마 힘을 언급했다. 역시 마더파워였다. 그러자 이만익 님이 웃으면서, “우리 엄마도 그림을 좀 그리긴 했지. 이젠 정식으로 화가가 됐다오. 헤헤… 금년에(1992년) 지난 1월 22일 시카고에서 85세 화가로 데뷔해서 활동 중이니까….”

아들을 화가로 키우다 보니 노모까지도 화가가 된 모자(母子) 화가가 된 것이다. 어머니께서 열정과 끈기가 대단하셨던 모양이다. 그런 어머니를 유난히 어머니를 많이 그리워한 이만익 님은 어머니 관련 시를 암송하는 것도 즐겼었다.

이만익 님과 나는 신사동, 역삼동에 살며 근처 노래방에 자주 갔다. 이만익 님은 마이크를 잡으면 바로 정지용 〈향수〉와 고운봉 〈선창〉, 〈바우고개〉를 연달아 불렀다. 난 노래와 기타로 〈타향살이〉, 〈고향설〉, 〈아리랑〉을 쳐본다. 이 6곡 노래가 두 사람의 전반부 지정곡이다. 다음 후반부는 시 암송과 기타 반주다. 이만익 님은 시인 정지용, 윤동주, 박목월, 김소월 등 시 열댓 수를 계속 달달 외운다. 음료수를 마시곤 또 십여 수, 모두 25수 정도를 읊고 담배를 피우며 휴식을 취한다. 잠시 후 나는 노래방 주인이 건네준 기타로 독일민요와 아리랑, 짐 리브스의 〈힐헤브투고(He will have to go)〉와 유심초의 〈사랑이

여〉를 켠다. 어느새 시와 리듬과의 만남이 시문학 콘서트 무대 같은 분위기로 된다.

나는 시를 잘 외는 이만익 님이 늘 부러웠고, 이만익은 시를 사랑하는 나를 부럽다고 했다. 내가 가끔 쓴 시는 아마추어로 문학성은 못되지만 난 시 쓰는 걸 좋아하다보니 30~40여 수가 된다. 이만익 님이 시를 암송할 때 내가 작게 저음으로 기타리듬을 깔아 주면 어느새 눈물까지 흘리며 암송했다. 눈물을 보는 나도 따라서 슬며시 눈물이 난다.

시 낭송자와 반주자가 동시에 우는 묘한 풍경이다. 마치 조금 모자란 사람의 행동처럼 보일 수 있는 모습 같다. 이런 꼴은 아마도 둘 이외엔 좀 드물 것이다. 감성적인 이만익 님은 시는 못 쓰지만 시 암송만은 대단했다. 나는 그의 시 암송 모습을 볼 때면 정말 문학열에 대한 감동을 느낀다. 나도 시, 소설 등 문학을 좋아했지만, 저토록 긴 장시(長詩)를 암송하는 화가, 시인을 보질 못했기 때문이다.

이만익 님은 1961년 5월 12일 입대해, 괘도그림 요원으로 뽑혀 '권총 쏘는 자세, 훈련지침'등 군대교육용 괘도

를 그렸다고 했다. 나는 61년 7월 양구군 전방 보초병으로 입대하여 민간통제구역에서 멀리 희미하게 들리는 농사꾼들의 흥얼거리는 아리랑을 들으며 주야보초를 섰다.

이만익 님은 급하고, 난 느긋하여 성격차가 크지만 시와 노래를 사랑하는 정서가 공감되다 보니 같이 밥 먹고 술 먹고 노래방에 자주 가면서 자연히 가깝게 지냈다. 노래방은 시 암송과 기타 리듬의 '행복-기쁨' 교감장이었다.

내가 좋아했던 컨트리풍 가수 짐 리브스(Jim Leeves, 1923-1964)의 〈힐헤브투고〉를 불러주면 이만익 님은 눈을 스르르 감고 듣는 표정이 마치 조각상같이 굳어있었다. 나는 노래를 부르지만, 만익 님은 시로 감상하는듯해 보였고, 그 느낌마저 문학적이었다. 이따금 고개를 끄덕거리는 모습도 아름다웠다.

두 늙은 문학 소년은 시와 노래뿐만 아니라 유럽 경험도 비슷했다. 이만익 님은 파리 생활, 나는 독일 생활. 더욱이 한 가지의 그림 테마를 가지고 있는 성향까지도 닮았다. 그는 심청전, 삼국유사요 나는 정선아리랑, 진도아리랑 등 아리랑에 매달려 50년을 하고 있다.

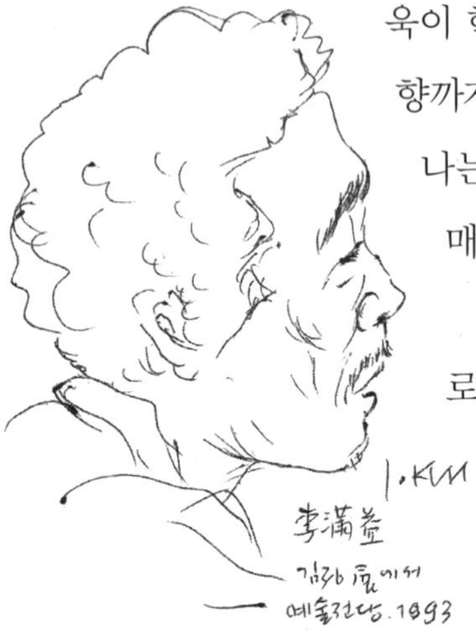

누가 봐도 둘은 한국적 공통 정서로 보았고, 객관적 담론이 비슷하다고 했다. 이만익 님은 나에게, "김정은 아

김정 개인전 전시 중 흡연에 빠진, 김정(좌)과 이만익. 1978년 6월.

리랑의 리듬과 동심을 표현한 감정을 융합시켜준다면 큰 욕구를 풀 수 있다. 그건 김정만이 할 수 있는 분명한 사실이다"라는 충고도 해줬다. 그건 맞는 말이다. 실은 내가 아이들의 얼굴을 보면 당장 그려보고 싶어질 정도로 어린아이의 동심에 끌린다. 어린아이 표정 자체가 아주 귀엽고 멋진 예술로 느껴진다. 그래서 자연히 어린이 표정을 많이 그려보기도 했다. 그러다보니 특히 윤석중, 이원수 님 등이 나를 아주 귀여워해 주셨고, 윤석중 님은 평생문학작품 모음시리즈 마지막 출판정리 책표지를 나보고 꼭 그려달라고 하셨다.

평상시 이만익 님은 시와 노래가 없으면 예민해져 쉽게 화를 내곤했다. 1978년 앙가쥬망 여행 중 미대동기인 C씨와 의견대립을 못 참아 일행들의 만류를 뿌리치고 혼자 서울로 되돌아가버린 일, 모 대학 전임교수 임용 탈락에 실망하자 그날부터 하루 담배 3갑을 태운 일 등, 그의 불같은 성질 앞엔 누구도 속수무책….

사람들은 그 성격을 뭐라고 하지만 나하고 시 암송과 노래할 땐 항상 웃는 얼굴로 생판 딴사람이 되었다. 그만큼 이만익 님은 시와 노래에서 살아가는 데 큰 힘과 위로를 받았다는 표징인 것이다.

내가 "그래도 담배 좀 줄이슈. 이젠 나이도 있고 건강이 무서워요." 했더니, "난 아침 먹기 전 10개비는 피는 걸 뭐. 못 끊어요, 그게 쉽질 않아" 라고 금연은 힘들다고 말한다. 그때 좀 더 강하게 금연 권유를 못한 게 마음에 걸리고, 후회된다. 담배, 시 암송, 컨트리송, 기타리듬, 특히 서툰 내 기타 리듬에 매력 있다고 좋아했던 그는 결국 폐 질환으로 2012년 8월 먼 길을 먼저 떠나셨기 때문이다.

이만익 님이 생각날 때면 난 정지용의 〈향수〉를 여러 번 듣거나, 내방에 걸린 기타를 들고 아리랑을 한줄 켜보기도 한다. 그러면서 이만익 님과 노래와 시 암송으로 행복했던 신사동-역삼동 오가던 지난날을 떠올리며 되새겨 본다.

아무리 나혼자 기타를 세게 쳐보고, 별 리듬짓거리를 다 해봐도 이만익 님과 마주앉아 노래 부르던 때의 감정들은 도저히 다시 느껴볼 수가 없다. 그저 그렇게 사무적인 리듬만 울린다.

노래도 시도 음률도 다 눈 귀 감정 등이 뭉쳐 살아나는 거다.

참으로 인생의 한평생은 짧기도 하다. 세상이치가 그렇고 그런건가 하며 느끼는 순간 팔십 줄에 닿는 것이리라. 내 손끝은 아직도 낡은 내 기타 줄에 매달려 저절로 아리랑의 한줄기가 나오고 있다.

"나아아아를 버어리고 가시느은 니이므으으은 심니도오 모옷가아서어 바알뼝 나안다아아~"

그런데 기타를 잊을만 하게 놓고 지내는데, 요즘은 손녀(초등학교 5학년)가 오면 가끔 내 작업실에 들어와 기타를 만져본다. 쉬운 동요를 하나 켜봐 줬더니, 할아버지 난 바이올린은 킬 줄 아는데 기타는 크고 어려워서 못한다고 한다. 장난으로 켜보라고 했다. 기타를 이리저리 만져보고는 힘들겠다며 빙긋 웃으면서 사양한다.

할아버지 세대와 요즘의 간격을 어떻게 하면 가까워질 건가를 생각해 봤다. 늙은 나를 보면서 나 자신을 깨운다.

이제 나는 낡은 기타가 없으면 허무하다. 그나마 힘든 나를 행복의 나라로 이끌어 주는건 고물기타다. 그걸보면 문득 이만익님의 얼굴이 비춰지는 듯 착각한다. 원래 기타가 4개 있었으나, 제자에게 선물했고 김달진 자료관에 기증했고 지금은 고물 두개가 나를 지켜본다.

김 흥 수

김흥수

만년 청춘으로 살다 가신 노화가

김흥수(1919-2014)님은 한국의 멋쟁이 화가로 불리던 화백이다. 세월 앞에선 어쩔 수 없는 것이 자연의 순리이다. 화려하던 꽃나무도 때가 되면 낙엽으로 떨어지는 것이 자연의 철칙이다. 73세 새신랑 결혼식은 1992년 1월 19일 신라호텔 웨딩홀에서 12시에 진행됐다. 하객 초대를 100명으로 제한했는데, 그것은 딱 100살 이상 살아야 한다는 신랑 신부의 아이디어였다고 했다. 신랑 나이가 있다 보니 권옥연, 이종무, 임직순, 최덕휴, 김서봉 등 노년층이 70%였고 나머지는 5, 60대와 신부 측 하객 정도였다.

테이블에 나이별로 앉았는데 나는 50대 6인과 앉았다. 결혼식 사회는 김동건 아나운서, 주례는 김종필 전 국무총리로, 유명 연예인 결혼식 같았다. 신부인 장수현은 43세 연하로, 신랑이 대학 출강 때 만난 제자였다. 소설이나 텔레비전 드라마에서 나올

법한 이야기라 세간의 입소문도 많았다.

주례가 “오늘 늙은 새 청년이 새 출발 합니다. 70대 연배로 보이지 않는 만년 청년 김 화백입니다. 하객 여러분, 우선 힘찬 박수로 축하를 보냅시다.” 라고 말하자 박수가 터져 나왔다.

이어서 김동건 사회자가 신랑에게 질문했다. “오늘 소감이 어떠신지, 짤막하게 부탁합니다.”

“조금 걱정이 됩니다.”

“뭐가 그리 걱정이 되시나요?”

“네, 자꾸 작아지기도 하고요.”

김동건은 짓궂게 하체를 보며 다시 묻는다. “뭐가 점점 작아진다는 겁니까?”

“경제가 나쁘니 화랑에서 소품만 그려달라고 해서 자꾸 작아진다는 겁니다."

주례와 사회자, 하객 모두가 한바탕 웃음이 터져 나왔고 장내는 시끌시끌했었다.

이번엔 신부에게 소감을 물었다.

"8년을 기다려 온 날이라 오늘 기쁩니다. 다만 부모님은 절에 불공을 드리러 가셨어요."

"기쁜 날인데 부모님이 오지 않으셨군요. 신랑의 첫 인상은 어땠나요?"

"사위보다 나이 어린 부모님께서 참석하시기엔 불편하신 것 같아 편한 쪽으로 하시라고 했습니다. 신랑의 첫인상은 참 맑고 순수했습니다. 지금도 마찬가지에요. 나이 차를 못 느낍니다."

사회자가 다시 신랑에게 또 한마디 물었다.

"신부를 처음 만났을 때 인상은 어떠셨는지요?"

"나이 차이는 문제가 아닙니다. 처음 신부를 봤을 때 마음에 들었어요, 사랑싸움도 여러 번 했습니다. 장인, 장모를 만나면 나보다 어리지만, 두 분에게 깍듯이 존댓말을 썼어요. 이런 영광을 나만 가질 수 있나요. 모든 노총각들에게 자신감을 주고 싶습니다." 사회자는 다시 신부에게 질문했다.

"사귈 때 어려움이나 힘든 사항은 없었는지요. 또 신부 또래의 친구나 주변의 시선은 어떠셨나요?"

"처음엔 그림을 보고 좋아했습니다. 그러다가 차츰 만나기 시작하면서 가까워졌고요. 점차 나이 차를 못 느끼면서 정신적으로 사랑하게 됐습니다. 사랑에 빠지니 주변의 시선이나 친구의 충고 같은 건 귀에 들리지도 않았습니다. 결혼해서 사회통념을 깨트려 보고 싶었습니다."

사회자는 김흥수 선생에게 다시 물었다.

"신랑께선 왜 수염을 길게 기르셨는지요? 보통 새신랑이라면 깨끗이 면도를 하셨을 터인데 신랑께서는 정반대로 수염을 기르셨어요. 결혼 후 깎아버릴 용의는 없으신가요." 사회자의 질문에 새신랑은 수염 기른 동기를 대답하신다.

"오늘은 나이 차를 초월했으니까요. 수염을 기르기 시작한건 저녁에 골목길을 지나는데 고등학생이 내게 담뱃불 좀 빌려달라고 해서 젊어 보여 그랬구나 하는 생각이 들어 그날부터 기르게 됐습니다."라며 김 화백은 웃음을 덧붙였다.

필자가 앉아있는 테이블엔 5, 60대 남성들이었고, 그중엔 미혼남 노총각 Y모씨가 앉아있었다. 그에게 눈길이 많이 모아지자 멋쩍은 표정이었다.

이날 많은 분들의 축복 속에 73세의 신랑과 30세의 신부는 새롭게 출발했다. 사랑으로 나이차는 극복했고 행복한 새살림도 시작했다. 그리고 시간은 흘러갔다. 그렇게 화려한 결혼식도 무정한 세월엔 속수무책이었다. 20년 뒤 아픈 이별이 찾아왔다.

2012년 11월 13일 부인이 먼저 먼 길을 떠나셨고, 2년 뒤 2014

년 6월 9일 김흥수 님도 뒤따라 저세상으로 떠나셨다. 많은 분들의 축복 속에 이뤄진 새살림 출발이었는데 슬픈 일이였다.

1992년 6월 5일 중앙고교 강당에서 안상철 선생(1927-1993)과 필자가 심사할 때 일이다. 안 선생은 전상범 선생님과 격년으로 나오셨는데, 같은 성신여대에 재직하셨다. 그날 휴식시간에 안상철 선생이 1950년대 숙명여중·고 미술행사 역사의 한 토막을 얘기해 주셨다. 당시 문남식 숙명여고 교장과 이준 선생 사이에 만들어진 '유네스코 세계아동미술전'을 숙명여고 주최로 진행했다고 했다. '그 시절 각 교사들은 남미 유럽 아시아 등 공모공문을 발송 및 접수를 했다' 접수된 작품을 심사하신 분은 도상봉, 이마동, 김환기, 김흥수, 김영주 등 다섯 분이었다. 심사도중 김흥수와 김영주 두 분의 평가의견 차이가 심해지다 결국 김영주 님은 분을 못 참으시며 심사장을 떠나 가버렸다. 급히 박래현, 천경자 두 분이 심사에 참여케 되면서 오후 늦게 끝났다. 식사는 중국요리 최고급으로 했고, 숙명여고 이기봉 이사장은 주요 각국 대사를 초청 미술대회를 홍보하기도 했다. 당시 작품 선발은 국내와 국외를 50대50으로 했다. 이 소중한 얘기들은 안상철 선생으로 부터 자세히 듣고 메모한 필자의 수첩에 따른 것이다. 안상철 선생과 심사를 몇 번 하는 사이 필자와 친숙해졌다.

그분들은 가셨지만 김흥수 님이 남기신 글과 말은 오늘도 살아 숨 쉬고 있다. 김흥수 님은 1993년 7월 30일자 한국일보에 예술원 정체를 비판, 언급했던 글로 많은 사람이 공감하고있다. 지금도 예술원의 존재논란은 여전하다. 엄청난 국고를 써가면서 특정 몇몇 소수를 위한 예술원은 폐지해야한다는 여론이 절대적이다.

이런 국민적 불만의 예술원 존속이냐 폐지냐는 일찍이 새신랑이었던 김흥수 선생이 제기한 관심이었다. 15년 전 당시에도 김흥수님이 지적한 것은 지금도 많은 예술가를 위한 기구로 전환시키던가 아니면 폐지해야 한다는 여론이 높다는 현실이다.

박 고 석

J. Kim

朴古石 兄께

1976.

코리아나 호텔 오백이오

박고석

커피와 산 그리고 굳은 신념의 화가

박고석(1917-2002)님의 특징은 커피와 산행이다. 커피만 있으면 이 세상의 고민과 문제를 묵묵히 혼자 삭히시는 의지가 굳은 분이다. 박고석 선생과의 첫 만남은 1958년 고3때다. 이철이 선생 소개로 돈암동 박고석 화실이었다. 이철이 선생이 써주신 소개서를 보신 뒤 "부모님 다 계시디요? 구러문 다음 토요일부터 하디." 하셨다.

박고석 선생은 당시 41세로 정릉에 사셨고, 어떤 대학교에 출강을 하시는 듯했다. 나는 주 1회 데생 지도를 1년 정도 받았다. 이것이 내가 대학 진학 전 유일하게 받은 레슨이었다. 59년 대학 진학하곤 다시 61년 군 입대, 3년 복무 제대와 복학 후 8년 만에 박 선생을 원남동 사거리 한의원 3층 화실에서 다시 뵈었다.

이때 박고석 님은 50대 초반이셨는데, 당시 부인께선 연구 때문에 미국 체류 중이라 혼자 밥, 찌개도 끓이시며 독신생활을 하셨다. 식사시간을 피해 방문하려해도 박 선생의 식사타임이 워낙 불규칙하시므로 조리하거나 식사하시는 모습을 보게 됐었다. 마침 두부를 썰다가 나를 보시자마자 "두부는 큰거이 좋티, 먹어보간?" 하시며 줄듯 하셨지만, 사양했다. 아마도 내 모습이 마르고 허약해 보였으리라본다. 파를 찢어 넣는 폼도 예술이셨다. 숙달된 요리 솜씨로 봐서 독신생활에 요령이 붙으신듯했다. 원래 혼자 등산을 잘 다니시므로 혼밥 솜씨는 능숙하셨음을 느꼈다. 박고석 선생은 조금도 힘든 내색 없고, 인품도 넉넉하고 훌륭해 마치 세상을 달관한 통 큰 사나이 같은 태도셨다. 주변 사람들도 항상 그 분을 존경했지만 나 역시도 청소년 시절부터 마음속으로 공감하고 좋아했었다.

1969년 내가 결혼소식을 알리자 "야, 그거이 잘됐다"하시며 나의 결혼청첩장에 '청첩인 박고석' 이름까지 올려주셨는데, 그 표정과 마음씨는 마치 부모나 외삼촌의 심정인듯 보였다. "야! 김정이~ 나도 자네 신혼초롬 힘 좀 내서 구림을 해야 갔다." 하시며 그때부터 열심히 그림을 그리신다고 호언장담을 하셨다. 그러나 얼마 안가서 다시 붓을 놓곤 조용하셨다. 나 역시도 먹고 살아야하므로 바쁘게 뛰어다니느라, 박 선생님을 찾

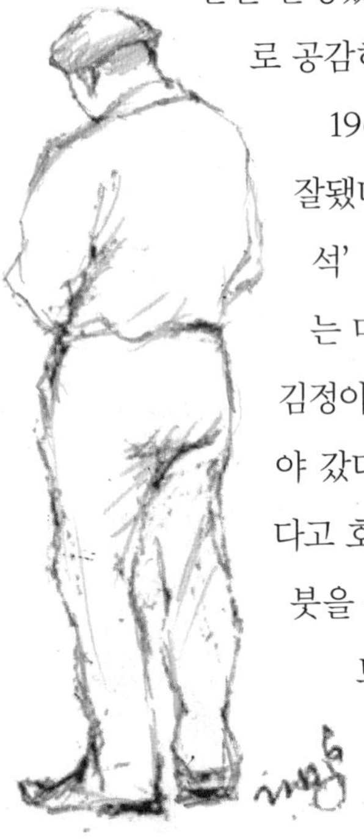

필자가 20세 때 박선생 뒷모습을 그린 모습.(58년전 그림)

아뵙는 기회가 뜸하게 됐었다. 뒤늦게 어느 날 잠깐 들러서 찾아 뵀는데 작업은 많이 못하신듯했다.

이유는 건강 때문이라고 하셨다. 커피와 담배가 주원인으로 느꼈다. 긴 독신 생활의 고독함은 물론 식사도 제때 못하셨고 설상가상으로 독한 시가 담배를 항상 손에 달고 피우셨다. 커피는 원두커피로 큰 대형 주전자에 가득 끓여놓고 온종일 새까만 원액 커피를 숭늉처럼 드셨다. 식사는 둘째고 커피가 우선이기에 커다란 주전자 하나를 매일 드신듯했다. 이때가 힘든 기간으로, 아마도 박고석 님 10여 년의 그림 작업을 못하신 침체 기간이 아니었나 싶다.

박고석 님은 혼자 도봉산을 잘 다니셨다. 여럿이 동행하는 걸 피하신듯했다. 그 이유는 '산을 제대로 못 본다'는 것. 1971~75년 봄 도봉산에 나도 우연히 동행했다. 동행보단 따라갔다는 게 맞다. 내가 작은 스케치북을 펴고 몇 장 끄적이니까, "김정, 그거이 구리는거 보단 구릴 시간 이쑤문 더 봐야디. 볼 시간도 부족한데 구릴 시간이 업디." 이것이 박고석 선생의 산행(山行) 철학이시다.

산을 눈에 담는 듯 눈을 이리저리 돌리시고 머리도 끄덕끄덕하시며 산과 대화를 나누는듯한 행동을 하신다. 나는 그 당시 잘 몰랐는데, 두고두

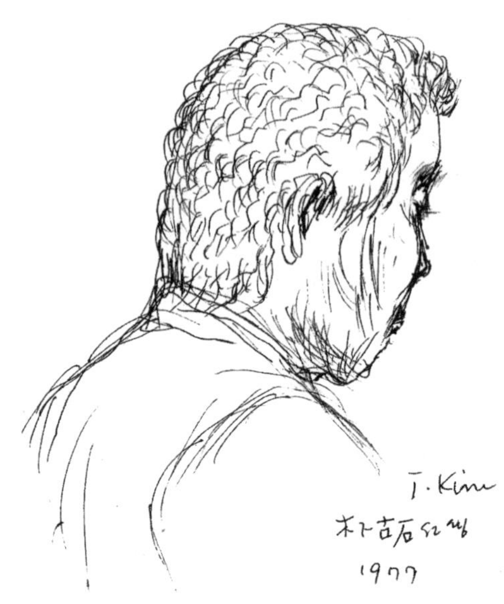

고 생각해 보니 '감정이미지의 중요성'을 배우게 된게 아닌가 했다. 박고석 님의 산행은 바로 '이미지 축적'이다. 작가에겐 이미지가 매우 중요한 걸 그 당시엔 몰랐고, 느끼지도 못했었다. 지금도 도봉산을 보면 중년의 박고석 선생 얼굴이 회상과 함께 떠오른다.

보통은 산 앞에 이젤을 펴놓고 그린다. 마티스, 고흐, 최덕휴, 이마동도 그랬다. 그러나 즉석 그림이 반드시 필수라고 보는 견해도 있고, 이미지만 얻어오는 작가도 있다. 작가 개성에 따라 이미지의 필(받는 느낌)을 더 중요시하는 작가도 있다. 모두 작업의 한 방법이다. 박고석 님의 산 그림은, 그 산이 주는 인상 또는 보고 느낀 필이 더 큰 역할이란 의미가 아닐까. 멀리 있는 산을 보며 그

리는 것 보다는 산 자체를 내 머릿속에 그대로 삼켜버리는 식의 덩어리 채 먹는 것 같았다. 지금 생각해보면 산 앞에서의 '박고석과 산'은 마치 '커피와 산과 박고석'을 그대로 한데 뭉쳐 버무려진 이미지 모습이었다.

1972~77년 조선일보 학생미술대회 심사 때 매년 1주일간 매동초교 강당에서 온종일 박고석, 황염수, 박근자, 홍종명, 이승만, 우경희 님과 막내인 필자 등 7명이 지냈다. 아침 10시부터 오후 5시까지 청소년 실기작품을 심사했다. 점심 식사의 쉬는 시간에 평양시절 이중섭과 술 먹기 내기하던 박고석 님의 일화에서부터 이남으

조선일보 주최 '전국학생미술대회' 심사장. 좌부터 박고석, 박근자, 황염수, 홍종명, 전상수, 김정. 1975년.

로 넘어온 뒤의 일 등 많은 이야기를 들었다.

"누가 빨리 술을 많이 마시느냐를 중섭이랑 했는데, 내가 약간 빨랐으나 갑자기 재채기 하는 바람에 그만…."

이중섭님과 박고석 님은 아주 절친해서 일화가 많았는데, 그걸 기록 못한 게 아쉬웠다. 나는 그때 박고석 님 얼굴을 현장에서 많이 그리느라 말씀내용의 기록은 못했었다.

말을 하시면서도 잠깐씩 자주 화장실을 다니셨다. 전립선 이상증세로 힘이 드셨던 60세 전후의 당시 박선생 나이였다.

박고석 님이 좋아하며 맛있게 드시는 음식 1위는 '생선 초밥

“전국학생미술대회' 심사장. 왼쪽부터 황염수 홍종명 박고석 3인.

에 정종 반주'였다. 항상 여러 종류의 생선초밥을 선호하셨는데 술을 드실수록 초밥은 덜 드시고 말수도 줄어드신다.

이 식사원리 행동은 어디서나 늘 같았다. 생선초밥에 정종 곁들인 음주가 공식이셨다. 아주 멋쟁이 신사도를 보는듯한 멋쟁이 중의 멋쟁이시다.

철없던 나의 고교시절 데생 지도와 청년 시절의 결혼까지 이끌어 주신 존경스러운 스승님, 남자다운 멋과 의리의 사나이. 굳은 신념과 고귀한 인품은 나의 머릿속에 계속 남아서, 남자의 자존심을 가르쳐주신 큰 스승님이시다.

그렇게 멋있는 박고석 선생의 예술은 오늘도 빛나고 있다. 예술혼 속에 세월도 같이 흘러가던 어느 날, 박고석 선생께선 2002년 5월 23일 85세로 별세하셨다.

박 선생은 인품도 멋지시지만, 신문의 연재 칼럼 글도 아주 맛깔스럽게 잘 쓰셨다. 일상적으로 작은 스케치북도 늘 주머니에 넣고 다니시는 멋쟁이 화가이다. 아마도 내가 스케치북을 늘 넣고 다니는 것도 따져보면 박고석 선생에게 무의식중에 배워 닮은 것 아닌가 싶다. 물론 독일의 잔트너 교수도 늘 스케치북을 주머니나 핸드백에 넣고 하시지만, 옛날 청소년 시절부터 사회초년 때까지 박고석 선생을 보며 따른 게 더 습관된 걸 감출 수 없는 것이리라.

나도 이제 70대 후반 낼모레가 80이지만, 옛 스승님 앞에선 어린아이가 된다. 스승님들의 따스한 옛정이 생각나면서 그리워지곤 했었다. 그래서 내 나름으로 2013~14년에 〈이박최장산〉(李朴崔張산:이철이 박고석 최덕휴 장욱진 산(잔) 트너/H.Sandtner)과 〈장박아리랑〉(장욱진 박고석 아리랑)을 자그마하게 그려본 적도 있다. 이건 옛정이 그리운 스승을 기록하면서 내 나름대로 속 감정을 조그맣게 표현해본 것이었다.

나 혼자 보면서 옛 스승의 정감을 찾아 느끼면서 산다.

하인두 이남규

J. Kim
1970. 하인두

하인두 이남규

물과 불이요 급행과 완행열차다

하인두(1930-1989), 이남규(1932-1993) 두 분은 경상도와 충청도 출신으로, 서로 잘 맞으면서도 정반대의 매력을 가지셨다. 하인두 선생이 강하고 직설적이라면 이남규 선생은 구수하고 은유적이다. 하인두 님은 경남 창녕 출생이며 S미대 1세대인 49학번으로 입학 초기부터 6·25전쟁이 터져 학업과 전장(戰場)을 동행하는 격난의 세대였다. 이남규 님은 대전시 유성 출생으로 G사대 국문과 재학 중에 S 미대로 재입학, 1957년 졸업, 1968년 오스트리아 공방연구 이수 후 G사대 교수를 역임하셨다. 유머가 풍부해 함께 한 모임에선 늘 폭소가 나왔던 이남규 님. 필자와의 만남은 앙가쥬망에서 20년 가까이 지냈기에 그의 모습이나 말솜씨를 잘 기억하고 있다.

하인두 님은 시인 박봉우(1932-1990)씨가 광화문 예총빌딩(현 세종문화회관)에서 시화전(1970.6.11~17)을 열 때 전시장에서 만났으며, 그 시화전에 하인두, 박서보, 송수남, 오승우, 전상수, 송영방, 필자 등 7인의 화가들이 참여한 전시였다.

하인두 님의 첫인상은 우물에서 숭늉 찾듯 급한 느낌이셨다. 그 후 여러 전시장에서 만나 식사도 같이하며 가까이 지냈다. 〈월간문학사상〉 표지도 하인두 님이 이상, 구상, 김소월 선생을 그렸고, 그 당시 나는 선우휘, 조연현, 윤석중 선생 등을 그리면서 친숙하게 10년을 지냈다.

1988년 8월 1일 오후 2시, 나는 강남 청담동의 전상수 님으로부터 그의 작업실로 오라는 전화를 받았다. 전 선생은 원로화가로 이탈리아 가곡을 잘 부르는 소문난 멋쟁이시다. 술자리를 좋아해 그는 가끔 이웃 지인들을 모아 노래를 부르시곤 했다. 그날도 그런 노래모임인가 하는 생각으로 갔다. 그러나 노래는커녕 모두 짐을 챙겨 들고 앉아 있었고 전 선생 옆에는 이남규, 하인두, K씨, L씨 등이 있었다. 전상수 님은 나를 보고 일행과 같이 경기 광주군 초월면 산이리에 사는 조각가 K씨 집 근처로 같이 떠나자고 했다. 나는 얼떨결에 그 일행과 같이 초월면으로 동행했다.

일행은 내 차와 L씨 차 두 대로 나눠 탔다. 내 차에 이남규 님과 하인두 님이 탔다.

두 분은 가는 도중에도 연실 이야기꽃이 이어졌고, 웃고 밀치고 좋아했다. 폭소내용은 대충 여인에 관한 화제로 진한 핑크색 얘기였다. 두 분은 건강 문제로 자주 못 만났기에 신난 듯 발을 구르며 이야기를 주고받느라 차내는 시끄러웠다. 두 분 대화에서 한쪽이, "그려어~"하면 한쪽은, "니 아나~"로 고저, 장단, 완급처럼 반대와 합의, 동감과 반감이 교차되면서도 합의될 땐 깔깔거리고 웃으신다. 이런 천진난만한 대화에서는 마치 유치원생 같은 원형적 어휘를 쓰신다.

누구나 신체건강이 허약할 때 저절로 과장된 말이 나온다. 어딘지 모르게 입으로의 허구 같은 오버 행동 느낌이 엿보인다. 운전하는 나는 두 분의 얘기를 듣지만, 운전에 신경 쓰느라 흥은 못 느꼈다.

목적지에 도착해보니 조각가 K씨가 준비해놓은 건 바로 보신탕이었다. 하인두 님은 그동안 건강 때문에 고기를 못 먹었다며 마치 중병 뒤의 허탈감을 먹는 것으로 채워 보고 싶다는 듯했다. 이 모임을 주선한 전 선생은, "자, 오늘 오랜만에 만난 하인두와 이남규 두 분 아저씨, 또 여러분들. 복날엔 이런 걸 자셔야 건강이 좋습니다. 오늘 이걸 준비한 K씨에게 박수 한 번 칩시다." K씨는 여류조각가로 브라질에 자주 가는 반추상 작업을 해온 분이다. "오랜만의 복날에 맛있게 드세요. 전 선생이 특별히 부탁하는 연락을 받고 준비했습니다. 오늘 건강이 좀 안 좋으시다는 두 분을 위해 아주 푹 연하게 잘 삶은 고깁니다."

하인두 님은 "내도 많이 아팠다가 요즘 회복이되 괜찮아졌어요. 거참 맛있네. 고소하고." 이남규 님은 "나도 돼지고기에 붙은 비계를 원창 좋아했슈. 오늘 고기가 맛있네유. 내가 고기를 좋아하다보니 우리 집 마나님께서 나를 보고 마위(魔胃)에 걸렸다고 하네요." 고기를 좋아하는 두 맞수의 식평으로 고기에 붙어있는 기름기를 높이 들어 보이면서 한마디씩 하셨다.

술 먹는 하인두 님에게 이남규 님은, "여보, 하형, 아직 술은 안돼." 라고 제동을 거니까 하인두 님 왈, "고기에 반주는 괘안타~" 하며 웃음으로 화답한다. 그러면서 "내는 갱상도지만, 광주에서 군복 입고 수색작전했꼬~ 천경자 씨도 수소문 끝에 찾았고 천 씨 동생이 내하고 동창이거던.” 술 한잔이 들어가니, 이남규 님은 느린 동작으로 유머가 넘치지만 하인두 님은 급한 성미에 강한 직선적 칼 모습이 대조적 모습이셨다.

이남규 님과 하인두 님 두 분은 앞서거니 뒤서거니 하며 서로의 반대 성격을 절묘하게 맞춰 장단점이 모두 장점으로 살았다는 것이 느껴진다. 사회적 활동이나 화력도 엇비슷했고 두 분 서로 정말 좋아했다. 그래서인지는 몰라도 59세와 61세의 나이로 먼 길 떠나신 인생 마감도 비슷했다. 인생은 급함도 필요하지만 느릿함도 필요한 만큼 두 사람의 인연은 알 수 없는 경상도 직선과 충청도 곡선이 그려낸 아름다운 조화였다.

불에는 물이고 물에는 불이 꼭 붙어 다녀야 하는 이치처럼… 급행과 완행열차가 필요한 세상이치를 보듯이….

그렇지만, 결론적으로 본다면 한 인생으로 봤을 때 두 분 모두가 너무나도 일찍 저세상으로 가신 건, 가슴 아프고 인정할 수가 없다. 더욱이 작업하는 작가로서 많은 시간을 써가며 작품을 제작해야하는 나이 아닌가. 요즘 나이이로 봐서는 중년의 나이이다. 노년기로 본다면 8, 90대는 돼야 하는 것이지만….

나는 두 분의 유머나 인격으로 봐서 좋은 작품을 더 많이 남기실수 있었던 점이 무산된 것이 무척이나 안타까운 심정으로 이 글을 마감하려고한다. 부디 좋은 세상을 천국에서 다시 만나시길 기원하겠습니다. 그리고 천국에서도 두 분이 즐겁게 지내시길 바라겠습니다

염태진

金正 會長님 侍史

委囑狀과 함께 보내온 書翰 感謝히 受하였읍니다 저와 같은 사람이 咨問委員을 할 수 있게...

을 주시면 感謝하겠읍니다

추천할 만한 좋은 論文이 있는지도 알아보겠읍니다

生活方法이 서툴러서 넘치는 일로 바빠서 정신 매고 있읍니다

金正 會長님 宅內의 幸福을 빌며 韓國造形教育學會의 무궁한 發展을 빌며 亂筆로 此 줄입니다 不備禮

1986. 8. 13

廉泰鎭 拜

염태진

휴전 직후 최초로 피바디교육사절단 미술연구분석

염태진(1915-1999)님은 6·25 전쟁시절의 미술교과 기록을 논문으로 정리한 분이다. 1950년 6월 25일 전쟁 중 미술교육은 없었고, 노천학습이 전부였다. 휴전되면서 서울을 떠났던 피난민들은 다시 돌아왔지만 폭격 등으로 누더기가 된 집에서 살았다. 기존학교도 40%만 개교했고 미술교육은 거의 못했다.

이 시절 미국에서 피바디(Peabody)교육사절단(단장 수드로우 박사)이 한국의 교육 재건 및 부흥을 위해 서울과 부산, 광주 등 3곳에 파견하여 서구 미술교육을 전파했다. 이 교육사절단의 내한목적, 활동과 기록, 증언, 주요 활동을 수집 연구한 분이 바로 부산의 염태진 교수이다. 염 교수는 평생 간직해오던 자료를 연구논문으로 발표할 기회가 없어서 애타던 시절인데, 필자가 1984년 창립한 한국조형교육학회의 발행 학회논문집 제1호를 보시고 감동해 연락해왔다.

국내 처음 정식으로 학회가 창립된 논문집에 연구자료를 발표하고자 통보해온 것이다. 필자는 염 교수와 전화통화에서 피바디교육사절단 기록연구자료가 있음을 확인했고, 그 자료에 깊이 감사드리며 연구논문을 보내도록 요청했다.

염태진 교수가 보내 온 논문 발송 확인 서신. 1987년.

학회로 보내온 논문은 학술적 가치가 대단히 높았다. 곧바로 학회논문집에 게재함으로써 관련 분야 국내 최초로 논문을 발표하였다. 염태진 교수의 피바디교육사절단 연구 주요 내용을 요약하면 아래와 같다.

① 피바디교육사절단의 규모와 성격에 대한 진단
② 부산과 광주 양대 사범대학 미술과(科) 형성과정 분석
③ 수드로우(Dr. SUDLOW)에 대한 인간적 평가 및 교육활동내용
④ 부산사대 미술과 전담과정 연구/특강 주제와 내용분석/부산 시내 초중고 미술교사를 위한 프로그램 분석연구/미술 공작 및 건축지원사업/미술 재료, 용구, 공작기계, 지원제공 등

이 기록연구는 1950~60년 초 한국미술교육의 한 단면을 학술적으로 살려낸 것으로 역사적, 학문적 가치가 담긴 업적이었다. 이런 기록이 없었다면 당시 한국의 미술교육 한 부분이 빠져버린 상태였을 것이다. 미술 실기를 위한 재료나 기술발달 기준도 빠르게 유도할 수 있는 매우 소중한 연구자료였다.

이렇듯 염 교수의 미술 관련 학문적 조사기록은 마치 철저한 기록정신의 과거 독일 바우하우스를 보는 듯했다. 독일 자료보존에 감명 받은 필자도 평소 독일을 모델로 삼고 싶었다. 훌륭한 연구 논문은 성실한 자료에서 출발하기 때문이다. 미술자료를 소중하게 느껴온 김달진미술자료박물관도 후세에 중요한 기록 역할이 분명할 것으로 본다.

필자가 자료 중요성을 뼈저리게 느낀 건, 30년 전 현장에서 이대, 숙대, 건국대 경희대 석박사논문 지도를 해오던 때다. 석박사 논문에 틀린 내용을 또 다른 논문에 인용하고 다시 또 다른 논문에 또 인용하는 등 틀린 내용이 반복 전파됨을 보았다. 그 사태를 막는 것은 정확한 자료였고, 그 자료는 연구조사에 의해 생산되는 보약인 셈이다. 질병을 막는 게 약인 것처럼 세균을 막기 위해서였다. 질병원인은 정확한 국내자료가 부족하고 낙후된 자료관심이 이유였다.

염태진 님은 한국조형교육학회 학회지 연구논문 발표를 통해 피난과 혼란시절 기록을 꼼꼼히 정리했다. 그 후 학회지에 발표한 공예교육은 공예와 조형성의 개념연구, 점토와 밀가루의 연구, 종이 작업의 입체적 연구, 교사교육의 연구자료 구성 등의 성과를 이룩했다. 그는 《피바디와 한국미술교육》, 《공예개론》 등의 저서를 통해 50년대와 6, 70년대를 이어주는 역할도 했다.

이러한 연구물은 내한 사절단장이던 수드로우 박사에게 직접 전수를 받으며 기록했던 자료에 근거했다. 공예를 통한 손 기능의 조형적 방향 등 교육목표를 제시한 공도 크다.

1985년 필자와의 전화통화에서 염 교수님은 "당시 미국사절단 수드로우 박사는 미술 활동을 통해 전쟁 후유증을 빨리 벗어나는 게 중요하다고 말했고, 그 치료는 바로 미술 행위가 제일 좋다고 역설했어요." 라는 말을 전해왔다. 그는 별세 직전까지 전공서적을 읽는 학구파 교수이자 화가였다. 염 교수의 별세 후 필자는 2005년 염 교수 업적을 종합한 연구논문을 학회지에 연속으로 발표함으로서 당시기록의 소중한 연구업적을 남기게 했다.

피난시절과 수복 후의 소중한 미술교육의 역할 기록과 자료는 염 교수님의 큰 공이며 대단한 업적이었다.

이경성

이경성

선비정신으로 미술행정 기초뼈대를 만들다

이경성(1919-2009)님이 덕수궁 국립현대미술관장 시절인 1981년 미술교육프로그램 '현대미술아카데미' 강좌를 처음 개설, 시작하셨다. 1988년 10월 26일 과천관으로 옮겨진 후 1990년부터 독립된 '현대미술아카데미'는 2016년 현재까지 34년간 12,000여 명을 수료시킨 한국의 대표적 미술강좌 프로그램으로 발전했다.

이경성 관장은 제1회 미술아카데미 강좌에 국내외 명강사를 총동원하는데 심혈을 쏟았다. 1986년 필자는 과천관 복도에서 우연히 이 관장을 마주쳤다. "제가 아카데미 초창기부터 강의 나오면서도 관장님을 이제야 찾아 뵈네요. 죄송합니다."

이것이 이경성 관장님과 처음 대면의 만남이었다. 첫 인상은 고요한 산속의 소나무 같으셨다.

문화재그리기대회 심사하기전 차한잔 하다. 좌부터 김정, 이경성, 임영방. 1988년.

1988년 11월 3일 오후 1시, 국립박물관 주최 청소년 문화재 그리기 대회 심사를 요청받고 심사현장에 갔더니 이경성 관장, 임영방 교수 두 분이 계셨다. 모두 윗분들이고 필자가 제일 어린 나이였다.

청소년들의 그림 심사 중 선발기준의 차이가 나타났다. 이경성 관장은 아카데믹한 느낌을 선호하셨고, 임영방 교수는 파격적인 구도나 과감한 색채를 사용한 그림을 뽑았다. 두 분 주장 모두 논리는 맞지만, 중고등학생들이라는 점과 두 분의 엇갈리는 시각차가 너무나도 심하기 때문에 나로서는 좀 불안했다. 결국 특선

작 심사 중에 선발의 견해차로 인해 일이 벌어졌다.

임영방 교수가 특선으로 올린 옆에 또 다른 특선으로 이 관장 님이 올리셨다. 임 교수님이 약간 머뭇거리시다가 짐짓 흥분된 어조로, “그럼 저는 심사 그만두고 가겠습니다.”라며 일어나셨다. 나는 황급히 임 교수를 붙잡아 “제가 중간에서 최선의 조절을 할 테니 좀 참아주시면 좋겠습니다”라고 조용히 사정해서 겨우 진정 시켰다. 사실 그림의 내용은 보는 관점에 따라 약간의 차이는 있는 것이다. 따라서 서로 의논하면서 합리적 방법으로 할 수 있는 것이기에 여지는 있는 것이다.

다시 심사는 진행됐고, 이경성 관장은 부분 양보했지만 임영방 교수는 계속 날카로운 주장을 보였다. 나는 심사보다 두 분의 분노조절에 온 신경을 써야했다. 다행히 두 분의 주장을 맞춰서 결론을 맺었지만, 뒤끝이 좀 찜찜했다. 이 관장은 조용히 노력하는 눈치였으나 속이 좀 상한 듯했다. 그에 비해 임 교수님은 다 잊고 언제 그랬냐 하는 느낌이었다.

사실 이런 일은 심사장에서 흔한 일이다. 모 심사장에서 유경채 님과 최덕휴 님 두 분이 서로 흥분하여 심사봉을 꺾어버리고 각자 심사장을 떠나가 버린 일도 있었다. 각종 심사장에서 김영주 님과 권옥연, 최덕휴 님과 박철준, 이분들도 서로간 혈전을 남기셨던 흔적이 있다.

몇 년 뒤인 1993년 4월 중앙일보 건물 6층 세미나실에서 우연히 이경성 관장을 만났다. 관장직을 그만두신 후 오랜만이었기에 더욱 반가웠다. 이 관장님은 그간 해외도 다녀왔다고 하셨다. 이경성 관장은 국내사정을 잘 모르시는듯 말씀을 이어갔다.

"김 교수는 요즘도 과천 특강 나가나요? 임영방 관장도 잘 하시는지?"

"네, 임 관장님 못 뵀지만 잘하시겠죠."

"그리고 전에 문화재 그리기 심사 때 김 교수가 중간 조절을 해줘서 충돌 없이 잘 끝낸 건 고마웠어요."

"저야 영광이지요. 관장님과 같이 심사한다는 게…."

"그 당시 펄펄 뛰던 임 관장이 김 교수의 청소년 미술 논리에 꼼짝 못 하는 눈치였어. 좀 이상할 정도로…허허허."

"아마 그건 임 박사께서 학회 창립 초기 자문교수로 저를 격려해주셔서 그런듯합니다."

"나도 심사 당시 임 박사 때문에 열 좀 받았소만, 김 교수가 임 박사를 잘 설득해줘 천만다행이었죠. 나는 마음이 약해 심장 뛰면서는 심사 못 해요. 손이 떨리고 허허허…."

"네, 저도 마음 졸이며 두 분 사이에서 어찌할 바를 몰랐으나 잘 맞추려 노력했었습니다." 며 지난 일을 웃어넘겼다.

잠시 차를 한 모금 드시고 나서, "내 후임 관장이 바로 임영방 박사에요. 내가 후임으로 임 박사를 추천하고 떠났죠. 그리고 떠나는데, 그런데… 그런데…." 뭔가 말하고 싶은 게 있으신데 차마 입을 못 여는 표정이었다. 분명 가슴에 풀지 못한 뭔가 있기에 말할 듯 말 듯한…. 다시 또 차를 한 모금 드시곤 이번엔 시선을 창밖으로 돌리며 또 말을 할 듯하시다가 끝내 말문을 닫은 후 헤어졌고, 그게 이경성 님의 마지막모습이었다.

평생 선비처럼 조용히 사시면서 미술관 기초를 닦아놓으신 미술계의 원로. 몇 년 전 내가 정선을 30년 오가며 시와 스케치를 담은《정선아리랑》시화집을 한 권 드렸더니 "나도 시 좀 쓰려고 한평생 노력했지만 늘 시간이 없어 못 썼는데, 김 교수처럼 강원도 정선 고갯길을 다녀야 시를 쓰겠구려."라며 농담의 미소까지 지으시던 그분, 이경성 선생.

여러모로 존경하는 마음으로 기억하지만, 그날은 내 가슴도 좀 답답했다. 그 무언가 속 깊은 말씀을 얘기하고 싶으셨던 것 같은데…. 결국 뭔가 입을 열까 말까를 고민하시면서 그냥 가슴 속으로만 삭히시며 창밖을 내다보시던 그 표정이 자꾸 떠오른다.

외모도 참 멋지셨지만, 뭐니 뭐니 해도 초창기의 국립미술관을 좋게 발전시켜 만드는데 공이 크신 분이었다.

67여 년 전 수복 후 종로 2가 우미관 터였던 곳에서 모 대학 초창기 때 젊은 박고석, 이경성 님도 같이 출강하셨던 시절을 박고석 님이 이경성 님을 추억하시며 나한테 들려주신 말 한마디가 생생하다. “그분은 인격, 교양, 실력, 외모가 멋지고 깔끔하고 잘생긴 분이디. 거럼, 맏디.”

박고석님이 이경성 님을 처음 만났던 곳이 바로 그 곳이었다. 인천에서 봤다는 이경성 님의 31세 나이에도 예의가 바르고 모든 게 반듯한 사람이었다고 했다.

김서봉

김서봉

표정은 무뚝뚝해도 속마음은 따듯한 화가

김서봉(1930-2005)님은 평안도 철산 출신으로 부산에 내려와 피난시절 부둣가에서 막노동하면서 미대를 다녔다. 아호는 상하(尙何)였고, 6, 70년대엔 대입준비생을 지도하는 '상하화실'을 원서동 휘문중·고 앞에서 운영하셨다. 그 화실은 당시 입시미술계에 이름 좀 날렸다고 볼 수 있었다. 요즘 현역 화가로 상하화실 출신화가들이 현재 준원로 급 화가로 등장, 활동하고 있다. 그만큼 오랜 세월이 흘러갔다는 증거다.

1969년 필자는 앙가쥬망 동인 몇 분들과 원서동 2층에 위치한 상하화실을 처음 방문했는데, 실기수강생이 많았다. 김서봉 님은 청년기였던 1950년대엔 삼선교의 자리한 이쾌대 화실을 다니며 화실경영의 노하우를 일찌감치 터득했다.

"내가 이쾌대 선생 화실을 다닌 것도 행운이죠." 라는 상하의

金瑞鳳畫文集 간행위원회
우:110-012
서울 특별시 종로구 평창동 570-4
전화 : 379-5942

金 正 화-백
강남구 역삼동 672-3
135-080

김서봉 님이 보내준 서신.

짤막한 말을 더 깊이 못들은 게 아쉽다. 아마도 청년시절 이쾌대 화실에서 잔심부름과 조교 노릇을 하면서 미술도 배운 걸로 추정된다. 요즘 말로 아르바이트하며 그림을 배운 것이리라고 본다. 상하의 얘기 중에 "돈 내고 다닐 형편은 안됐고 그림은 배워야 하니까." 그 당시엔 모두가 살기 어려운 경제의 처지였다.

나는 앙가쥬망 그룹전을 통해 상하 선생과 전시 중엔 자주 만나곤 했으나, 평상시엔 서로 바쁘게 사는 처지라, 개인적 보다는 전시장 모임에서 만날 때가 많았다. 그러나 20년 가까이 지내다 보니 상하 선생의 깔끔하고 정확한 매너를 많이 봤다.

1987년 한국조형교육학회 초기시절 나는 상하 선생에게 학회 논문 4집 권두언 머리말을 부탁하였고, 완성 원고를 받는 날 동덕여대 근처에서 만났다. 식사 중에도 상하 김서봉 님은 원고를 또다시 읽는 모습이었다.

"뭘 그렇게 또 보세요?" 물었더니, "어제 쓴 글을 지금 보니 고칠 부분이 한두 개 있구려." 결국 그는 원고를 다시 들고 갔고 다음날 우송해 왔다. 시간 약속은 1분 1초도 어김없는 철저한 분이었다.

이후 1989년 상하 김서봉 님은 미협 선거에서 이사장으로 선출됐다. 선거 전 상하 선생은 아주 치밀한 작전을 세워 1㎜의 오차도 허락지 않는 모습을 보게 됐고 그의 성실하고 틀림없는 성격이 맞아떨어진 듯 했다.

그런 철저한 성격과 또 반대되는 모습은 바로 노래를 통한 넓은 속마음이다. 1999년 2월 25일 저녁, 우연히 노래방에서 상하 선생 애창곡 장현의 〈나는 너를〉을 들었다.

"세월은 흘러서 가면 넓은 바다 물이 되듯이 세월이 흘러 익어간 사랑 가슴속에 메워있었네~"

상하의 음성은 쉰 막걸리처럼 시큼털털한 소리다. 그러면서 장현 노래만큼은 감정 넘치게 참 잘 넘어간다. 다만 고음일 땐 끅끅하고 못 넘기실 때가 있는 걸 빼고는 거의 99점이다.

"이 노래 여러 번 들었지만, 들을 때마다 늘 기막히게 잘 부르시네요?"

“하하하. 내게 좀 맞는 노랜가 봐.”

“특별한 이유라도 있나요?”

“난 피난생활 이후 열심히 살다 보니 세월의 무상함을 느끼잖소, 세월을…. 그게 전부요. 하하하….”

껄껄 웃으며 말을 접는다. 〈나는 너를〉 노래가 바로 그분의 함축된 삶의 상징인 듯 했다.

상하 김서봉(尙何 金瑞鳳) 선생은 아호와 이름을 한자로 쓰는 일이 많았다. 워낙 서예를 즐기셔서 한자와 한글을 번갈아 쓰시는 버릇도 있다. 서예 솜씨도 일가견의 전문가 수준이다. 초기 작품은 서예와 회화로 구성한 작업을 하셨다가 몇 년 뒤 풍경 그림으로 대작을 계속하셨고, 결국 상하의 이미지는 풍경화로 종결한 셈이다.

상하 선생도 초기엔 S예고에 재직하시다가 D여대로 자리를 옮길 때도 고생이 많으셨다. 그런 속 깊은 고민 등 살아가는 얘기를 필자하고 새벽 3시까지 담소하며 지새운 적도 있었다. 그분의 진실 같은 철학이 늘 삶의 지표처럼 한구석에 있는 모습이 보였다. 그것은 내가 어려웠을 때 느꼈던 어떤 고민과 비슷했다. 인간의 진실과 철학은 늘 같은 길이면서 불변의 이치다. 어느 정도 말과 마음이 상통하다보니 밤 늦은 것도 모르고 형제 같은 진솔한 대화를 많이 주고받았다. 나보다는 열 살 위인데, 친형님처럼 친절하

셨다. 평소 말수는 적은 분이다. 그러나 언행의 진실성은 누구보다 깊이가 있는 분이다. 나는 그 진실성에 가치를 둔다.

1993년 5월 4일, 예술의 전당에 박한진 님 전시와 서울 조각회 오픈 날이었다. 그날 동덕여대 졸업생 조태예 씨와 김서봉 두 분이 저녁 같이하러 나가던 길에 우연히 나를 만났다. 졸업생 조씨는 이대 대학원 시절 내가 논문 지도교수로 맡아 해줬었기에 잘 아는 사이였다. 우리 셋은 반갑게 식사를 같이 했다. 그 자리에서 옛날 김서봉 님의 총각시절이 화제로 나왔다. 김서봉 님은 숨김없이 과거 노총각 때의 얘기를 털어 놓으신다.

"옛날 총각 때도 나는 말수가 적고 좀 무뚝뚝 하다보니 32세

되도록 노총각이었죠."라고 하신다.

"그럼 중매십니까 아니면 연애결혼이신가요? 라고 내가 물었더니, "아 내가 33세까지 총각신세였는데, 우리 누님의 소개팅으로 27세의 어여쁜 아가씨를 종로5가 누님가게 근처 다방에서 첫 미팅을 했다오."

"노총각이신데 가슴이 꽤 뛰셨겠네요." 라고 내가 묻자,

"뛰지만, 할 말이 있어야지. 그저 담배만 연줄 피워댔다오. 그러다가 내 딴엔 용기를 좀 내서 화가라 돈을 못 버는데 어쩌죠. 라고 말하니 상대방 아가씨가 용기를 주는듯한 대답을 해줍디다. '예술가라는 게 원래 다 그런거 아니겠어요?' 라고 말해주니 힘이 좀 생기는 듯 했지요. 그 이후에도 나는 더 생각을 해보려고 연락않고 있었지. 얼마쯤 지났을까, 중매하신 누님의 독촉연락이 왔다오. '야 너, 왜 아가씨와 연락도 하지 않고 있냐? 곱고 착한 그런 아가씨를… 왜 그러지. 응?!' 나도 마음에 들어서 언젠가 만나야겠다고 생각 좀 하는 중인데 중간에 누님 연락이 온 거죠."

그래서 2차 미팅을 광화문 비각 옆 다방에서 다시 만났고, 결국 미팅이 성공했던 젊은 일화였다.

총각시절 신부를 맞이할 때도 김서봉 님은 솔직 담백한 마음으로 살아가야함을 제시했던 것이다. 잘 보이려고 억지미소는 없고, 자랑도 없는 정직한 삶을 걸어가려는 모습이 바로 상하 선생, 그분의 진실한 삶, 전부일 것이다.

김서봉, 예술의 전당 김정 개인전 오픈에 축사와 축배를 해주다.

그 후 나는 상하 선생을 친형처럼 여기며 존경했고, 상하 님도 나를 친동생처럼 늘 따듯하게 대해 주셨다. 내가 노래를 좋아하다 보니 그도 마음이 괴로울 땐 나를 불러낸다. 그리고는 장현 노래 〈나는 너를〉을 부른다. 그럴 때 나는 짐 리브스의 〈힐해브 투고〉와 〈정선아리랑〉으로 화답했다.

둘은 걱정과 괴로움보다는 노래를 통한 치유랄까, 뭔가 해소된다고 믿었다. 묘하게도 둘은 똑같이 숨은 약점이 있다. 예컨대 마음속 깊이 좋아하는 노래를 몇 번 부르면 저절로 눈가에 눈물이 고인다. 이렇게 눈물이 많은 바보 같은 모습의 약점도 비슷했다. 상하 선생도 겉보기와는 다르게 노래를 좋아했고, 나도 좋아해 참으로 행복했다.

어떤 이는 그분을 가리켜 직선적이며 무뚝뚝하고 화를 잘 내는 이북기질이라고 한다. 그러나 속마음은 정말 곱고 눈물 많은 소녀 같다. 내가 그를 존경하는 이유도 그의 '속마음이 곱고 의리 강한 성품'을 알기 때문이다. 어렵고 힘든 사람을 보면 가만있질 못하는 성격이다. 무뚝뚝한 겉보기와 다른 속 깊고 따듯한 인격자다. 그분 역시 날 사랑하는진 몰라도 내 개인전 18회 30년 세월에 단 한 번도 빠짐없이 18회 개근출석 참석하셔서 축하와 격려사를 자청해주셨다. 쉽지 않은 일이다.

필자의 예술의 전당 개인전 때, "자, 여러분! 김정 작가님의 발전을 위하여!!" 라고 목청까지 높여주신 사랑과 애정을 늘 고마운 마음을 갖고 있다. 그 기록만(1998년도 기준) 봐도, 나는 상하 선생을 좋아하며 존경하지 않을 수 없었다.

내가 그분을 좋아하는 걸 그분도 나를 이해해 주셨다고 생각한다.

1995년 5월 10일, 김서봉 님의 딸 결혼식이 연세동문회관에 있어서 가봤는데, 신부 쪽은 알지만 신랑 쪽엔 조각가 강태성 님이 서있어서 나를 포함 내빈들은 뭔가 헷갈렸었다. 나도 얼떨떨해서 마침 오셨던 김재임 님에게 물어봤다.

김재임 님은, "우리 집처럼 (이춘기-김재임 부부) 아들이 조각가 김봉구 딸과 사돈이 됐듯이, 오늘도 강태성 아들과 김서봉 딸의 결혼이에요. 강 선생이 전에 우리 애들 결혼한걸 보고 아하 그럴 수도 있구나하고 김서봉 님에게 전화를 걸어 사돈 맺게 된거랍니다" 김서봉과 강태성 두 분은 미대 동기동창이었으니 단번에 해결됐으리라. 이것도 행복한 삶의 스토리 한토막이다.

2000년 무렵이다. 수년 전 평창동 자택 이웃의 옆집 신축공사가 속을 좀 썩이는 일이 있었듯 싶었다. 김서봉 님은 매사에 대해서도 비교적 확실한 성격이시다. 그로인해 심리적 피로감을 느끼시는 듯 했었다. 그림 작업하는 입장에서는 심리적으로 피곤하거나 신체 어딘가 아파서 부담이 많은 환경에선 작업에 지장을 받게 되는 것이다.

그림 작업을 못하면 정신적 건강에도 영향을 준다. 이웃인 상대방과 전혀 말이 안통해서 많은 고민과 속을 애태웠던 게 결국은 상하 선생의 건강을 해친 게 아닌가하는 생각도 들었다. 자세히는 모르지만, 뭔가 늘 괴로워하시는 듯한 모양을 느낀 적이 많았으나 감히 내가 개인적인 질문을 못하고, 눈치만 봐왔다.

인사동 이용환-심죽자 부부전 때(1989.4.7) 김서봉 님을 만나서 같이 차를 마시는데, 김서봉 님이 자꾸 "옆구리가 결리면서 좀 불편하다"고 하시면서, 골치도 좀 띵하며 아프다는 이야기를 하신 것이 나의 수첩에 기록 되어 있다.

암튼 뭔지 모르지만, 건축과 관련된 골치 아픈 일이 있는 듯도 했기에, 김서봉 님 만나면 무조건 밥 먹고 노래방에 가서 마이크 잡고 풀어 드렸었다. 서봉형님은 장현이고 나는 아리랑과 팝송과 독일민요였다.

어쩌다 전화통화 할 때 나는 "오늘 장아독 할 수 있는지요?"라고 하는 건 장현-아리랑-독일민요를 줄여서 장아독으로 했고, 그 뜻은 오늘 '노래방 갈수 있겠느냐'를 둘만의 은어로 몇 번 썼었다.

나는 지금도 어쩌다 장현의 노래 〈나는 너를〉을 들으면 상하 선생이 옆에서 열창하시는 걸로 상상하게 된다. 들을 땐 얼굴이 멀겋게 달아오르는 듯한 열이 솟는다. 속된 말로는 묘한 감정상태가 되는듯하다. 그래서 나도 모르게 다시 한 번 더 듣고 싶어진다. 그리고 가슴이 찡~ 해옴을 느낀다.

그건 좋아하는 친형님의 목소를 듣고 보는듯한 상징처럼 느껴지는 애정 때문이었다.

최덕휴

…되었으면 좋다. 高等學校 과정에서 생각해 보면 美術學校에 와서야
…것들이 많지 않으면서도 … 反省이다. 1950년 金鐵 UAL (20년) 시
…一般 美術學校, ([illegible])
…고. 美術學校에 關한 이야기. [illegible] 적지 않으니라. 그리고
創作的 [illegible] 理由는 先生과 學生의 관계가 [illegible]
…에 해야 되는데 大學에서 배우는 [illegible] 入試로 [illegible]
… [illegible] 過程에 [illegible] 方法을 [illegible]

… 받으면서, [illegible] 產業美術 [illegible]
… [illegible] 用語는 [illegible]
… [illegible] 西洋 [illegible] 紙에 [illegible]
… [illegible]

… 敎學에 作業해 보라. [illegible]
… [illegible] 師範大學에서 [illegible]
… 敎師로 [illegible] 敎育의 [illegible]
… [illegible] 敎授의 硏究 [illegible] 學校 [illegible]
… 外國에 나가서 工夫할 수 [illegible] 않는가.

… [illegible]
… [illegible]
… [illegible]
… [illegible] 材料가
… [illegible]
… [illegible] 1987.

최덕휴 교수 [illegible]

최덕휴

불같은 성미는 어느 누구도 못 말려요…

최덕휴(1922-1998)님의 전화가 느닷없이 온 것은 1990년 8월 30일 오전 10시였다. 지금 교수님댁으로 급히 와달라는 전화를 받고 사당동으로 달려갔다. 문 열고 들어가 보니 누워있지 않고 의자에 앉아 있으셨다. 불편하신건 아닌듯해서 마음이 놓였다.

"어디 편찮으세요?"

"요즘 왼쪽 눈이 안 보여, 여기 상자 좀 열어보소."

그 상자엔 InSEA-Korea(국제미술교육협회 한국위원회) 서류가 있었다.

"아무리 생각해봐도 자네가 내 후계자로 맡아 줄 수밖에 없네."

"교수님 주변에 많은 분이 있는데, 이건 제가 할 일이 아닙니다.

최덕휴님이 급히 불러서 사당동 자택으로 갔던때. 오른쪽 김정.

죄송하오나 전 못합니다."

"일단 내 말 좀 들어봐, 자네만큼 미술연구논문 쓴 교수가 없잖아. 이건 국제적이요, 나도 숱한 사람을 끌어주고 밀어줬지만 늘 허망해. 내 마지막 부탁이니 좀 해보게."

"교수님 심정은 이해되지만 이건 부회장이 맡을 일입니다"

"여보 김 교수 이건 인간적 부탁이야."

"절 생각해주신 건 감사하오나 정말 못합니다."

정말 뜻밖의 당부에 당혹스러웠다. 더 앉아있기가 불편해 자리를 뜨려 하자, 고성이 터졌다.

“야! 김정! 나한테 이럴 수 있냐? 다른 사람이 있다면 왜 자네한테 통사정하겠나, 솔직히 국내 교수들 제대로 미술연구 논문 한 편 쓴 사람 있느냐 이 말이야? 나도 이 짓이 좋아서 한 게 아니야. 5, 60년대 한국미술교육현장을 보면 너무도 황폐해. 미술 선생이나 교수는 학생들 정서와 창의성 교육엔 관심들이 없어. 내가 그걸 깨려고 연구모임 설립해 국제학생미술교류전도 추진한 게 아닌가…. 자네도 알다시피 난 지금 늙어 눈도 안 보이고 그러니 두말하지 말고 자네가 맡아야 내가 맘을 놔요! 자네가 몇 년 전 한국조형교육학회 창립한 건 정말 역사에 남을 일이란 걸 나도 잘 알지, 아무나 할 수 없듯 이것도 자네만이 할 수밖에 없네. 나 최덕휴 자존심 버리고 통사정하겠네. 경희대에서 자네와 사제지간 만난 건 정말 행운이지, 이런 속 깊은 의논도 할 수 있으니 말이야.”

나는 즉답 못 하고 교수님 얼굴을 보니 눈과 입이 일그러진 모습이었다. 만약 다시 거절하면 흥분, 졸도하실 예감이었다.

그 순간 나도 머리가 돌 것 같은 아찔함을 느꼈고, 하는 수 없이 인간적 갈등 속에 말없이 상자를 들고 나오면서 후계 인수 뒤 바로 즉시 InSEA 해체를 결심했다.

그 후 내가 겪은 2년 고통 세월은 끔찍한 암흑이었다. 문교부에 제출되어 처리했어야할 묶은 공문서류가 처리 안된 채 30년째 접수 당시 그대로 고서처럼 먼지에 쌓여 있었다.

문제는 국고보조금 수령 후 사용내역서도 없고 사용보고서도 없다. 예컨대 돈만 계속 받아쓰고, 어디다 어떻게 쓴 건지 기록도 없어 막막한 처지였다. 수십 년 지난 걸 현재 어떻게 지출 내용증명서를 만들 것인가. 공공단체 협회에서 국고 돈을 쓴 증빙서류는 법적 문제로 반드시 갖춰있어야 하는 법이다. 30년 동안 회의 기록도 없는데 어떻게 꾸며 만드는가, 예산·수입 지출서, 지출내용문건 등도 없다.

30년간 내부공문이 없는 공중에 뜬 상태였다. 전혀 이어갈 여지도 없고, 그냥 최 교수님 댁에 다시 반환해야 될 일이었다. 그 외엔 내가 어떤 법적 조치를 선택할 능력도 없고, 재정적 힘도 없는 현실이었다.

이걸 다시 댁으로 갖다 드리고 나는 손을 떼야할 것인가, 어떻게 해야하는가, 해답이 없다.

2주일을 혼자 고민, 또 고민하다가 결론은 그래도 나를 믿고 마지막 유언 같은 일을 맡겼는데, 내가 반대하면 최 교수님은 쇼크사나, 아니면 말년에 영창 구치소라도 가야할 막다른 길인데, 이를 어떻게라도 해결 방법을 찾는 게 제자의 도리가 아닌가, 싶었다.

며칠간 전문가 찾아 모색해 보려고 법률사무소에 문의도 해봤는데, 어렵다는 대답이었다. 이리 찾아보고 저리 찾아보다가 희미한 희망이 보이는 인연을 만났다.

천신만고 끝에 소개받은 행정서사의 도움으로 하나씩 해체-복원을 했으나 그 작업량은 정말 지쳐 쓰러질 정도였다. 산 넘어 산처럼 해야 할 일과 서류가 엄청났다. 평생 이런 일을 할 줄은 상상도 못했다.

마지막 문교부 장관 허가 해체과정 1년 소요, 법원말소등기 위한 제출서류 작성 4개월, 그사이에도 나는 이걸 해야하나 아니면 포기 해야하나를 끊임없이 고민하며 포기와 시작을 몇 번씩 반복했다.

말이 1년이지, 나는 하루하루가 완전히 쇠사슬로 묶인 포승줄의 죄인 같았다.

"스승이 나를 믿고 부탁한 마지막 소원인데…." 난 포기했다가 다시 또 시작했고, 1년간 천신만고 끝에 법률, 사법, 행정서사를 총동원해 1992년 4월 13일 해체등록을 끝냈다. 공식비용으로 내 월급 한 달 치가 몽땅 들어갔으니 집에선 생활비로 난리가 났고 그 후유증으로 몇 달간 시달렸다. 이건 보통문제가 아니라 집안 망하는 사건처럼 부부사이도 말이 안될 정도로 험악해졌다. 얘기하기도 지쳤다. 더욱이 나는 병이 나서 더 힘들었다. 그래도 용기를 내서 하루라도 빨리 최 교수께 전화로 결과 보고해 드리려고 노력했다.

다음날 최 교수께 전화로 우선 종료 보고하였다. 참고로 비용도

최덕휴교수 정년 고별강연

1987. 6. 20

한국일보사 송현클럽

경희대학교 사범대학미술교육학과 동문회

정년퇴직기념 고별강연 안내문.

언급했더니 격려는커녕 "왜 이렇게 늦었나, 나 돈 없어!"라는 대답이셨다.

2년 세월이 길다고 화가 난 것이다. 2년 동안 나는 거의 지쳤고 돈 잃고, 아프고, 이런 크나큰 고통을 참고 이기면서 완성해 놓은 것을 모르시고 대번에 큰소리만 낸 교수님….

본심은 정직하신데 늘 입에서 욕설과 불똥이 튀는 성격이시다. 그날 나는 전화 충격에 큰 상처를 또 받았다. 더 이상 전화도 걸 수가 없을 정도로 교수님이 미웠다. 그 미운상처는 차츰차츰 분노로 변했고, 열이 치밀어 밥맛도 잃었고, 그 후유증이 심해져 결국 며칠간 앓아눕게 됐다.

'저 불같은 고약한 성질 때문에 내 가슴에 멍을…' 생각만 해도 지긋지긋한 정신적 고통이 쌓인다. 거기다가 꼬라박은 금 같은 나의 돈 문제, 시간 낭비 등 너무 속상해 생각하기도 싫었다.

당시 김정은 최 교수의 강연 내용을 현장에서 기록했다.

돈이 문제인가 사제지간이 원수지간으로 변한 그 아픔을 씻으려 나 홀로 조금씩 산에 다니며 잊으려했다. 어떤 때는 산길을 지나다 거대한 바윗돌을 보면 그 앞에 서서 답답한 내 맘을 토로하며 '내 맘을 좀 풀어주소.' 라며 혼자 중얼거리며 가슴풀이도 해봤고, 기도를 하기도 했다. 개울가를 지날 때도 잠깐 앉아 물 흐르는 모습을 보며 하염없이 앉았다가 '이렇게 흘러가는 게 인생인가'라는 스스로 해석하는 자칭 '도사 아닌 도사'가 되기도 했다.

그렇게 산을 찾는 도사 아닌 도사행동을 몇 년 하면서 '나도 이후부터는 제자나 후배에게 어떤 아픔이나 고통을 줘서는 정말 안되는 인간'이 돼야한다는 걸 되새기고, 또 되새김을 하게 된 교훈을 갖게 되었다.

그러다보니 최 교수님은 나에게 또 다른 '참는 인생' 공부를 시켜주신 셈이다. 그러나 사람의 머리는 또 과거의 아픈 머리가 생각나기도하는 버릇이 자연스레 돌출된다. 그래도 너그럽게 삭히는 일이 쉽질 않아 수년을 다녔다. 마치 도 닦는 수행자처럼….

그래도 아픈 마음 상처는 쉽게 아물긴 힘이 들었다.

긴 세월 아픈 상처 속에서 지내던 중, 1998년 2월 22일 최 교수의 별세소식을 접했다. 지쳐 죽을 뻔 했던 일과 금전을 생각하면 얼굴도 보기 싫었다. 지겨웠던 사제지간도 싹 지워버리고 싶었다.

하루가 지나고 밤새도록 또 새로운 고민이 생겼다. 마지막 길까지 외면하기엔 내가 나를 용서치 않는다는 자책감이 또 나를 괴롭히기 시작했다. 이젠 두 가지 고민이 또 겹쳐 갈등이 생긴다. 아침에 깨면서도 고민은 계속됐고 해답이 없었다.

'그래도 내 스승이니 어쩌랴, 나는 그나마 50세 직전으로 젊었으니 다 풀고 큰마음으로 속 시원하게 잊어버리자'며 삼성의료원 20호의 빈소로 찾아가 마지막 예의를 지켰다.

사망원인은 전날 21일 밤 동계올림픽에 쇼트트랙 경기 중 아슬아슬하게 한국선수가 금메달을 차지하는 숨 막히는 경기를 보시다가 쇼크사로 추정된다는 주변인들의 말이다. 즉 당뇨에 의한 정신적 쇼크사였다. 모였던 몇 분이 최 교수님 성격을 자연스레 얘기한 걸 모아보면, L씨는 "최 교수는 연구실에서 전화거실 때도 옆방에까지 쩌렁쩌렁 들릴 정도로 흥분하며 크게 말하곤 한다." 또 다른 Y씨는 "성질이 불같아서 담배를 피울 때도 그렇지만, 끌 때도 찌지직 짓이겨 끈다. 그래서 재떨이가 마치 파헤쳐 뒤집어놓은 듯 했다"고 말했다. 따라서 필자견해도 ' TV생중계보시다가 극적순간에 충격으로 사망하신 듯하다'로 판단된다.

시간이 지나자 '스승의 마지막 소원을 내 손으로 깨끗이 풀어드렸다'는 긍지와 자부심마저 느끼기 시작했고, 그래도 살아계실 때 이런 정리를 했으니 천만 다행으로 느꼈다.

성질은 정말 못돼서 사람의 가슴을 아프게 만드는 정도가 아니라, 인간사회에선 거의 할 수 없는 행동이셨지만, 딱 한 가지 감사한건 부족한 나를 지도해주신 스승으로 기리는 건 또다른 의미가 있는 것이 아닌가….

최 교수님의 생전 연구하신 학문적 미술교육업적을 논문 〈InSEA-Korea 30년 활동변천사 연구〉제목 등 논문 2편을 썼다. 그 연구논문을 국제학회지에 발표하여 오히려 스승에 보답하는 제자로서 학술연구논문을 남겼다.

지옥 같은 당시 InSEA-Korea 서류의 완성본은 보기만 해도 머리가 아파서 1999년 영월에 있는 책 박물관에 모두 기증했다. 그리곤 그 길로 괴롭고 지겹던 일들도 다 씻어버렸다.

민병목

민병목

시간과 원칙 지키다 외롭게 떠나신 멋쟁이 화가

민병목(1931-2011) 선생은 원칙을 지키시는 화가다. "시간 좀 지키쇼, 시간 좀…." 한평생 원칙을 지키며 외롭게 살다 가신 화가 민병목 님의 말이다. 개성 하나는 확실했지만, 많은 사람이 그와 작은 오해로 얼굴을 붉히거나 부딪친 일이 많았다. 대인관계가 나빠서가 아니라 그의 원칙 때문이다. 민병목 선생의 기준은 독일스타일로 보면 정답이다. 눈 오면 내 집 앞 깨끗이 치우기, 약속 시간과 교통신호 지키기, 줄서기는 기본이다. 그의 기준에서 보면 우리 사회는 엉터리 난민 수준 같은 모습인 것이다.

1975년 신문회관화랑에서 그의 개인전 때 방문객 중 Y씨가 술에 취해 약간 횡설수설하며 그림을 자꾸 만지는 걸 민 선생이 봤다. "손으로 그림을 자꾸 만지지 마시고요."하자 Y씨는 "뭐가 어째? 만지지 말라고?"하며 민병목 선생을 툭 밀쳤다. 민 선생도 상대 손목을 잡고 제압하며 "여긴 술집이 아니고 전시장이니까!" 고함치며 다스렸다.

전시장은 순식간 격투장으로 변했고 결국 민병목 선수의 '승'으로 종결되었다.

민 선생이 늘 미스터리로 여기는 대상은 바로 장욱진 선생이다. 그는 장 선생 행동이 도저히 이해가 안 된다며 '쇼 하는 게 아니냐'며 의문을 가졌던 분이다. 1976년 9월 30일 동인들이 양수리 근처 야유회를 갔다. 물가에서 앉아 두어 명이 담소를 하던 중, 민 선생은 "장 선생은 납득이 안돼요. 장가들어 가장으로서 자녀까지 기르면서 담뱃값도 나 몰라라 하고 담배를 피우는 게 말이 되나? 내 기준으로 보면 도저히 이해가 안돼죠." 그 말에 나는 "민 선생의 시각으로 보면 맞는 말이죠. 그러나 장욱진 선생은 남에게 피해 안주고 본인 천성이니 어쩔 수 없는 것이죠. 남에게 피해를 주며 거짓으로 위장하는 모습과는 전혀 다른 것이니 어쩌겠어요. 괜찮다고 보는데요. 하하하…."

그러자 민 선생은 더 이상은 말하지 않았다. 소나무도 여러 모양이 있듯 사람도 여러 유형이 존재하는 건 당연하다. 따라서 민 선생 기준에서 본 입장도 옳다. 그러나 장 선생 입장도 이해가 된다. 장 선생은 세상 물정에 정말 어두운 체질이었다.

민 선생은 평상시에도 시간을 잘 지키신다. 그룹전 모임의 지각대장인 A씨와 C씨는 매번 잔소리를 들으면서도 지각했다. 민 선생은 약속 시간 30분까지 늦는 건 그냥 참지만, 더 늦는 경우는 그냥 가 버리는 때도 있었다. 민병목 선생은 '그림쟁이들 시간 안 지키는 버릇은 고쳐야 한다'고 늘 주장하셨다.

1977년 8월 30일 모임에서 A씨가 두 시간 늦게 오자 민 선생이 버럭 소리를 질렀다. "여보! 시간 좀 똑바로 보고 다니쇼! 누군 바보라 제시간에 오는 줄 아슈?" 그 이후로 A씨는 지각을 좀처럼 안 했다.

1980년 5월 모임 중에 C씨가 술을 마시고 또 술타령하자 소리를 크게 지르며 "이봐, C씨, 회의 좀 합시다. 회의가 더 중요하니까 술타령은 나중에 좋아하는 사람끼리 따로 하고, 여긴 지금 중요한 시간이니 정신 좀 차리고…." 결국 민 선생은 앙가쥬망 동인전 그룹을 그만두셨고, 그 뒤 지적받았던 회원은 시간관념이 한결 개선됐다.

동인전의 전시 팸플릿 제작 모임에서, 총무는 회원들 출품 제목을 받아 적었다. 이때 민 선생만 총무에게 노트를 달라고 해서, 본인 자필로 직접 제목을 적었다. 20여 명 회원 중 유일하게 본인이 제목을 적는 분은 딱 민병목 님 한 분이다. 남을 의심하는 게 아니라 틀림없는 것을 좋아하는 성격 탓이다. 실수 없는 게 좋은 것이니까…. 그걸 누가 말릴 것인가.

내가 앙가쥬망전 총무 시절 그룹전 '회칙수첩'을 처음 만들었다. 과거엔 메모용지에 썼다가 흐지부지 없어지는 등 기록이 없었다. 특히 회원 주소와 전화번호 등이 엉성했다. 앙가쥬망 그룹모임이 한두 해도 아닌 수십 년 된 전통 있는 미술그룹인데, 이래서는 안되겠다고 생각한 나는 회의 때 건의를 해서 가로 7.5×11㎝ 회칙수첩을 처음 만들었다.

회원 주소와 전화번호 및 회칙기록 등으로 엮었다. 만들어놓고 보니 당시 국내그룹전을 통틀어도 회칙수첩을 만든 건 그것이 '최초'였다고 한다.

회원수첩 만들기 전 내가 회의 때 제안하니, 대부분의 회원들은 해도 그만 안해도 그만의 자유였는데, 유일하게 민병목 선생이 반드시 만들어야 한다고 강하게 찬성해서 진행했다. 덕분에 모임시간 준수와 회비 입출금 등 확실한 기록을 남길 수 있었다. 나는 40년 보관해오던 최초 그 당시 나의 앙가쥬망 그룹전 회칙수첩 원본을 2016년 1월 '김달진미술자료박물관'에 기증했다.

회칙수첩 형태로 만든 그룹전 수첩은 '앙가쥬망전 회칙수첩'이 국내 처음일 것이며, 그것을 만든 장본인은 김정이고, 꼭 해야 된다고 찬성한 분도 민병목 님이다.

민병목 님처럼 철저한 분이 많아지기를 나도 희망한다. 요즘 주변을 보면 우리는 난민국 수준 같다. 가로변 벤치나 잔디밭 주변은 담배꽁초, 빈 컵, 가래침, 개똥, 깡통, 라면 먹은 빈 그릇, 쓰레기 천지다.

그것은 곧바로 선박 사고, 산불화재, 공사장, 붕괴사고 원인 등을 부르는 시발이다. 모두 무질서가 원인인 것이다. 이런 대형 사고를 볼 때마다 민 선생의 원칙이 더욱 빛나게 보인다.

최근엔 한술 더 떠서 견공들의 개똥도 한몫을 더 하고 있다. 겉보기엔 개와 산책하는 모습은 좋을지 모르나, 뒤처리를 보면 겉보기완 다른 행동이 안좋다. 그게 바로 양면성이다.

나는 한국인의 양면성에 대해 기업, 일반문화 교양강좌 등 특강 강연에서도 밝혔지만, 양면성이 우리의 문화 안에 오래 존재해 온 건 분명한 일이었다. 이는 지정학적으로도 중국과 일본의 양쪽 사이에서 생존하다보니 그런 문화가 생성됐다. 그러나 현대로 오면서는 국제 질서에 맞춰 살아야하는 게 맞다. 그런 점에서 원칙과 기본을 중시하는 민병목 님의 행동은 옳다.

민 선생과 나는 성북동에서 1950년대를 같이 살았다. 내가 중학생 때 민 선생은 대학생이셨다. 민 선생의 형님이 성북동에서 미카엘이란 약국을 운영하셨고, 그 약국집에 민병목 님이 같이 사셨다. 어릴 때부터 민 선생과 같은 동네 이웃에서 우연히 캔버

스를 들고 다니는 민 선생을 길에서 만났고 내가 먼저 말을 걸면서 친한 선후배로 지냈다. 그러다 보니 나도 슬며시 민병목 님의 행동을 닮아간 듯, 등산할 때 담뱃불을 버리거나 쓰레기를 버리는 인간을 보면 나도 모르게 쓴 소리를 한다. 버려진 담뱃불이 산불로 이어지는걸 알텐데도 버린다. 그런걸 보면 민병목 님의 원칙이 그리워진다.

민 선생은 S 중고교에 오랫동안 재직하며 노총각으로 40세가 훨씬 넘게 지내시다가 사랑하는 분을 만나 늦게 결혼하여 행복하게 사셨다. 신혼 중에는 가끔 광화문에서 만나 뵙기도 했었고, 소년조선일보 주최의 문예상 청소년 미술실기대회에 심사위원으로 만날 때도 있었다. 그리고 학교 정년퇴직 이후엔 경기도 안산시 근처로 이사 가신후로는 접촉이나 연락도 없어 궁금했었다.

그러던 2011년 먼 길을 떠나셨다는 것을 보도를 통해 늦게 알게 됐었다. 국내의 대형사고 뉴스를 접할 땐, 늘 민 선생의 원칙이 떠오르며 그리워지는 분이다. 마치 독일 사람을 보는듯한 느낌이 들 정도로 원칙을 사랑한 분이다. 그리고 청결과 시간 엄수를 주장하셨던 고귀한 화가로 기억되는 분이셨다.

이종무

이종무

따뜻함과 차가움 다 갖춘 충청도 양반

이종무(1916-2003) 선생은 평소 구수한 농담도 잘하시며 유머 감각이 풍부한 충남 아산 출신의 양반 기질인 분이었다. 평소 주변사람들의 관계에서 정도를 벗어난 불의를 보면 날카롭게 지적하며 바로잡는 정의로운 면이 강하셨다. 내가 이 분을 가까이 뵌 건 청소년미술대회 심사 하면서다. 그 후 미협선거를 앞두고 김서봉 선생의 소개로 1978년 인사동 입구 임시선거사무실 주변에서 몇 번 커피타임에 동석했다. 특히 1980-81년 미협선거를 앞두고 박영선 씨 출마설로 긴장하던 바쁘신 시기였다.

그즈음 나는 서독으로 떠났고, 나중에 선거결과를 보니 총 투표자 437명 중 이종무 후보 257표, 최기원 후보 175표로 이종무 선생이 새 이사장으로 당선된 걸 뒤늦게 알았다.

10년 뒤 1991년 이종무 선생 작업실이 강남구청 앞으로 옮긴 뒤부터는 자주 만나 뵈며 지냈다.

내가 사는 동네 역삼동에서 걸어가도 되는 거리였다. 그러다 보니 우연히 강남구청 앞길에서 만날 때도 있었고, 버스정거장에서, 백화점에서도 만나 뵐 정도로 지척에 사는 이웃 주민이었다. 가끔 나의 콧수염 모습을 보시고 코치도 해주셨다. 수염도 여러 갈래인데 얼굴 두상에 따라 형형색색이니까, 연구해보라는 말씀도 해주셨다.

원래 박학다식한 분이라 언변이나 유머 감각이 아주 풍부하셨다. 나의 수염에 대해 느끼신 걸 한 말씀 해 달라니까, "김 형 수염은 예쁘게 난 게 자연스러워서 귀엽지"라며 껄껄 웃으셨다. 난 20년 이상 놔두면서도 내 수염이 뭐가 어떤지 아직도 뭔지 모르고 그냥 내버려 두고 있는 꼴이었지만, 이종무 님의 판단은 예리하셨다.

필자가 1989년 K대학원 출강 시절이다. 강사휴게실에서 매주 목요일 오전에 김원, 이종무 님 두 원로분을 만났다. 같은 날 3인의 시간표가 비슷하게 짜여있었기 때문이다. 9월 14일 강사실에 도착했는데, 두 분 모두 무거운 표정이셨다.

잠시 후 이종무 선생이 "김형, 이 대학에 기분 나빠 안 나올거요." "왜요?" "C교수는 이곳의 터줏대감이잖아, 미술과를 창설한 분

인데. 그런 분을 쫓아내려는….” 옆에 있는 김원 선생도 “정말 기분 나쁜 얘기네, 지네들을 키워 줬는데….” 그 이후 두 분은 강사실에서 모습을 감추셨다. 이종무 선생의 시각에서 본 어떤 기준인듯했다. 그 후 나는 더 이상 무엇인지를 캐묻지 않고 넘어갔다.

그리고 한해가 지났을 무렵이다. 어느 날 이종무 님에게서 전화가 왔다. “김 교수, 오늘 나하고 젓가락질로 후루룩이요, 아니면 숟갈로 짭짭할 거요?” 그건 자장면이냐 국밥이냐를 친숙한 의성어로 말씀하신 센스다.

바로 작업실로 갔더니, 이종무 선생 작업실 책상은 글 쓰시던 원고지로 흐트러진 채 복잡했다. 작업실에서 자장면으로 점심을 먹은 뒤, 차 한잔 마실 때,

“내가 김 형한테 부탁이 하나 있다오.”

“말씀만 하시면 제가 가능한 최대로 도와드리죠.”

“옳지, 김 교수와 난 속 깊은 얘기하는 사이니까 바로 얘기할게.” 하시며 책상 위에 있던 원고지를 보여주셨다.

“이걸 김 교수가 도와주면 좋겠는데….”

“그런데 원고지에 뭔가 연필로 쓰셨네요.”

“응, 이건 옛날 H대 시절 제자인데 개인전을 해요. 이 젊은 친구는 내가 써준 서문을 꼭 팜플렛에 넣겠다는 거요. 그러니 난들 사랑하는 제자를 어찌 거절하는가. 허허허….”

“아, 그래서 서문 쓰시는 중이시군요.”

"응, 쓰려면 쓸 수 있겠지. 그러나 김 교수가 내가 된 입장에서 잘 풀어 써주면 더 좋겠다는 생각에 불러낸 거요. 눈도 점점 안 보여. 그렇다고 이걸 아무나 써달라고 부탁할 순 없지. 나도 자존심이 있는데, 나하고 마음 주고받을 만큼 신뢰하는 김 교수에게 부탁 좀 하는 거요."

"어휴, 저같이 어린 사람을 신뢰하시고 인정해 주시니 감사하지요. 자세히 말씀 좀 해주시면 성의껏 도와드리겠습니다." 나는 그 원고를 이 선생 작업실에서 약간 손 좀 보고 끝내려 했더니 철자법 틀린 게 한두 군데가 아니고 복잡했다.

내가 원고를 읽어보는 사이 이 선생은 뭔가를 매직으로 쓱쓱 그리셨다. 나중에 알고 보니, 원고 읽는 내 얼굴을 스케치하셨다. "여보, 내가 그린 게 어째 김정을 안 닮았네~ 할 수 없지. 허허허허."

원고의 글씨가 복잡해 짧은 시간으론 힘들어 나는 집에 갖고 와 다시 깨끗이 정리, 이틀 만에 완성하여 1990년 6월 22일 화실에 전달했다. 받아 읽어보시곤 "고마워요, 내가 쓰기 귀찮아서가 아니고 더 좋은 글을 사랑하는 제자에게 주고 싶은 마음에서야. 허허허."

평소 바른 소리를 거리낌 없이 하시는 냉정한 성격이시지만, 어린 제자에겐 부모 같은 정성으로 사랑하며 북돋아 주시는 온정을 느꼈다. 그 천성은 충청도 양반의 따듯한 기질인듯 했다.

"작품 활동을 하면서 당신처럼 미술논문 쓴 교수가 드문 건 나도 다 알지. 하루아침에 되는 게 아니요, 연구하려면 그만큼 정성과 노력이 필요하거든….”

“네, 그렇게 봐주시니 감사드립니다. 저를 스케치해 그리신 걸 보니 궁금해서 한 말씀 여쭤봐도 됩니까?”

“그려, 뭔데?”

“선생님은 그림을 누구에게 어떻게 배우셨는지요. 크로키를 보니 생각이 나서요.”

“아아, 난 옛날 춘곡 고희동 선생이 나보고 책도 많이 보라고 했지, 그분은 우리 할아버지와 친구였는데 내게 데생 지도를 해주셨지요. 그 뒤 신홍휴 선생 지도를 받았고… 어느 날, 나보고 ‘봄, 여름, 가을처럼 변화되는 풍경도 좀 그려봐. 맛이 달라’라고 지도해주셨다오. 또 국전에 출품해보라 해서 경복궁의 향원정을 열심히 그려 냈더니 당선됐고, 그다음부턴 나도 계속 그렸지. 그게 시작이었다오.”라고 자세히 설명해주신다. “요즘은 눈이 자꾸 잘 안 보인다오. 나도 세월 따라 늙어가나 봐, 허허허”

그리고 세월도 많이 흘렀다.

이종무 선생은 고향에 좀 가보신다고 내려가신 이후부터 이종무 선생의 구수한 충청도 목소리와 껄껄 웃으시는

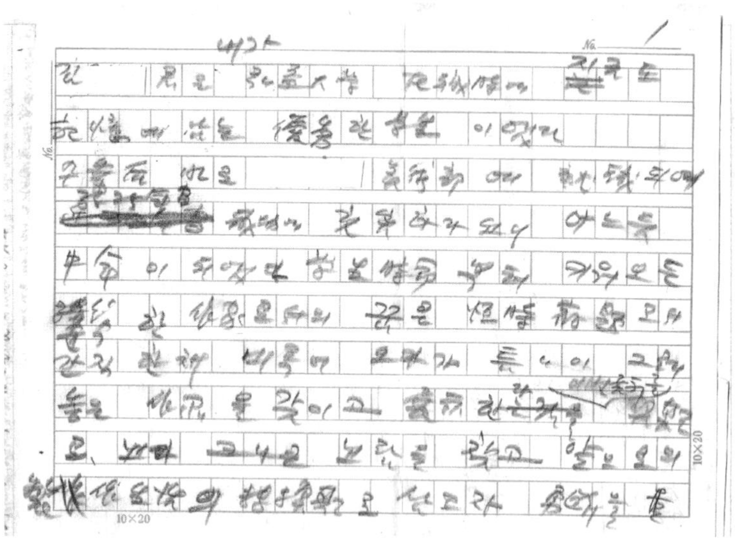

이종무 님의 원고 필적. 이것을 필자가 다시 쓰게 됐다.

모습은 더 뵐 수 없었다. 그러던 중 슬픈 소식이 들려왔다. 충남 아산의 동네 입구 건널목에서 가슴 아픈 교통사고를 당하셨던 것이다. 그 사고 이후론 이 선생님의 체취는 영영 느낄 수 없게 되었다.

그 후에 2016년 10월 25일 '이종무 탄생 100주년 기념 회고전'이 (재)천안문화재단과 문체부 한국문화예술위원회 공동주최로 천안 예술의 전당에서 열렸다. 이 특별전 팜플렛에 유가족과 주최측의 뜻으로 필자에게 서문 청탁이 와서 감히 '이종무 선생을 추모하며…'라는 서문을 쓰게 된 것도, 큰 영광의 인연으로 생각하면서 고인 이종무 님의 기념회고전 축하와 더불어 고인의 명복을 또다시 머리 숙여 빌었다.

홍 종 명

洪 鍾 鳴

自宅151: 서울·銅雀区舍堂洞芸術人村303-30
電 話 583-1 7 1 8 番
職 場: 電 話 752-0650 · 0635 番

HONG, CHONG MYUNG
303-30 ARTIST VILLAGE SADANG-DONG,
DONGJAK-KU, SEOUL, KOREA 151
TEL: 583-1 7 1 8

[illegible] 金正 教授

12月 되었읍니다~

지난번 CCA 第8次 總會

잘 보았읍니다~

多多中 [illegible] 그때 [illegible]

[illegible] 해주셔서 [illegible]

[illegible] 드립니다~

亞細亞 [illegible] 展覽會 에 參

[illegible] 주신데 대해 感謝 드리며

[illegible]

홍종명

홍종명

그림과 신앙을 함께 지켜온 화가

홍종명(1922-2004) 선생은 신앙 깊으신 화가였다. 그림이냐 교회냐 둘 중 하나 선택하라면 고민에 빠지실 것이다. 서예가 김기승 선생 등 몇 분이 중심되어 1966년 한국기독교미술인협회를 창립하던 시절에 처음 뵈었다. 이 그룹전 창립하는데 큰 역할을 하시기도 했고, 나도 회원이었다.

1975년 가을 홍종명 선생과 박고석 선생이 오랜만에 도봉산 산행할 때 나도 같이 간 적이 있다. 박고석 선생은 늘 혼자 다니셨는데 이례적으로 우리를 데리고 같이 가셨다. 홍종명 선생이 새로 산 등산화를 처음 신고 왔다며 자랑하는 걸 조용히 듣고 있던 박 선생은 홍 선생의 모자를 벗기며 산 아래쪽에 던졌다. 그리곤 "야 종명이, 내려가서 얼마나 빨리 올라오나 시험 좀 하야 갔어, 빨리 모자 개져와 보소!"

내가 대신 내려가려니까 박 선생 왈, "아, 이건 종명이가 가야 해, 빨리 갔다 오라우" 하셨다. 새로 산 신발이 얼마나 더 좋은가를 시험해 보려는 의도였다. 홍 선생은 내려갔으나 쉽게 돌아오질 못했다. "종명이 빨리 오라우~"하고 소릴 질러 봐도 빨리 못 올라왔다. 약간 가파른 언덕이었다. 잠시 후 박고석 선생이 끌어주며 올라왔다. 홍 선생은 등산을 썩 잘하시지는 못했다. 박 선생은 "야, 종명이는 내일 미아리고개부터 다시 다니라, 다리 훈련 멀었다 알았디! 다리 힘이 없으니까니 구런 거야." 새 신발 샀다고 자랑하시다가 힘겨운 테스트만 당한 셈이다. 박 선생이 늘 아끼는 후배가 바로 홍종명 선생이고, 이번 쇼는 다리 건강 좀 챙기라는 테스트 겸 운동자극 싸인이었다.

홍종명 선생은 전쟁 때 월남한 화가였고, 고생도 많이 하셨다. 홍 선생 뿐 아니라 월남한 작가들은 거의 비슷했었다. 일정한 수입이 없어 살기가 힘들 때, 안암동에 있는 D중학교에 나가게 되었는데, 그 사연을 C교수가 내게 들려줬다. "홍 선생은 평소 얌전한데 직업이 없어 그림을 제대로 못 그리는 걸 보다 못해 내가 잘 아는 일본 교장에게 취직을 부탁했지. 학교 교장은 나의 말을 믿고 미술 강사로 홍종명을 임용했다가 나중에 전담교사로 발령받은 것이지" 라는 말씀을 해 주셨다.

그 뒤 일본 교장은 떠났고, 홍 선생은 D중고교에 계속 근무하시다가 수도여사대로 옮기셨다. 홍 선생은 신앙적 내용 그림을 그려서 잘 알려졌고, 결국은 1974년 기독교 재단인 숭의여자대학으로 스카우트되셨다. 그 후 정년 때까지 필자와 같은 대학의 교수로 재직, 정년퇴직 직전에 학장까지 하셨다.

그의 학장 시절 학교에 노사분쟁이 있었다. 노조 직원들과 운영자 간의 대립이 심해 끝이 보이지 않는 상황이었다. 노조는 파업이었지만, 강의와 수업은 부분적으로 진행되던 때였다. 민주노총 간부가 대학노조를 격려차 방문하면서 대립은 더욱 격렬해졌다. 운동장과 복도는 투쟁 물결로 시끄러웠다. 이렇게 시위가 치달을 때, 노조 측이 불법을 자행할 수 있다는 판단에서 그 당시 홍 학장은 인감도장과 직인 등을 가방에 넣고 출퇴근했다. 아마도 직인이나 인감을 몸으로 지키시려는 용단인 듯했다. 한편으론 성격이 고우셔서 강성노조 농성 요구에 최선의 대처 방법을 찾는데 애를 먹기도 했었다. 직인을 육탄으로 막는 용기가 쉽지 않았지만, 신앙으로 무장하셨던 것이 아니었나 하는 인상이었다.

필자와 같은 대학에서 오랫동안 지내셨고, 국제기독교아티스트 서울전 때도 애를 쓴 분이다. 인격이나 신앙은 우등생이셨고, 식초 기호도는 우수 장학생 급이셨다.

1980년 중구청 민방공 훈련 때 대학 전 직원이 새벽 5시 비상 출근했다. 훈련이 끝난 아침 6시경 인근 해장국집으로 십여 명이 같이 갔다. 아침 식사 중 홍 선생은 주인장을 불러 식초를 달라고 했다. 갖고 온 식초를 해장국 밥에 들어부었다. 모두 이상해서 시선을 집중해 물어보니 "난 고깃국이나 고기를 먹을 땐 반드시 식초를 발라야 먹어요." 왜 그러시냐고 물으니 "이북에서부터 배워온 버릇이라서…."라고 하셨다.

어느 여름날 학교 앞 냉면집에서 교수들과 식사를 할 때도 아예 식초를 냉면에 쏟아부었다. 냉면 국물이냐 식초 국물이냐가 구분 안 될 정도로 신맛을 즐기셨다. 교수들과 회식자리엔 늘 식초병을 준비하는 모습이 그분의 식사 풍경이며 일상이었다. 자장면에도 식초는 마찬가지. 그래서 농담으로 별명을 '홍식초 자장'이라 붙였었다. 그 홍식초 자장을 먹어본 사람들은 시큼한 자장맛도 괜찮다는 게 중론이었다. 나 역시 같이 먹던 버릇에 식초를 자주 쳐서 먹었더니 집에서도 가끔 식초를 들어붓곤 했다. 그 뒤 필자는 위장에 손상이 생겨서 식초를 줄였다. 그러나 여름철의 냉면엔 시큼한 식초를 쳐서 먹는 편이 한층 새콤하여 맛있게 먹을 수 있다. 이른바 '홍종명 스타일 식초맛'인 것이다.

홍종명 선생의 그림 바탕은 늘 황토색이다. 작품 대부분이 황토물들인 듯 누르스름하게 깔리는데, 그 연유에 대해 J씨의 말은, "어려웠던 과거 시절 장판지를 이용해서 그림을 그렸던 것"이라고 말했다. 빚보증을 잘못 섰던 게 원인이라고 했다. J씨의 이야기를 구체적으로 보면, "낙원동 2층에 사진관을 하던 고향 친구가 홍 선생한테 재정보증을 서달라고 해서 보증서 써준 뒤, 그 사진관 운영이 잘되지 않아 결국 홍 선생까지 방 한 칸 없이 날려버리고 궁핍하게 살아야 했죠. 가난 속에 늘 캔버스 재료 살 돈도 없어 누런 장판 종이에다 그리게 됐고, 그것이 바로 오랜 습관이 되어 지금까지 그리게 된 것이죠."라는 것이었다.

나는 그와 같은 얘기를 듣고는 과연 그럴까하는 생각으로 학교에서 홍 교수님 연구실에서 조용히 둘이 있을 때 직접 확인을 해봤다. 차분히 들으시더니 약간의 미소를 띠시면서 "허허허. 그럴 수도 있겠지만, 난 황토 빛깔을 워낙 좋아해서요."라고 긍정도 부정도 아닌 지난 세월의 아픔을 이해하고 포용하시는 듯이 어물어물 조용히 넘어가신다. 워낙 조용하시고 말이 적으신 성품에 신앙심도 깊으셔서, 누구든 홍 교수(홍장로)님의 말은 백퍼센트 믿는 편이다.

기독교 계통의 학교였지만, 종교적 색깔을 내세우거나 강조하지도 않는 건실한 사학이었기에, 홍 학장님도 직책상 종교적 색깔을 내세우며 이런저런 주장 같은 개인견해를 밝히는 일은 없었다.

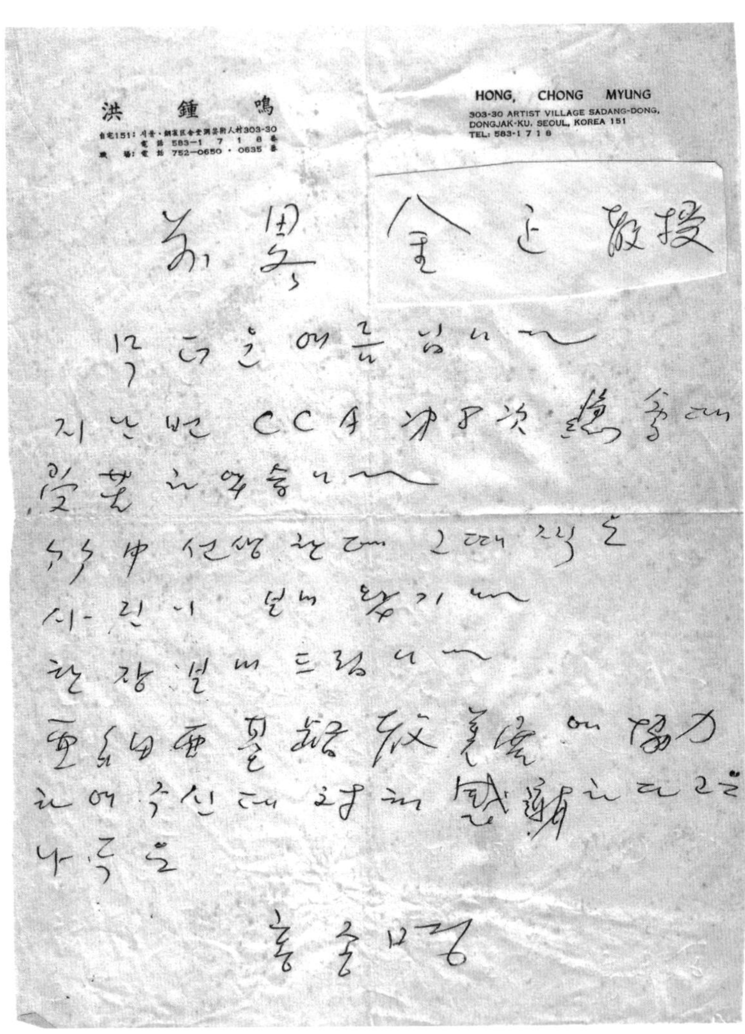

洪 鍾 鳴

自宅151: 서울·銅雀区舍堂洞芸術人村303-30
電話 583-1 7 1 8 番
職 場: 電話 752-0650 · 0635 番

HONG, CHONG MYUNG
303-30 ARTIST VILLAGE SADANG-DONG,
DONGJAK-KU, SEOUL, KOREA 151
TEL: 583-1 7 1 8

敬愛 金正 敎授

지난번 CCA 第8次 總會에
수고 하였습니다
사진이 보내왔기에
한 장 보내 드립니다
亞細亞 基督敎 美展에 協力
하여 주신데 感謝하다고
나중오

홍종명

아시아 기독교 국제전시 종료 후 수고했다는 격려 편지가 왔다. 1988년.

정년퇴임 후 작업에 열중하셨다. 그런 어느 날 작업실에 강도가 침입해 물질적, 신체적 아픔을 겪으셨다. 원래 조용하시고 신앙이 좋으셨는데, 때아닌 강도 출현의 충격으로 상당 기간을 큰 고통 속에서 지내셨다.

1993년 10월 22일 조선화랑의 전상수 님 전시장에서 홍종명 님을 만났다. 오랜만에 뵌 것이다. 같은 학교에서 근무하시다가 퇴직 이후엔 별로 못 만난 것. 반갑고 해서 요즘 어떠신가를 여쭤봤더니,

"보시다시피 나는 좀 건강이 나쁜 편이요. 불편한 데가 많아서…."

"어디가 그렇게 불편하시고 힘드신가요?"

"여기저기 여러 군데가 편칠 않티요. 이렇게 시내 나오는 건 쉽딜 않아. 그런데 김 교수도 참 오랜만이구려. 요즘도 작업 많이 하고 잘 지내지요?"

"네 그런대로 열심히 노력하면서 살고 있습니다. 그러나 홍 학장님이 건강하셔야 할텐데요. 어쩌죠?"

"나야 이젠 칠십 넘은 지가 좀 됐으니끼니 조심해야디. 허허허."

작품제작에도 지장을 받았던 괴로움을 삭히면서 지내시다가, 결국은 그 고통의 후유증으로 건강이 나빠지셨고, 끝내 82세에 조용히 천국으로 떠나셔서 주변 지인들을 슬프게 했었다. 박고석 님이 천국가신 뒤 2년 후 또 홍종명 님까지 떠나가심에 나는 허

전한 마음을 어디 묶어 놓질 못했었다. 특히 박고석 님은 필자를 보시면 “종명이 지금 잘 있디?” 하시며 늘 친동생처럼 묻곤 하셨는데….

박고석, 홍종명 님을 모시고 필자까지 3인이 도봉산 찾아갔던 때가 꿈같은 옛날얘기처럼, 하늘로 날아가 멀리 사라져간 전설 같고 동화 같은 감정이었다.

권
옥
연

1994. 11. 10

권옥연

멋과 풍류 등 예술 폭이 넓은 화가

권옥연(1923-2011) 선생은 함경도 함흥태생이시지만, 일본강점기 때 서울로 옮겨와 경복중고교를 다니셨다. 그 인연으로 장욱진, 이대원, 유영국 선생 등과 미술반 시절 막내둥이 후배로 성장했다. 그 당시 미술교사는 사토 구니오(佐藤九二男) 선생이었다. 사토 선생은 이종우(1899-1981) 원로화가와 일본 미술학교 동기였고, 미술반 학생들의 장래 인생을 발 벗고 나서며 애써 준 장본인이다.

사또의 제자인 장욱진, 유영국, 이대원, 임완규, 김창억, 권옥연 님 등의 인생을 바꿔놓아 주신 분이다. 장욱진 선생의 그림버릇을 고쳐 줬고, 이대원 선생은 부친의 미술 진학 반대로 미대에 못 가고 법대에 간 것을 끈질기게 개인 과외지도로 이끌어 주는 등의 비슷한 일화가 많았다.

권옥연 선생은 신입생의 어린 나이로 장욱진 선생이나 이대원 선생 밑의 말석에서 데생 연습하곤 했다 한다. 제2고보(경복고) 졸업 후 1942년 사토 선생의 안내로 일본제국학교 미술과를 나와 귀국 후 바로 모교인 경복고 교사로 근무하시게 됐다.

그러다가 34세에 1957년 다시 프랑스로 연구차 도불, 3년 뒤 돌아오셨는데, 그때 그림이 좀 변했다. 프랑스 귀국 후부터 권옥연 선생의 화풍이 많이 달라진 것이 오늘날 권 선생 그림 골격이 된 게 아닌가 하는 견해가 다수다. 많은 세월이 흐른 뒤에도 권 선생에게 늘 묻고 싶었다. 그건 프랑스 귀국 당시의 권 선생 본인 화풍 변화를 어떻게 생각하시는가였다.

그걸 물어볼 기회가 두어 번 있었으나 매번 물어볼 분위기가 안 됐었다. 첫 번째는 1987년 미협선거준비 때 모 씨 선거사무소에서 잠시 인사하고 스치는 정도였고, 두 번째는 1992년 11월 서울교대 P교수가 주최한 한일미술교수 학술토론회가 서초동 서울교대에서 있었다.

후쿠오카와 삿포로 교수 2명이 참여했다. 그 토론회가 끝나고 저녁 식사 후 노래방에 가게 됐는데 그 자리에 권옥연 선생도 있었다. 박철준 교수가 함흥 출신으로 고향 선배인 권 선생을 초빙한 것이다. 권 선생은 일본어도 잘하셨고, 흥도 있었다. 약간의 취기가 오르자 마이크를 잡으시곤 노래 한 곡조를 하셨다. 바로 〈베사메무쵸〉(Besame Mucho, 60년대 국제적으로 히트한 코스타스의 노래)

였고, 가수처럼 표정이나 몸짓도 유연하셨다. 어딘지 연예인 같은 맛이 풍기는 권 선생의 특이한 몸짓이 낯설지가 않았다. 움직이는 몸 스타일도 자연스레 리듬감이 흐른다. 그런 흥이 돋는 듯한 매너가 멋진 연예인을 보는 듯 했다. 그런 분위기에 내 질문은 안 맞는 것이었다. 그러다보니 나는 말 한마디 건네지도 못한 채 권 선생과 헤어졌었다.

그 후 1년 뒤 또 권옥연 선생이 마이크 잡고 노래하시는 자리가 있었다. 1994년 11월 10일 이중섭미술상 수상기념전시를 끝낸 이만익 선생이 시청 뒷길-무교동 지하의 한 술집에서 뒤풀이를 했을 때다. 이 자리엔 권옥연 선생, 김홍수 선생 등 십여 명이 동석했다. 나는 빠지려다가 이만익 님의 권유로 참석했지만, 구석에서 조용히 마시고 구경만 하고 있었다.

여기서 또 권 선생은 마이크를 잡고 〈애수의 소야곡〉(박시춘 곡, 남인수 노래)을 뽑으신다. '운다~고~옛사랑~이~오리요마는~'을 열창하시는데 자꾸 가사가 끊어졌다. 분위기는 멋진데 도중에 끊기니까 본인도 멋쩍으신 듯 그만 도중하차하셨다. 역시 연령 때문에 가사를 잊어먹는 건 어쩔 수가 없었다. 나중에 다시 도전하신 듯 마이크를 잡았다. 박수가 쏟아졌다. 곧이어 다시 한 곡조가 흐른다. '울려고~내가 왔던가 웃으려고 왔~던가~'로 시작되는 〈선창〉(고운봉 노래)으로 장식하셨다. 노래도 노래지만, 폼이 거의 유명탤런트 수준을 빰칠 정도였다.

이런 모습은 하루아침에 되는 일이 아님을 본다. 그렇다고 억지로 흉내 내서도 잘 안된다. 천성이 자연스러운 멋이 만들어지는 것이다. 또 이런 쪽 분위기로도 평소 출입하면서 돈 좀 써야되는 게 아닌가. 어느 날 갑자기 멋진 모습이 되는 게 아니다.

나는 완전히 권옥연 선생 가창매력과 연기에 빠져버렸다. 노래 가사는 문제가 아니다. 노래를 사랑하시며 흔드는 멋과 리듬에 녹는 듯한 표정과 인격이다. 나 역시 힘든 역경 세월을 지내 오면서 동요 클래식 명곡 흘러간 옛 노래 유행가 팝송 국악 등 모든 음악을 통해 힘든날을 극복해온 처지라 남다른 감정을 느끼면서 넋이 빠졌던 것이다.

1999년 12월 27일 조선화랑 권상능 대표님의 후의로 간단한 송년모임이 화랑에서 있었다. 여기엔 권옥연, 전상수, 정건모, 필자, 김한, 김연자, 전명자, 김상수, 성기점, 노영애, 대관령미술관의 홍 관장, 권상능 관장 등 15명이었다. 화랑이 좁아 다시 화랑 뒷골목 식당 '진수성찬'에서 가음(歌飮)도 있었다. 이 자리에서 우연히 점(点)에 관한 화두가 나오면서 이런저런 얘기로 꽃을 피웠고, 맨 나중에 권옥연 선생이 "나에게도 매우 중요한 점이 하나 있죠. 그런데…그런데… 그게 내 몸의 중요한 위치인 그거 가운데 점이 있죠." 라고 폭탄 선언을 하셔서 모두들 배꼽 쥐며 깔깔 웃음이 끊이질 않았다

그 후 가끔 소식은 듣지만 만나 뵙는 일 없어 노래는 끝이 돼

버린듯 했다.

1992년도 어느 날 연극인 박정자 여사가 내게 그림을 청탁해 왔었다. 부탁해온 내용은 국제행사용 포스터에 들어갈 그림이었다. 몇 달 뒤 독일서 열리는 유럽 연극 예술행사 〈햄릿〉 포스터에 한국정서가 보이는 〈김정 아리랑〉풍의 분위기로 그려달라는 부탁이었다. 날짜가 급했지만, 일부러 한국전통 맛을 찾아 와주신 고마움으로 급히 그려준 적 있었다.

그 포스터 그림을 통해 연극인 L씨, K씨, L씨 등과 교류가 소통했고, 포스터 그림 이후 박정자 여사 연기를 보러 연극공연 감상을 자주 갔다. 그 후 현대극장 대표로 운영하던 김의경 선생의 부탁으로 〈피터팬〉 연극 포스터 그림도 2회 그렸었다.

이렇게 연극계통의 인사들과 교류를 하다 보니 권옥연 선생의 사모님이 연극계 이병복 여사인 것도 자연스레 알게 됐다. 이 여사님은 연극계의 원로로 활동해 오신 큰 별이 아니었던가. 무대 위에서 연기 생활은 아니지만, 무대 뒤에서 연출이나 감독을 해 오신 원로 현역이란 것도 뒤늦게 알게 됐다.

연극 무대예술 전공이셨던 이병복 여사와 한평생 살아오신 권옥연 선생. 결국 미술과 연극무대 예술 속에서 권옥연 선생의 연기와 무대예술, 그 감각은 결코 우연이 아니라는 걸 새삼 느끼게 되었다. 어쩌면 권옥연 선생의 무대매너는 일찍이 무대감독이신 이병복 여사께서 무언의 코치를 받으셨으리라 상상해본다. 어쩐지 보통 마이크 잡은 일반인과는 큰 차이를 보여주신 권 선생님…. 그의 열창 매너는 예사롭지 않았던 모습을 뒤늦게 알게된 것이었다.

이병복 님은 E대 영문과 출신의 재원이셨고 통역도 잘하셔서 당시 프랑스 샹 바루 대사 통역도 가끔 해주셨다. 샹 대사는 한국 골동품에 관심 많아서 골동품 수집에 이 여사님이 통역과 구입을 도와주셨다고 전한다. 샹 대사와 가깝게 지내신 이병복 님을 통해서 남편이신 권옥연 님도 자연스럽게 프랑스대사와 알게 됐었다. 그런 여유와 친교를 통해 권 선생님은 프랑스로 연구하러 가실 기회가 됐었던 것으로 파악된다. 당시 1950~60년대 국내의 골동품도 저가였던 시절이었다.

권옥연 선생의 네 번째의 노래는 과연 어떤 것일까 하고 기대하면서 듣고 싶었으나, 안타깝게도 결국 영영 듣지 못한 채 아쉬운 세월만 흘러갔다.

몸짓으로, 그림으로, 열창 노래로, 얼굴 표정으로 예술을 뿜어내시는 권옥연 선생 모습은 정말 멋지신 화가요 열창하시는 무대예술가임을 보여주셨다. 이른바 종합 예술연기(演技)를 보여주셨던 아름다운 예술인이셨다.

2011년 이후엔 종합 예술연기는 막을 내렸던 것이다.

필주광 안재후 박광호

필주광 안재후 박광호

3인의 건망증과 연기는 수준급

오늘의 주인공 세 분은 제각기 특이한 버릇이랄까, 체질이 유별난 화가로 삶을 사시다 가신 분들이다. 아마도 그림에 열중하다보니 이런 재미있는 기이한 모습도 보여주신 듯 했다.

필주광(1929-1973) 선생은 건망증이 국제급일 정도였다. 27세 때 불멸의 작품 〈감자 깎는 여인〉을 그려 일약 스타가 되셨다. 그리고 17년 뒤 44세에 먼 길을 떠나신 가슴 아픈 작가셨다. 필주광 님은 홍익대 출신으로 앙가쥬망전 그룹 창립멤버였다. 본인도 건망증을 알면서도 금방 잊는 이중 건망증이셨던 것이다. 예컨대 홍길동이라고 얘기한 뒤 1분 뒤 다시 말할 때 홍동길이라고 기억하는 증상이 심하셨던 것이다.

필자가 70년 초 앙가쥬망 그룹전 총무 시절 필주광 님 때문에 헷갈렸던 일이 많았다. 김서봉 선생을 김서보라 하시고, 박서보 선생을 박서봉이라 생각한 필주광 선생의 말을 믿었던 것이었다. 바꿔 말하면 박서봉도 없는 분이고 김서보도 없는 이름이다. 그런데도 필주광 선생에게는 늘 박서봉과 김서보가 존재하고 있던 것으로 착각하신 것이다. 박서봉 선생한테 전화하라던가, 김서보가 만나자고 하는 경우엔 혼란의 난장판이 된다.

김서보와 박서봉이 헷갈리는 원인은 서봉과 서보의 유사한 발음과 내용이 뒤섞인 상태가 기억된 것이다. 평소에 필 선생 앞에서 내가 두 분을 물어보면 서봉과 서보를 분명하게 구분하지만, 김과 박의 성씨만 붙으면 혼란에 빠지시는 묘한 현상이었다.

필주광 선생은 함경도 태생이셨고, 1960년대 인사동 근처 미술 교실을 운영하셨다. 인근 안국동 로터리엔 이봉상 선생도 화실이 있었다. 가끔 이봉상 선생 이름을 이상봉으로 기억하여, 봉상과 상봉이 뒤바뀌는 혼란 때문에 조심을 해오셨다는 것이다. 그러나 우연히 안국동-인사동 길에서 이봉상 선생을 만났는데 저절로 이상봉 님이라고 부르다가 면전에서 혼났다고 고백하시기도 했었다.

이런 일이 한두 번이 아니고 자주 반복되니까 필 선생 본인도 속상하시다 못해 신경질이 난다고 털어놓으시기도 했다. 이런 경험을 얘기하시는 본인도 한두 번이 아니니까 헷갈리는 게 좀 두렵다고 실토하셨다. 그러나 주변사람들은 원래 필 선생이 악의 없고 선량하시며 낙천적인 분으로 이해하는 편이었기에, 그냥 웃어 넘기며 지냈다.

사람 이름을 기억하려 메모지에 적어 두기도 했고 암기했지만, 자꾸 혼돈돼 힘들다고 하셨다. 아마도 요즘말로 노인들에게서 많이 보이는 그런 증상과 비슷한 게 아니었나 하는 추측을 해본다. 사람을 대하는 대인관계에서는 명랑한 표정으로 늘 웃고 지내며 천성이 순하신 성격을 아는 지인들은 그를 믿고 격려해 주었다.

"세상에 맘만 먹으면 안되는 게 없는 거지 뭐."라고 평소에 말하시는 필 선생은 만사형통의 낙천주의자 스타일이셨다. 인정 많으시고 웃는 얼굴엔 늘 봉사하는 마음이 엿보이기도 했다. 늦장가를 가셔서 얼굴엔 늘 즐거운 표정을 달고 사셨다는 주변의 평가였다.

별세하시기 직전까지도 광화문 세종문화회관 뒷동네에서 안재후 님과 필주광 님 두 분 공동관리 화실을 운영하시느라 뛰어다니셨다. 넉넉한 인간성과 웃으시는 모습은 주변 사람에게 많은 감동을 주신 분이었다. 그분에겐 어떤 일에도 '응 그건 그럽시다' 라고 대답하는 긍정적 스타일이었다.

결국 노(NO)는 없고 대부분 예스(Yes)로 짧은 한평생을 사시다 가신 분이었다. 건강미 넘치며 미소 짓는 표정은 그분의 상징과도 같았는데, 정말 가슴 아픈 이야기였다.

안재후(1932-2006) 선생과 박광호(1932-2000) 선생은 똑같이 연극배우 기질이 있는 화가이다. 안재후 선생이 늦게 장가가서 신혼살림을 은평구 녹번동에 차린 지 몇 달 지났을 때다.

어느 날 안재후 선생은 우체부 아저씨에게 등기우편물 한 통을 받아 뜯어보곤 고개를 갸우뚱하다가 점점 손이 떨렸다. 내용인즉,

> 사랑하는 재후 씨, 저에요.
> 당신 딸이 벌써 귀여운 3살로 잘 크고 있어요.
> 보고 싶어요.
> 00에서 당신의 아내 박광자 보냄

편지지엔 하트 그림도 그려놓고 사랑한다는 문구가 넘쳤다.

그 떨리는 편지를 받으신 안재후 선생은 주변을 두리번거리면서 편지를 얼른 접어서 주머니에 넣는다. 그리곤 담배로 마음을 달래신다. 하루 평균 담배 한 갑 반을 피우시는 애연가

였는데 편지를 받은 후부터는 하루 두 갑을 태우셔도 모자라는 근심에 빠져있었다. 혼자 고민 고민하시다가 어느 날 부인에게 '이상한 편지' 받은 얘기를 했고, 그 편지사건 이후부터는 안재후 선생 부부 사이는 늘 차가운 전쟁 같은 냉랭한 상태로 '폭발 직전 생활의 연속' 이었다고 후일에 고백하셨다.

그러던 어느 날 대구에 사는 박광호 선생이 술을 사 들고 안재후 선생 녹번동 집으로 찾아왔다. 오랜만에 온 박광호 선생을 맞은 안 선생은 핑계 김에 술 한잔 두 잔을 연거푸 같이했다. 술상에서 안 선생은 며칠 전 그 문제의 편지 얘기를 꺼냈다. 그러면서 어이없는 고민에 부부 사이가 얼음처럼 얼어붙어 있어 가정이 반 토막 날 지경이라고 했다.

조용히 듣고 있던 박광호 선생은 큰 대접에 술 두 잔을 가득 붓고 "속상할 테니 자, 이걸로 한잔 쭉 합시다." 두 사람은 똑같이 술을 다 들이켰다.

그러자마자 박광호 선생은 "후후후 하하하~ 으하하하하하하하하…." 크게 박장대소를 하고는 그 편지 좀 보여 달라 하고 건네받은 편지를 찢어 주머니에 넣곤 "이게 다 내가 보낸 편지였다오."라며 본인의 소행임을 자백했다.

보고 있던 안재후 님은 기가 막혔고, 부인께선 신경질 뻗쳐 못 참고 밖으로 확 나가버렸다. 얼마 뒤 박광호 님이 미안함을 사과하고 수습됐고, 다시 술상에 앉았다.

이상의 박광호와 안재후 님의 대화 내용은, 나중에 안재후 님을 만났을 때 당시 얘기를 듣고 필자가 그대로 맞춰 풀어쓴 것이다.

그날 밤새도록 박과 안 두 분은 술을 먹으며 오해를 풀었다. 워낙 안, 박, 두 분은 동갑나이로 우정이 두텁고, 안 선생의 아량이 더 넓었기에 조용히 끝날 수 있었던 것이다. 안재후 선생도 평소 유머가 풍부한 선량한 분이었다. 술 한잔 드신 후엔 유머뿐 아니라 유행가도 남달리 좋아했었다. 음주 전엔 조용한 새색시지만, 음주 후엔 가수 뺨치는 실력이었다.

안 선생이 서울미대 학생시절 때도 노래를 좋아해 가끔 빈 강의실에서 혼자 불러보기도 했는데, 주위 동료들의 칭찬도 많이 받을 정도로 유명했다고 주변에선 다 알 정도였다. 동료인 P씨는 1988년 6월 최신유행가노래 곡목에서 안재후 님이 잘 부르는 노래를 자세하게 얘기해주었다. 요즘처럼 노래방이 없으니 노래곡명을 갖고 다니던 시절이고, 콧노래라도 부르고 싶지만 부를 장소가 없었다.

그러던 어느 날 미대 실기실에서 유행가 부르다가 장발학장에 들켜서 한 달간 정학을 당한일도 있을 정도로, 안 선생은 예능적 기질과 흥이 많은 분이었다.

박광호 선생(1932-2000)은 우락부락한 키가 큰 거인 스타일로 경상도 사나이지만, 평소 말수도 적고 조용한 분이다. 무뚝뚝한 표정과 말투로 보면 가짜편지를 전혀 상상도 못 할 일이지만, 엉뚱한 연극 연기엔 천재적 기질이 숨어 있다는 게 주변사람들의 설명이다. 박광호 선생은 대구에 거주하면서 서울의 앙가쥬망 그룹전 출품회원이었다.

전시 오픈 기간 땐 늘 상경해서 머물곤 하셨다. 당시 대구교대 교수로 근무하셨으며, 줄담배 피우신 애연가였기에, 안재후 님과는 맞담배를 시합하듯 늘상 입에 물고 한 갑 반을 피우시는 줄담배 맞담배 친구셨다. 외모는 마치 씨름 장사처럼 큰 거구면서 우락부락하게 생긴 얼굴 표정은 좀 무섭게 보이셨다. 정말 어여쁜 새색시로 분장할만한 용모나 언행은 전혀 아니었지만, 그분의 연기력은 기가 막힐 정도로 능숙한 탤런트를 능가하셨다. 일단 웃음을 참고 딴청부리는 천연덕스런 연기능력은 멀쩡한 사람도 속을 정도였다.

지금은 두 분 모두 천국에 계시지만, 대단한 연기와 노래가창력, 서로 마주보며 맛있게 담배 피우시는 줄 담배 대결, 음주량도 니가 세냐 내가 세냐를 시합하셨던 대단하셨던 두 분…. 본인 건강은 모른 채, 모두 주변을

즐겁게 해주신 두 분…. 그 덕에 주변의 한 시대를 모두 웃음과 즐겁고 행복한 이웃이 되었음에 감사를 보내드립니다. 부디 편안한 세상이 되시길….

전상범

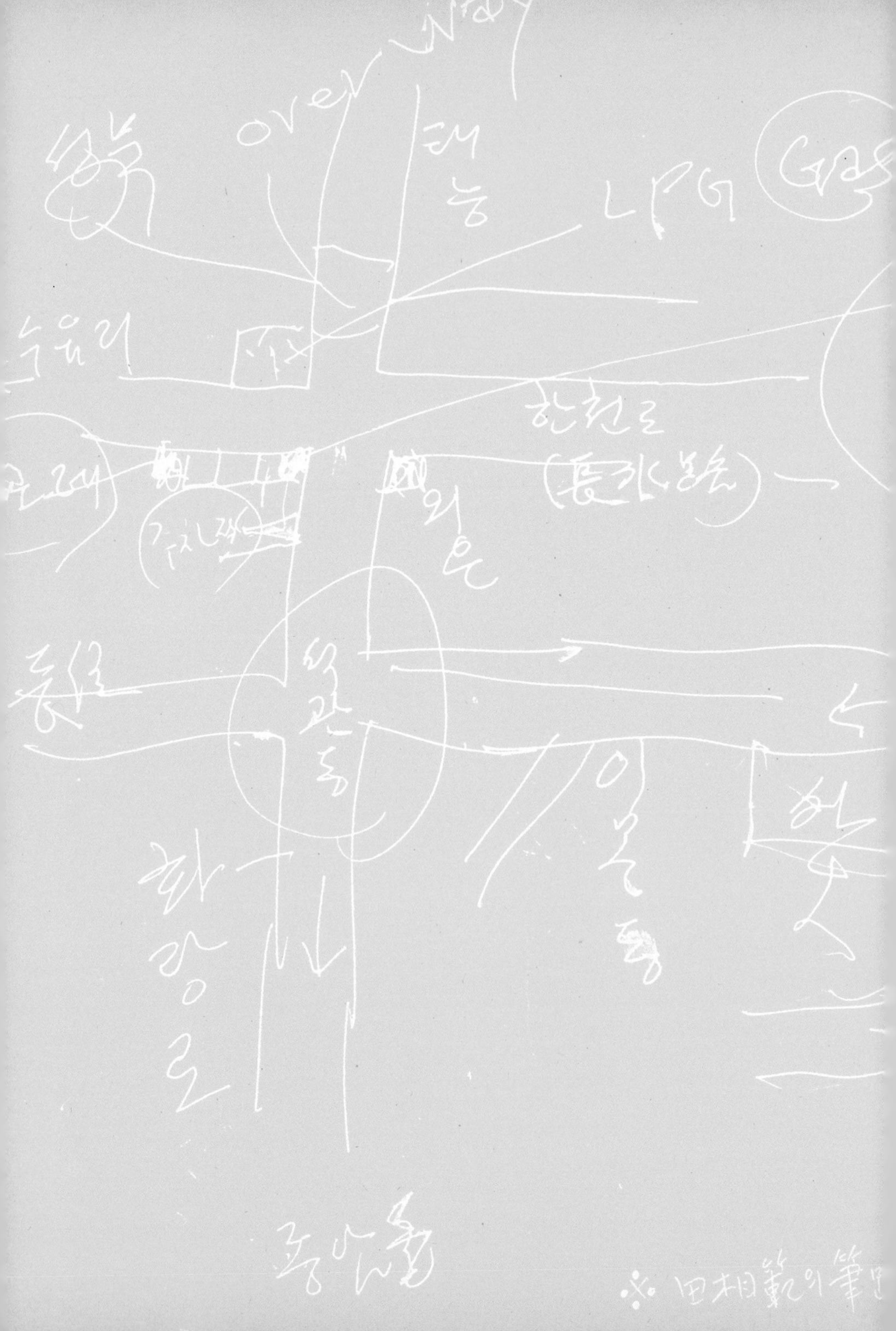
over way
LPG
GAS
한천로
※ 田相範의 筆

전상범

초중고 미술교과서를 혁신한 조각가

전상범(1926-1999) 선생은 1950년 교직에 재직하시다가 교육부로 발탁되면서, 일본잔재가 남아있던 문교부의 미술교과서를 개혁한 장본인이다. 1992년 9월 오전, 필자는 이문동에서 혼자 사시는 전상범 선생 댁을 방문했다. 전날 한국일보 청소년 미술 심사를 끝내고 가진 술자리에서 폭음하신 후 귀가하셔서 괜찮으신지 궁금해 찾아뵈었던 것인데, 언제 그랬느냐 하는 표정으로 멀쩡하셨다.

커피 드시면서 이런저런 얘기 중에, "내가 1953년 배제중학교 교사 시절 미술교과서엔 도화(圖畵)나 공작(工作)이란 말을 일본 교과서 그대로 사용했다오. 그리곤 문교부로 이동 발령받았죠." 본인은 이동발령이라 하셨지만, 당시 이동발령은 '우수한 현장교사를 문교부에서 발탁한 케이스'였다.

“당시 나는 도화라는 일본용어를 어떻게 우리말로 바꿔야 할까 고민하다가 ‘그리기’ ‘만들기’ ‘꾸미기’로 새로 만들어 써봤어요. 그리고 슬며시 몇 학교에 반응을 조사했지. 현장 반응이 아주 좋았다오. 그래서 희망을 품고 1960년 중반부터 미술교과서에 그리기, 만들기, 꾸미기라는 용어를 공식적으로 사용한 거요. 해방 후 우리나라 교과서 역사로 보면 그게 큰 사건이었지.”

말씀을 듣고 가만히 생각해 보니 필자도 1950년대 도화와 공작이란 용어로 배웠던 기억이 있었다.

필자의 연구 논문에 따르면 우리나라 미술교과서는 1903년 10월 3일 개교한 평양 숭의여학교의 교과에서 ‘도화’ 과목과 ‘공작’으로 분리기록, 교육이 실시돼 왔다. 그 이후 국내 국정교과서도 계속 1955년까지 60여 년간 일본식 용어인 도화, 공작으로 사용돼 왔음이 조사됐다.

이런 일본식의 과목과 명칭을 전상범 선생이 과감하게 바꾼 것이 확인된 셈이다. 아마도 그건 예술가의 전문성과 대담성이었다.

전상범 선생은 조각 전공으로 종이 찢기를 입체로 만드는 시도까지 하셨다. 색종이에서 탈피해 신문지 활용한 입체조형, 잘게 찢은 종이를 위에서 밑으로 휘날리는 퍼포먼스로도 응용했다. 그 분의 아이디어는 입체 작업하는 조각가로서 출발해 그리기에서 벗어난 행위로 넓게 구성됐다. 그런 교과서를 한국식 신개념으로 만들기를 10년 지나자, 이번에는 우연인지는 모르지만 일본 교과서에서 우리의 꾸미기, 만들기를 따라오는 현상까지 보이게 된 것이다. 종이 활용에 대한 입체적 조형성은 전상범 선생의 창의적 미술교육의 아이디어로 높이 평가된 것이다.

필자는 한국조형교육학회 연구논문집에 '한국미술교육의 1950-60년대 학술적 도입기에 크게 기여한 3인'을 연구한 논문을 발표한바 있었다. 전후 피바디교육사절단 연구의 염태진, 미술교육 행정개혁 성공의 전상범, 청소년미술교육 실천의 최덕휴 등 3인이었다. 이 3인은 누구도 따를 수 없는 미술교육 근현대연구 선구자들이였다.

전상범 선생은 외적으로도 분명한 특징이 있었다. 태어날 때부터 주먹이 매우 커서 어려서부터 장사라는 별명이 붙었다고 했다. 주변에선 덩치가 고릴라같이 생겼다고 '고조각 선생'이란 애칭으로 부르기도 했다고 전한다. 장난기 섞인 얼굴도 그렇지만 목소리도 탤런트 같은 멋을 풍기신다. 음주량은 앉은자리에서 막걸리 일곱병은 단숨에 드셨다. 힘이 좋아 쇠를 번쩍 들고 작업하는 습관이 있다고 하셨다.

내가 그분과 가깝게 지내게 된 건 한국일보 주최 청소년 미술대회 심사 때였다. 해마다 3일 정도 중앙고교 강당에서 같이 지냈다. 고정 심사위원은 유경채, 임영방, 안상철, 정창섭, 전상범, 박철준, 이규선 그리고 필자였고, 가끔 한두 분이 사정상 교체되기도 했다.

심사 끝나는 날이면 필자는 전상범 선생과 강남영동시장의 순댓집, 돼지머리집을 찾아 막걸리를 마셨다. 전상범 선생은 비계 한 접시와 돼지국밥에 막걸리 2~3병이면 '최고의 만찬'이라고 하셨던 분이다. 큰 사발에 막걸리 드시는 전 선생의 행복한 얼굴이 만족의 극치였었다. 그분은 넘치는 인간미와 언제나 창의적이었던 모습이 겹쳐져 아름다우면서도 겸손하게 웃으셨다.

전상범 선생이 워낙 막걸리를 좋아하셨는데, 필자도 막걸리를 좋아해서 그분과의 술자리는 늘 행복한 시간이었다. 특히 필자는 '술=막걸리' 등식일 정도로 좋아했다. 옛날 나의 부친이 주전자에 막걸리 심부름을 시켰을 때 한 모금씩 몰래 맛보던 실력이 시초가 된듯하다.

전상범 선생의 동생은 오페라 왕으로 불리는 수채화 대가인 화가 전상수 선생이다. 두 형제가 서울대 미술 동문이고

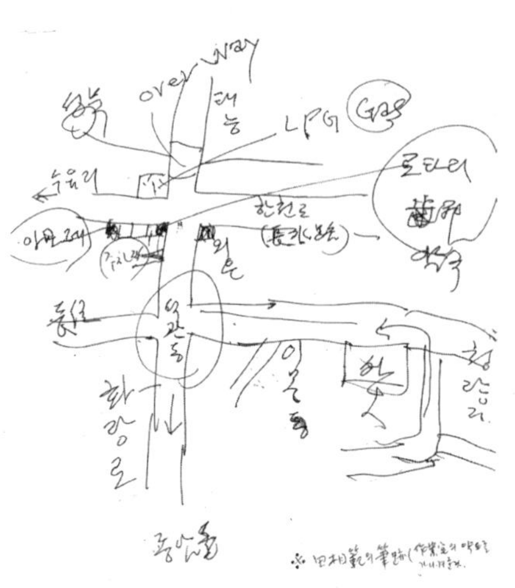

전상범 님의 필적.

한국일보주최 미술심사장. 좌부터 직원, 전상범,최광선, 박철준, 김정. 중앙고교 강당 앞에서.

부친은 유명한 전영택 목사님이다. 전상범 선생은 필자가 1984년 창립한 한국조형교육학회에 자문 교수로 특강도 해주셨다. 세미나, 집담회(集談會)에 거의 매회 참여하는 등 인간적 그릇이 큰 분이셨다.

1995년 11월 18일 제26차 조형교육학회 집담회 때 초청된 인천교대 노재우 교수는 논문주제 강의 발표 중 전상범 선생에 관한 부분에서 "전상범, 편수관이 문교부에서 미술 교과서 시범안을 사전보고하는 회의 때 장발 도상봉, 이마동, 손재형 등 화단의 원로분들이 참석, 평가 했다. 전상범, 편수관의 현대 예술구상과 실천방향이 매우 잘됐고, 열심히 노력한 솜씨라는 평가결과를 얻었다"고 발표하였다. 이것으로 전상범 선생의 미술행정력은 탁월했음을 알 수 있다.

문교부에서 정년퇴임하신 뒤 성균관대, 경희대, 성신여대 대학원 등에 출강하시면서 계속 연구논문과 저술작업도 하셨다. 저서로는 《미술교수법》, 《미술감상》, 《미술과 인생》 등이 있다. 전상범 님에 관한 연구논문은 필자가 2005년에 학회학술지에 발표한 〈1960년대 한국의 미술교육과 전상범 등 연구〉가 있다. 한편 입체 조각작업도 계속하시며 노년에도 열정적인 모습을 보여주셨다.

그러나 늘 혼자 독신생활하시는 게 마음에 걸렸다. 개인 가정문제이므로 여쭤보기는 어려워서 못했다. 그래도 언제나 표정이나 작업하시는 평소활동은 명랑하셨다. 그리고 아주 인간적인 포용력이 크며 건강하셨던 모습이었다.

지금도 강남 영동시장 앞을 지날 때면, 예전에 전상범 선생이 돼지머리 안주에 커다란 막걸리 사발을 연거푸 드시던 모습이 스치듯 떠오른다. 넉넉하시던 풍채와 막걸리를 드시던 모습, 사람들이 무릎을 탁 치게 만들었던 미술용어에 대한 번뜩이는 아이디어까지….

두루두루 감사했습니다. 그리고 전 선생님과 행복했던 시간이 그립습니다.

안병소

안병소

나의 선친이신 심전은 오원의 제자가 아닙니다

안중식(心田 安中植, 1861-1919)님은 조선시대 마지막을 장식한 대표적 화가다. 1971년 초 필자는 모 논문에서 심전이 오원 장승업의 제자로 소개된 내용을 발견한 뒤 의문을 갖게 됐다. 다른 연구자료에선 장승업과 관련 없다는 내용의 논문을 봤기 때문이다. 어느 것이 정답인가 밝혀보려는 연구숙제를 안고 지내왔었다.

그런 의문을 갖고 있던 중 수소문을 통해 심전의 직계를 찾는데 성공했다. 1973년 사직동 근처 자택 방문을 허락받고 이틀간 인터뷰를 통해 250매 분량의 글을 쓰게 됐다. 그 기록 원고는 〈월간중앙〉의 1974년 7월호에 게재 발표됐다.

일반 교양잡지 형식으로 편집되다보니 200매로 줄여졌고, 주요 인터뷰 대화보다는 독립투사운동 비중에 맞춘 서술형으로 나왔다. 당시 나는 원고 양이 축소되어 크게 실망했었다. 너무나도 힘들게 후손을 찾아 어렵고 소중한 인터뷰를 했는데, 편집에서 원고를 50매나 잘라버린 것에 대한 아쉬움이랄까. 불쾌함도 있었던걸 기억한다.

필자가 초점을 둔 것은 증언기록을 통해 심전과 오원의 관계를 확인하는 것이었다. 그러나 〈월간중앙〉엔 기존 편집방식대로 심전의 생애만 취급하고 인터뷰는 생략됐다. 당시의 증언기록을 기회가 되면 다시 정리할 생각으로 취재노트를 보관했지만, 이사다니느라 짐이 많아 결국 그 원본 노트를 찾지 못해 요약된 〈월간중앙〉 원고와 기억으로 보충하는 방법밖엔 없음을 밝힌다.

필자가 인터뷰를 했던 분은 안병소(安柄玿, 1908-1974) 음악가였다. 당시엔 노환으로 거동이 불편했으나 인터뷰 말씀은 비교적 분명한 모습이었다. 그는 심전의 아들로 알려졌었지만, 나의 조사로는 심전의 손자였다. 심전 선생이 117세 때 안병소님이 출생한건 불가능한 것이다. 따라서 심전의 손자가 거의 확실했음을 밝힌다.

"심전 선생이 오원의 제자였는지요?" 라고 묻자, 안병소 님은 "그건 잘못된 거죠. 오원 선생이 18세 더 많지만, 어려서부터 서로의 생활환경이 달랐죠. 오원은 지금의 광교 부근 지물포에서 서화가의 밑에서 그림을 익혔지요. 지물포에 있던 서화가가 사망하면서 그로부터 서화를 배워오던 오원이 승계한 겁니다. 그러니까 지물포 서화가의 별세 이후, 그 몫을 오원이 대신하던 걸로 압니다. 이에 비해 우리 선친인 심전 안중식은 처음부터 그림을 제대로 정통적인 공부를 한 입장입니다"

"그 지물포에선 오원이 뭘 했는데요?"

"지물포에 온 손님이 종이를 사서 병풍이나 다락문에 붙일 그림을 그려달라면 그려주고 대가를 받았던 시절이지요. 그 후 오원 솜씨가 장안에 알려지며 명성이 높아 당대를 대표할 만큼 됐지요. 오원 솜씨가 좋았답니다."

그러나 오원의 단점은 술을 과음해 주변 사람들이 힘들었다고 했다. 그 때문에 오원은 돈암동 미아리고개 근처에 홀로 살았다고 했다. 당시 미아리 고개의 길음동 일대는 서울사람들의 공동묘지가 많은 지역이었다. 미아리 고개를 넘는 상여행렬이 많은 것도 높고 험한 언덕이었기에 빨리 오르지 못하던 고지대였던 것이다.

오원에 비하면 심전은 화업을 위해 정식으로 학습을 쌓은 시대였다고 진술해 주셨다. 인터뷰 현장에 안병소 님 아들이 옆에서 도왔는데, 필자 또래 30대 중반 젊은 나이였다. 그 젊은이는 심전의 3대손이었다. 지금은 그분도 70대 후반 나이가 될 것이다.

심전의 독립운동 시절 얘기로 화제가 돌려지면서 안병소 님은 "우리 선친은 3월 6일 오전 10시 일본경찰에 끌려갔고, 성격이 강직해 잘못을 인정치 않자 심한 매질과 고문으로 실신해 쓰러졌습니다. 내란죄였지요. 4월초 경성지

방법원 예심에 회부되어 고문과 매질로 가사(假死)상태가 되면서 석방, 집에서 도저히 일어날 수 없는 중병에 있었지요. 가족들이 경기도 시흥의 한의사를 찾아갔지만 무더운 8월 초엔 거의 의식 불명 상태였습니다. 동료인 소림(小琳) 조석진 어른이 옆에서 눈물만 흘렸고요. 결국 9월 10일(음력) 오후 5시 운명하셨지요."

서화협회가 주축이 된 항일운동에 앞장섰던 심전 선생은 당시 송진우, 현상윤 등 민족지도자와 함께 일본경찰에 의해 잡혀갔던 것. 해방 후 심전 묘지가 소재불명이던 것을 장손인 안병소 씨가 경기도 양주시 근교 덕도리 선산에서 찾게 됐다고 하셨다.

결국 심전과 오원 장승업은 사제관계가 아니라는 사실이 심전의 장손(長孫) 안병소 님의 증언기록으로 확인됐다. 이것은 학문적 판단기록을 위해 필자가 심혈을 기울여 당사자를 만나 이뤄졌던 것임을 밝힌다. 당시 이 취재기록은 〈월간중앙〉 특종으로 알려졌었다. 그러나 필자의 당시 인터뷰 취재 원본노트는 현재까지 못 찾고 있어 굉장히 안타깝다. 43년의 세월 속에 필자의 수많은 도서, 보관서류, 인쇄물, 노트 등과 그림 작업 상자와 도구, 작품 등도 함께 섞여 숨어있듯 "날 찾아봐~라" 며 아직 꼭꼭 감춰진 채 취재기록 원본을 못 찾고 있다.

심전의 제자로는 심산 노수현과 청전 이상범 두 분이었다. 두 분은 심전의 아호인 심과 전의 문자를 따서 심산 노수현, 청전 이상범으로 나눠 부여했던 것이다.

박석호 박향섭 김영교

박석호 박항섭 김영교

1960-80년대를 장식한 분들

박석호(1919-1994) 선생을 1970년대 구상전에서 뵀고, 그 후 덕수궁 학생미술대회 심사 때 만나게 되었다. 약 4시간에 걸친 심사가 끝날 무렵엔 박석호 선생은 담배 한 갑을 다 피우셨다. 평상시 하루 두 갑반의 흡연량이라고 하신다. 엄청난 흡연이셨다.

박석호 선생은 충북 옥천출생으로 1949년 홍익대 1회 졸업 후 1961년 홍익대 전임강사였지만, 1967년 구상전 창립에 참여하며 강의를 그만두셨다고 했다.

1988년 수표교회에서 이춘기, 김재임 부부의 장남 결혼식 때 박석호 선생을 오랜만에 만나, 피로연에서 같은 자리에 앉아 음식을 먹었다. 그 자리에서 박석호 선생은 "신랑의 엄마, 재임 씨는 내가 여고 재직시절 가르쳤던 제자였죠. 세월이 흘러 벌써 아들 장가를 보내네요." 라며 웃으셨다. 필자가 박석호 선생에게 물었다.

"그럼 박 선생님은 어느 시절 누구한테 배우셨는지요?"

"오래됐지요. 조선미술협회에 부설된 연구소에서 그림을 배우러 갔었고, 그때가 아마도 1946년일 겁니다. 그 시절 협회회장은 임용련 씨였고, 이북 오산중학교에서 이중섭 씨를 가르치셨던 당시 엘리트 교사였지요."

임용련 씨는 미국에서 미술대학을 수석으로 졸업했고, 그의 부인은 백남순 씨로 당시 드문 여류화가였다. 임용련 님과 백남순 님 두 분이 만나게 된 인연은 "임 선생이 구라파(유럽) 여행 때 백남순 씨를 만나 알게 되어 결혼을 했다"는 설명도 덧붙이셨다.

박석호 님이 연구소 다닐 때 미술 지도해준 담당화가는 고암 이응노 선생이었다. 고암 선생은 데생을 가르치셨는데, 아무거나 닥치는 대로 그려보라고 했다. 또 다른 데생지도 선생 한 분이 있었는데 청전 이상범 님이라고 했다.

이응노 선생의 부인은 박인경 씨인데, 이화여대 제1기생이었다. 그녀가 연구소를 드나들던 시절에 고암 선생과 인연이 되어 결혼했다 한다. 박석호 선생은 "나도 그 연구소에서 인연이 되어 임용련 선생의 조수(助手) 노릇을 1년간 했지요"라고 설명하셨다.

당시의 상황을 이렇게 막힘없이 기억하시는 박석호 님의 기억력은 대단하셨다. 그만큼 주요활동에 대한 관심과 애정이 있으신 것이다. 그렇게 많은 양의 흡연을 하시면서도 끄떡없는 건강과 두뇌 회전능력이 놀라웠다. 그리고 존경심마저 들게 된 건, 평소 독서를 많이 하신다는 말씀이셨다.

박항섭(1923-1979) 선생은 황해도 출신이다. 1943년 일본 가와바다 미술학교(川端畵學校)를 나온 뒤 고교 교사를 하시다가 서라벌예대에 출강하셨다. 평소 박고석 선생 왈 "박항섭은 미남형이고 멋쟁이 신사 타입이지"라고 칭찬하시면서 "고집도 센 작가"라고 하셨다.

1968년 구상전 공모심사장에서 박고석, 박항섭, 박석호, 홍종명 4인이 심사하던 중, 박고석 선생이 우수작으로 뽑아놓은 것을 박항섭 님이 내려놓자 두 분의 신경전이 시작됐다.

박고석 선생 왈 "이거이 작품구성이 조티아나?"하자 박항섭 선생 왈, "그렇지만, 제 맘엔 안 드니까요." 6세 후배인 박항섭 님의 냉정한 거부 의사로 묘해진 분위기를 눈치 챈 박석호 선생이 결국 박고석 님 추천작을 다시 올려놓는 것으로 정리됐다고….

박항섭, 박석호님 두 분 다 칼날처럼 날카로운 분인데 박항섭 선생도 박석호 선생 앞에선 조용했다고 한다. 두 박 씨의 날카로운 대결엔 박석호 선생이 약간 강했다고 박고석 선생은 기억하고 있었다.

필자는 박항섭 님을 구상전 오픈 때 한두 번 접촉한 적은 있

으나, 직접 기록이나 면담기록은 드문 편이었다. 대부분 박고석 님의 간접 기록으로 된 것이다. 당시 구상전은 다양한 작가구성과 세인의 주목을 받던 시절이었다. 출품 멤버들로 박고석 님을 비롯해 쟁쟁한 현역과 홍종명, 박항섭, 김영덕, 송경님 등의 중견작가들이 대거 참여했던 그룹전이었다.

박항섭 선생의 대형 작품이 중앙일보 창간시절 신문사 건물 입구 로비에 걸려 설치되어 있었던 것으로 보아 삼성의 이 회장이 선호한다는 소문도 있었다.

김영교(1916-1997) 선생은 대구출생이지만, 일본유학 후 부산에 정착한 분으로 평소 조용하신 내성적 성격이셨다. 부산의 1세대 작가(1953-1954)로 토벽동인 전 멤버로 맹활동하셨다. 부산에선 거의 대표적인 활동을 하셨다는 분이었다. 그곳 부산의 중고교 교사도 하셨고 대학에 재직하시다가, 1980년대 서울의 숙명여대로 옮기셨다. 나는 김영교 선생을 숙명여대 재직하실 때 앙가쥬망 그룹전 참여로 김영교 선생을 자주 만나게 됐었다.

서울의 숙명여대로 오시자마자 앙가쥬망 그룹전에 입회하시게 된 사연은 부산태생 회원인 최관도 님의 적극적인 영입추천에 따라 가입하셨던 것이다.

최관도 님과는 아주 절친한 동향(부산) 선후배관계였고, 더욱이 최-김 두 분은 숙대에 같이 출강하던 인연도 있었기 때문인 듯했다. 김영교 님은 경상도 출신이신데도 말씀이 적고 그룹전 모임에 참석하셔도 늘 말 한마디도 안하시고, 앉아서 듣기만 하시는 분이었다.

장욱진 선생보다 한 살 위로, 모임 땐 언행도 조용한 분이셨고, 특히 장 선생이 참석하실 땐 슬그머니 모습을 감추셨는데 음주를 많이 못 하셔서 장욱진 선생하곤 어색했기 때문으로 보인다. 동인활동 2~3년 후 정년퇴직하신 뒤에는 조용히 모습을 감추셨다. 결국 퇴직이후엔 김영교 교수님을 본 사람이 없을 정도로 몇년을 숨어사신 듯 했었다.

그러던 어느 날 1988년 나는 수유리 숲 근처에서 우연히 김교수 님을 만났다. 경제적으로 어렵다는 얘기를 들었다. 그 다음해엔 집으로 찾아 인사를 드렸다. 그 당시 필자기록엔 김영교 님 왈 “내가 부산문화상 운영위원장 때 전혁림을 뽑아줬지. 그때 전혁림 씨는 가난해서 캄캄한 방에 혼자 쭈그리고 앉아 그리는 신세였어요. 내가 그 사람이 좋다고 하면 바로 수상자였지. 그런 좋은 시절 내가 좋은 제자를 많이 키워놨더라면 지금 이렇지는 않았을 거야"라는 마음속 깊은 말씀도 어렵게 해주셨다.

그리고 4년 뒤 1993년 필자는 도봉산 고추밭 사이길 옆으로 지나가던 중 밭에서 김영교 선생을 또 우연히 만났다. 처음엔 몰랐는데, 옆모습 느낌이 김 교수님 같아서 다시 확인해보니 맞았다. 나는 놀랍고 반가워 가던 길을 멈춰 인사를 드렸다.

"아이고 교수님, 안녕하신지요. 요즘 건강도 그러시고 잘 지내시는지요?" 하고 반색을 하며 여쭈었으나, "예!~ 그냥 그럭저럭…." 하시면서 슬슬 피하시는 듯 우물쭈물 뒤로 내려가면서 사라지셨다. 건강이 좀 안 좋으신 모습이었다. 뭔가 혼자 숨고 싶은 마음이신듯도 했다. 그게 김영교 님을 마지막으로 만나 뵌 짧은 추억이다.

그리고 3년 뒤 조용히 작고하셨다는 것을 보도를 통해 알게 됐다. 내성적이시면서 성실하신 분이였는데…. 노후 계획에 뭔가 후회를 많이 하시며 하루하루를 지내신 것으로 보이셨다. 노년에는 힘도 없으시고 경제적 상황도 많은 어려움을 겪으시다가 별세한 것으로 추정된다.

마음 아프시게 떠나셔서 그 이별이 더욱 슬프다. 앙가쥬망에 가입하신 것도 마지막 짧은 기간이었지만, 아픔은 마찬가지였다. 부디 천국으로 가셔서 좋은 꿈 많이 꾸시길 바랍니다.

김영기

晴江 金永是
1976. 4

김영기

샛별 같은 기억력에 나이를 초월한 작가

김영기(1911-2003) 선생의 아호는 청강(晴江)이셨다. 조선시대 화가인 해강 김규진(1868-1933)의 장남으로 어릴 적부터 총명하셨다. 필자가 대학원 재학시절 그분의 동양미술사강의를 들었는데, 중국미술사를 마치 백과사전을 보고 읽듯 연대와 인물을 줄줄 외우셨다. 대단한 기억력에 놀랐다. 아마 건망증 대가이신 P선생이 보면 까무러쳤을 것이다. 보통 사람들도 환갑 지나면 이름이나 숫자는 20~30% 정도 기억상실 되는데, 63세의 청강 선생 기억력은 샛별청년이셨다.

청강 선생은 1932년 21세 때 중국 베이징 보인대학으로 가서 제백석(齊白石, 1864-1957)에 사사하고 34년 일본미술대전에 〈석죽〉으로 입선, 39년 이화여대 교수 제1호로 임명되었다. 그렇게 총명했던 분이지만, 가는 세월 앞에선 어쩔 수 없었다.

1974년 4월 어느 날, 대학원 수업 들어오시는 김영기 선생은 멋쩍게 웃고 계셨다. 수강생은 당시 3명이었고, 필자가 좀 늙은 학생이었다. 청강 선생이 헛기침을 반복하며 숨을 고르는 등 행동이 좀 이상해서 나는 부드럽게 웃으면서 여쭤봤다.

"오늘 교수님 무슨 좋으신 일이 있으신가 보네요?"

"아하, 그게 요즘 내가 나이를 먹는지 이상하게 자꾸 잊어버리는 건망증이 많아졌다오. 오늘 여기 강의하는 걸 알았지만 깜빡 잊고 다른 약속을 한 거지요. 뒤늦게 생각나서 헐레벌떡 오느라 아슬아슬하게 맞춰와 웃음이 나는 거요. 허허허…."

모두 한바탕 웃었다.

사실 누구든 웃고 넘길 내용이지만, 기억력이 좋은 청강 선생 자신에겐 1분 1초도 허용이 안 되는 자존심이 걸린 사건이다. 6세 때인 1917년에 이미 서화연구회주최 서화대전에 출품할 정도로 천재소년으로 통했던 분이다.

그분의 강의 '동양미술사'에서 한국의 동양화라는 글자를 바로 '한국화'라고 고쳐 표기, 발표한 국내 최초 창안, 언급하신 분이다. 한국인이 그린 것이니 한국화(韓國畵)란 건 당연하다는 논리다. 본인의 저서에서는 모두 한국화란 용어로 쓰셨다. 1968년 동양미술연구소를 차리고 1970년도부터 한국화 용어주장은 더 확산되어갔다. 그 후 그의 주장과 논리는 많은 분의 호응과 공감을 얻어 결국은 한국화란 말로 고치는 계기가 됐다. 때맞춰 그 시기

에 한국의 '한국화운동' 흐름이 일본에서도 자극되어 '일본화'라는 용어로 사용하는 시대를 만든 계기도 되었다.

김 교수님의 한 학기 강의였지만, 수강생 3명 중 사정상 필자 혼자 출석일 때도 있다 보니 자연히 개인적으로도 친밀해졌고, 학교 캠퍼스 벤치에서 앉아 많은 얘기를 해주시기도 했다. 어느 날 필자에게 전화를 주셨다.

"지난번 강의할 때 얘기한 실물을 보여주고 싶은 것도 있으니 연구실로 한번 와보소."

나는 낙원동 연구실로 갔다. 그곳엔 진기한 조선시대 서화, 문인화가들의 각종 인장(印章)도 여러 개 있었다. 모두 진품들을 구경했다. 당시 화단을 주름잡던 추사 김정희를 비롯해 대원군, 강세황 등이 생전 쓰던 손때 묻은 진품명품인 것이다. 그뿐만 아니고 귀중한 고서들도 많았다.

학기 강의는 끝났지만, 그 후 청강 선생으로부터 필자에게 또 연락이 왔다.

"김 형, 내가 주도하고 있는 미술작가 단체가 있지. 작년에 창립했고 이번이 제2회전이요. 내가 추천할 테니까. 우리 모임에 회원이 되면 좋겠네."

"저는 아직 40도 안 된 어린 나이에 감히 청강 선생님과 같이 전시를 할 수가 있겠습니까. 감사하오나 더 공부한 다음 실력 좀 쌓은 후에 뵙는 게 좋겠습니다. 또 저는 서양화이므로 한국화 그룹엔 좀 어색해서요."

"내가 자네와 지내면서 잘 알지. 그리고 이 단체는 한국화·서양화·조각 등 종합이야. 한국화만 고집하진 않지. 출품 준비나 해 보소."

그렇게 해서 쑥스럽지만 청강 선생이 이끄는 '제2회 대한미술원초대전'(1978.10.13-10.21 미도파화랑) 그룹전에 처음 출품했다. 출품 작가들은 예상대로 원로급이라 나는 부담되어 이후부턴 슬그머니 빠졌다.

평소 지식과 자료가 풍부한 청강 선생의 선비 같은 삶에 많은 걸 보며 느끼고 배웠다. 나이는 그저 숫자라는 말이 실감난 그분의 연구조사 환경과 공부하는 자세가 훌륭하신 듯 했다.

그 후로는 접촉할 기회가 없어 뵙지 못하고 많은 세월이 흘러갔다.

임 영 방

I. KIM
林英芳氏의
造形学会에서.
1987.

임영방

칼 같은 성격이지만 따뜻한 눈물도 있는 분

임영방(1929-2015) 선생은 전시회와 학회를 통해 자주 뵀다. 성미가 깔끔하셔서 가까이보다는 멀리서 인사 정도만 했었다. 필자는 이구열 선생 저서를 특히 좋아해 거의 구입해 읽었다. 이 선생과 친한 임영방 선생도 자연스레 가깝게 됐다. 임영방 선생의 주량은 적지만 술자리는 좋아하신 편이다.

1989년 세검정 터널 앞 근처 술집이 하나둘 생기면서 카페촌이 성업하던 시절이다. 어느 날 이구열 선생이 여러 지인들과 그 동네 식당에서 대포 한잔하는데, 대화 중 임 선생 얘기가 나오자 이구열 선생은, "아 참, 그 양반 요즘 못 만났지, 궁금한데 전화라도 한번 해봐야겠다."며 이구열 선생이 임영방 선생 집에 전화를 걸었다. 몇 마디 하시곤 끊었다. 그러고 다시 이런저런 얘기하며 술 마시고 있었는데, 갑자기 임영방 선생이 식당에 거짓말처럼 나타났다.

"어어어! 저기 임 선생이 오셨네요??" 라면서 모두 깜짝 놀라 이게 꿈이냐 생시냐 하며 의아해 했다.

왜냐하면 임영방 선생 집은 서울도 아닌 경기도 과천이었기 때문이다. 과천 시내도 아니다. 과천 뒤쪽 논둑길을 돌아서 한적한 외딴 집이었다. 그곳에서 어떻게 세검정까지 날아오듯 오셨는가이다. 도대체 상상을 초월한 능력이다. 꼬마들 공상만화 마징가 Z 보다도 더 놀라웠다. 도무지 알 수 없는 일이었지만, 본인은 "아, 술이나 한잔 따라줘~"하며 말을 막으셨다.

그게 바로 임영방 선생의 성격이다. 외모는 조그맣고 얌전해 보이지만, 속은 불같은 성격이 깔린 분이다. 평소 이구열 선생을 좋아하다 보니 오랜만에 전화 받고 그냥 만사 제쳐놓고 달려왔다는 게 임영방 님의 얘기다.

요즘처럼 핸드폰 없던 시절이니 댁에서 전화 받은 게 틀림없을 것이다. 그 거리만 따져 봐도 이해가 안된다. 경기 과천에서 세검정 터널 앞까지. 소방차 타고 급행으로 달려오셔도 그만큼 초고속은 아닐텐데, 정말 모를 일이다. 요즘처럼 핸드폰 시대였다면 광화문 쯤에서 전화 받고 달려온 15~20분 시간이다. 교통신호등만 계산해도 20번 정도는 통과해야 했고, 암튼 공상소설 같은 일을 나는 목격했었다. 도무지 상상이 안되는 임영방 연출의 '괴상한 시간'이었다. 그건 지금도 풀리지 않는 의문의 수수께끼로 남는다.

1985~87 기간에 필자는 한국조형교육학회 초창기 학술대회 때 한양대, 숭의여대 등 공개토론장에서 임 선생과 토론 대담을 몇 번했다. 임 선생은 '프랑스 초중고 및 대학의 미술교육 정책' 발표를, 필자는 독일미술교육을 발표했다. 발표 후 프랑스-독일 두 나라 비교 설명하는 공개토론과 참가자들의 질문이 굉장히 길어졌다. 3시간 연속 질문이 쏟아졌고, 토론 답변 등 정신없이 진행되는 게 보통이 됐다.

그때 느낀 건 임 선생은 시간을 칼처럼 정확히 지키는 분이라는 사실이다. 토론과 질의응답에 빠지다 보면 다양하게 넘치는 질문과 답변이 쏟아져 시간 엄수가 어렵다. 이때도 딱딱 시간을 요리하시듯 3~5분씩 맞춰 조절하셨다. 그 능력은 거의 초인적 감각으로 질의응답 10개를 칼처럼 정리 종료하셨다.

나는 그때 임 박사님을 로봇으로 상상해봤다. 시간조절은 인공 로봇 외엔 불가능하다. 1분 1초도 안 틀리는 인간은 없다. 그러나 임 박사는 거의 맞춰갔다. 놀라운 일이다. 한국인의 정서는 좀 여유 있는 넉넉함으로 보면 너무한 게 아니냐는 말도 있겠지만, 결국 세계의 흐름은 정확성과 신뢰다. 여유와 넉넉함은 그다음의 개인적인 인간정서분야다. 따라서 임 박사

님의 정확성은 국제적 공공성 모델기준인 것이다.

이번에는 술집에서의 숨은 임영방 님 뒷얘기 한토막이다. 1991년 10월 28일 앙가쥬망 30주년기념전이 끝나고 인사동의 '실내악' 술집으로 몇몇이 옮겨왔다. 그 주점엔 김희주라는 40대 여인이 운영하는데, 장군 스타일이다. 술 취해 난장부리면 맞대응으로 멱살 잡고 밀어재치거나, 또는 외로운 손님이 혼자 앉아있으면 말상대도 해주는 만능 팔방여주인이다.

이 여인에게 빰따귀 얻어맞은 화가아저씨들이 한둘이 아니다. 필자가 현장목격을 했거나 전해들은 얘기로 봐서 빰 맞은 영광의 아저씨는 대략 20명 선이다. 두 번 맞은 이도 내가 봤거나 들은 게 2~3명이 된다. 임 박사님도 여기에 출입하신 경력자다. 그런 여인에게 임영방 님은 과연 어떤 용변평가가 나왔을까? 이곳 실내악 화장실에서 생긴 임 박사의 스토리다. 낡은 건물 2층에 살짝 개조한 화장실이다. 큰 것을 보는 이는 사전에 물통에 물을 준비해야 되지만 거의가 소변이용객이었다.

이날은 임 박사가 큰 거를 보는 듯 주인에게 휴지가 있느냐고 물었다. 보통 손님은 그냥 올라가 아무렇게나 사용하곤 내려온다. 얼마간 시간이 지난 뒤 임 박사가 볼일을 보시고 내려왔다. 그런 직후 주점마담은 슬며시 2층 화장실로 올라가서 뭔가 확인해 보는 듯 하더니 잠시 후 내려와선 임 박사 앞에 서서,

"아유 깨끗이 쓰셨고, 주변정리까지 잘 해주셔서 감사합니다."

라고 인사하는 것이었다. 주인 설명인즉, 큰 거 보신 뒤 물통으로 잘 내리고 주변까지도 치우고 정리하신 걸 치하하는 것이라고 했다. 이것은 임 박사의 깔끔한 뒤처리 성격을 보는듯했다.

그 후 임 박사와 여러 번 만나 뵈는 사이에 정들면서 가까운 지인들 몇 명이 아이디어를 냈다. “이왕이면 임 박사님을 포함, 비슷한 우리 40대 중반 세대들이 같은 이웃으로 모여 작업하면서 살면 어떨까. 좋은 작업이 나올 수도 있지 않겠냐”라는 의견도 있었다. 그렇게 모여 같이 작업하면서 미술인촌을 꾸며 살자는 의견으로 발전됐다. 예컨대 조용한 시골에 모여 사는 화가촌이었다. 3~4명의 작가가 같은 이웃으로 이주해 각자 연구작업실 꾸며 사는 꿈이었다.

그런 의견에 필자는 독일의 칸딘스키와 폴 클레, 마크 등이 모여 살던 산골지방 무르나우를 떠올려봤다. 그게 발전하면서 마침내 청기사 그룹까지 형성됐었다. 그림 작업의 소통과 건전한 작가의식을 갖는데 도움이 될 수 있음을 나름대로 생각해 봤고 그런 꿈도 갖고 있었다. 필자도 그런 의미 있는 화가촌을 찬성하며 독일 남부지방의 칸딘스키, 클레가 집촌을 이루던 얘기를 잠깐 언급하며 동의했다.

이야기를 종합해서 임 박사님도 '한국적 정서로 발전시키는 계기가 됐으면 하는 의미로 모두의 생각에 동의한다' 하시며 참여하겠다고 했다. 그게 1989년 4월 23일 저녁 세검정 터널근처 맥주집이였다.

그런 건설적인 의견이 집촌형태에 맞는 적당한 후보지가 있는지 찾아보라는 임 박사 특명을 받고 필자가 우선 강원도와 충청도를 살펴보러 다녔다.

서울에서 한두 시간이면 닿는 한옥마을 온양 근처도 봤다. 필자의 대학 제자가 그곳에서 살았기에 한두 번 스케치여행을 가 본 적이 있었다. 주변 풍경도 좋아 그곳을 추천했었다. 그리곤 임 선생 등 몇 분이 현지답사를 갔다. 온양에서 남쪽으로 15분 내려가면 소나무도 있는 아산 송악면 외암리가 나온다. 바로 그곳이 후보지였다.

좋긴 참 좋았으나 동네 마을과 역전 오가는 버스가 뜸해 교통이 불편해서 안된다는 임 선생의 속전속결로 결국 포기했었다. 필자는 단념 고민을 며칠 했으나 임 선생은 단칼에 거절이셨다. 그 마을이 이종무 선생의 고향이라는 걸 우연히 10여 년 뒤늦게 듣고 알았던 이야기로 에피소드 한 토막을 마무리한다.

1986년 8월 23일 윤건철 님이 별세하셨을 때 아파트 빈소에 일찍 오신 임영방 선생. "저 젊은 친구는 본인이 건강하다고 떡 벌어진 어깨 자랑까지 했었는데…." 라며 눈시울 적시는 모습을 처

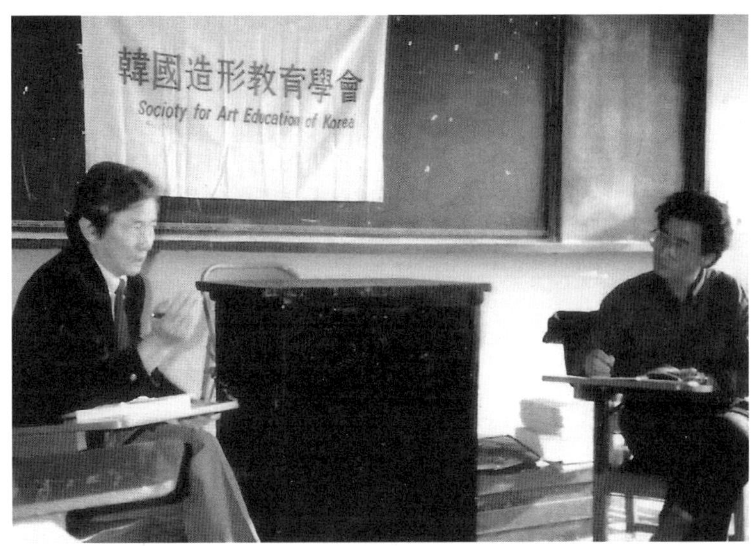

한양대 학술대회 토론회장에서. 좌 임영방 우 김정.

음으로 목격했다. 칼 같고 얼음같이 냉정하더라도 슬픔 앞엔 장사도 약자도 없는 것이 인생임을 보게 한 모습이었다. 역시 인간의 따듯한 정도 갖고 계신 임영방님의 온정을 느껴본 순간이었다.

1989년 임영방, 박철준, 필자 3인이 논문심사 끝내고 광화문에서 같이 식사하실 때 이야기다. 임 박사님은 "이번 미협 이사장 당선자는 반듯한 미협의 진로를 잡아줄 필요가 있죠." 라면서 "첫째 문화부가 곧 신설됨에 미협이사장은 장관을 만나 미술행정 및 정책을 미협 의견이 작용할 수 있는 조항을 삽입 또는 반영시키는 것이 앞으로의 미협 발전이고 둘째 미협은 개혁의 모습이 돼야하고 셋째는…." 등의 아이디어를 즉시 꼼꼼하게 내놓는 모습도 확인했다. 저돌적 단칼 같은 냉정한 모습을 보이시는 임영방 님이지만, 때로는 따듯한 온정의 인간미와 화가집촌 마을 등도 동의하시며 협력을 보여주시는 정 많은 형님 같기도 했다.

1997년 5월 7일 중앙고교 강당에서 한국일보주최 중학생 미술심사 할 때다. 학교에 주차된 자줏빛 승용차를 가리키시는 임영방 선생은 "나는 저 자주색 차만 보면 마음이 좀 이상해지는 거 같아." 라면서 말을 계속했다.

지난 2월말 C씨 O씨 등과 같이 공주로 여행을 가는데 C씨가 핸들을 잡았고, 임 박사님은 조수석에 앉았다. 달리던 중 대형트럭과 충돌하기 직전에 임 박사님은 옆으로 쓰러졌고, 결국 다음날 혼자 귀경했다. 자택에서 하룻밤 지나자 목, 허리 손발 등이 한 치도 움직일 수 없었다고 한다. 침 맞으며 40일간 치료를 하루 2만 원씩 내며 한겨울을 보냈다고 했다. 그 후 '자주색 차만 보면 차 공포증 노이로제가 있다'고 고백하셨다.

그러나 정확성에는 천재처럼 분명하신분도 본인의 하늘나라로 가시는 문제에 관해선 전혀 알지 못하신 듯 조용히 떠나셨다.

주변에 곧은 성격으로 좋은 일을 많이 하셨지만, 그와 반대의 입장도 존재하리라 본다. 원래 강직한 성격에 원리원칙을 하셨던 분이란 점도 이해하고 참고하면 해결되리라 본다. 고인의 사랑과 고마움은 모두에게 기억될 것입니다. 하늘에서도 편안한 잠을 드소서. 깊은 애도를 드립니다.

김충선 정견모 김한

鄭健模

실향민 고독의 아픔을 가요로 달래며

김충선(1925-1994) 선생은 60년대 후반부터 구상전 멤버로 인물화를 중심으로 한 작업을 해오셨다. 1968년 전시에서 박고석 선생 소개로 만난 이후 식사도 몇 번 했다. 키 6척의 거인 스타일로 마치 레슬링 선수 같다. 그런 건장한 외모에 비해 아픈 데가 많아 늘 고생하시는 듯 했다. 언행도 수줍어하는 태도로 느꼈다. 1980년 6월 17일 자화상 인물전 때 김영주, 김충선, 김태, 박석호, 송경, 이대원, 이종무, 전상수, 조병덕, 최영림, 하인두, 황유엽님 등과 활발히 참여했지만, 다시 건강문제로 수년 동안 은둔생활 하셨다. 본인도 물론 괴로움이 크셨지만, 가족들도 힘들게 지내셨을 것이다.

필자가 독일에서 잠시 귀국, 1981년 6월 15일 주한독일문화원 요하임 뷜러 원장의 초대로 남산독일문화원에서 '김정 독일 드로

잉전'을 했었다. 이 전시 오픈에 김충선 선생이 뜻밖에 오셨다. 어떻게 여기까지 오셨냐고 안부 겸 해서 여쭈니, "조금 나아진 건강 덕분에 아주 오랜만의 외출로 여기를 왔다"고 하심에 나는 고맙고 감사해서 어쩔 줄 몰랐었다. 당시 얼굴은 크게 나빠시진 않았으나 뭔가 좀 허(虛)하신 느낌이었다. 외모 덩치는 씨름선수처럼 크시지만 마음씨와 언행은 착한 형님처럼 포근한 정을 느끼는 분이다. 어찌 보면 부끄럼 잘 타는 소녀 같은 느낌도 있는 분이었다. 그 후에도 몇 년간 필자역시도 독일왕래 때문에 소식이 끊겼었다.

1990년 지인을 통해 병세가 나쁘다는 소식을 접했고, 4년 뒤 병이 악화되어 치료 중이었으나 마음 아프게도 70세에 별세하셨다. 외모와는 정말 반대모습으로 겸손하고 마음씨 착한분이셨다. 약간 곱슬머리에 장사같이 큰 키에 인자하신 분으로 기억된 모습이었다.

정건모(1930-2006) 선생은 평소 말수가 적고 조용하시고 애연가였다. 그림도 성품처럼 차분한 점선 터치로 포근한 분위기다. 그러나 술 한 잔 드시면 태도는 약간 또 다른 분의 모습으로 변하셨다. 술과 음악은 비슷한 감정인 듯…. 정건모 선생도 노래엔 관심이 많아 부르셨지만, 한 박자가 늘 느렸다. 그래서인지 노래하기 직전엔 늘 몸이 굳어지는 모습이 특징이었다.

필자가 예술의 전당에서 개인전 오픈하던 날 정건모 선생 등과 함께 뒤풀이를 위해 밤늦게까지 모였다. 그날도 청담동엔 원로화가이며 오페라가수로 통하시는 전상수 선생이 계셨다. 오페라를 들으려고 주변 지인들이 삼삼오오 청담성당 옆 지하식당에 모였다. 정건모 선생도 여기의 한 멤버였다. 술 한 잔에 음악회(?) 비슷한 모임이다. 모임에선 이태리풍의 오페라가수 전상수 선생의 멋진 목소리 가창이 좌중을 숨 죽여준다. 따라서 청담동의 주인공은 역시 전상수 선생이지만, 한두 분이 뒤이어 계속 노래를 또 불렀다. 이런 풍경은 이따금 전시후속 행사로, 청담동에 모이면 바로음악회가 저절로 이뤄지던 시절이었다.

그 시절 정건모 선생도 이 노래 가창에 참석하는 노래 멤버였다. 정건모 선생 노래는 중간중간 가사가 끊어지는 게 특징이었다. 두어 번 끊겼다가 이어 부르곤 했다. 자꾸 끊어지다보면 약간 김새는 모습이지만, 나름대로 열심히 부르는 모습은 아름다웠다. 평상시 조용하시던 분이 알코올 덕에 자유스러운 모습도 볼 수 있었다. 끊어졌다가 다시 이어지는 횟수가 많아도 모두들 좋아했다. 알코올이 엔진처럼 힘을 주는듯했고, 그런 것들이 모두 행복한 추억을 쌓던 시절이었으니까.

알코올은 인간의 기름역할로 음악을 듣게 해주는 묘약인 것이다. 맨 정신으론 도저히 못하는 노래를 즐겁게 흘려내는 가약(歌藥)이 아닌가. 그걸 정건모 선생이 서서히 발동을 걸어가는 엔진처럼 보여주시기에 즐거움 만들면서 전달 받는 것이다.

맨 정신의 정건모 님은 노래와는 담쌓는 체질이다. 그러나 알코올의 힘으로 음악이란 흥이 발동을 거는 모습이었다. 알코올 없는 평상시 그의 노래는 전혀 알아들을 수 없는 가창이기에, 본인도 조용히 입을 다물고 있는 것이리라.

김한(1931-2013) 선생은 함경도 명천 태생이다. 명천에 사는 태(太) 서방이 처음 잡았다 하여 명태란 이름이 생긴 것처럼 명천 땅은 예로부터 명태로 유명한 고장. 전쟁 때 김한 선생만 월남하고 형제들은 이북에 있는 이산가족이다. 김한 선생이 이산가족 상봉 때 이북동생을 만나셨다.

이북에 살고 있는 동생은 시인이라고 했고, 만날 당시 김한 선생은 어릴 때 어머니가 업어주시던 추억을 그림으로 그려 동생에게 선물로 전달했다. 김한 선생의 평소특기는 가요창가다. 대중가수 뺨칠 정도로 가요를 잘 불렀다. 특히 흘러간 노래의 살짝 꺾어지는 맛을 기막히게 내셨다. 전상수 선생이 오페라 가수라면 김한 선생은 대중가요가수다.

필자가 보기에 김한 선생의 가요 〈굳세어라 금순아〉, 〈비 내리는 호남선〉은 그의 단골 메뉴다. 원래 현인의 가요지만, 김한의 창법이 더 감칠맛이 난다.

어느 날 권옥연 선생이 김한 노래 〈굳세어라 금순아〉를 들으신 이후론 같은 함경도 고향 실향민으로 아주 귀여워했던 일화가 많다. 권 선생과의 가까이 지내신 동행에 따른 많은 경제적 사회적 문화적 도움이 됐었을 것이라는 게 통념이었다. 권옥연 선생도 가요를 좋아하셨고, 같은 함경도 동향이라는 남다른 친밀감도 있기 때문이었다.

내 생각으론 김한 선생은 차라리 대중가요 가수로 등단하셨더라면 훨씬 더 많은 이름과 부귀를 누릴 수 있었던 가능성이 높았을 것이다. 특히 가요에서 살짝 꺾는 맛 부분 리듬에 묘한 음색과 묘미가 있어서 듣는 이를 녹여준다. 그렇게 살짝 돌려대는 애틋한 맛과 음성을 타고난 분은 좀 드문 편인데, 바로 김한 선생이 그런 음성이었다.

사진은 1981년 6월 남산의 독일문화원초대로 필자의 독일 드로잉 전시 때 두 분이 같이 오셨을 때 사진이다.

황
염
수

황염수

고독 속에서도 인간적인 삶은 풍부한 작가

황염수(1917-2008) 선생은 평양 출신으로 1934~35년 조선미술전람회 입선으로 시작, 1957년 박고석, 유영국 선생 등과 모던아트그룹을 결성하신 창립멤버였다. 피난 후 남쪽에서의 삶은 누구나 쉽지 않았던 당시의 사회상을 몸소 겪으셨던 분이었다.

나는 박고석 선생을 통해 황염수 선생을 알게 된 후로는 가까이 지냈다. 조선일보 전국학생미술대회에 심사위원장이신 박고석 선생께서 1970년 필자를 예심위원으로 추천, 심사에 참여케 해주셨다.

그 후 1971년 조선일보 미술대회 참가응모 수가 급증, 본심위원을 늘려 홍종명 선생과 필자가 본심까지 들어갔다. 박고석, 황염수, 이승만, 김영주, 우경희, 박근자, 홍종명, 김상유, 전상수 선

조선일보미술심사에서. 오른쪽 황염수 왼쪽 김정.

생과 필자 등 열 사람이 점심 저녁을 함께하며 1주일간 계속 심사하다 보니 식구처럼 정이 들었다.

심사 중엔 박고석, 황염수 두 분의 평가관점 차이로 진행이 늦어진다. 두 분의 고집은 스스로 양보가 안되어 결국 심사위원 다수결로 결정했다. 두 분 끼리는 서로의 주장으로 흥분하셨지만, 다수결로 결판나면 곧바로 히히 웃고 마신다.

황 선생은 박고석 선생과 동갑이며 고향도 같아 술자리에선 막역한 사이였다. 어느 날 심사하는 도중에 박고석 선생이 황 선생을 부르는데, “염소 씨~~음메~” 하니까 저쪽에서 “돌멩 씨~~” 이런 농담이 오가자 심사위원들은 배꼽을 잡고 웃었다.

지루한 심사에 코믹한 농담을 먼저 던진 분은 박고석 선생이다. 박 선생은 능청맞게 웃지도 않으시고 천연스런 연기를 잘하셨다. 정말 매력 있는 평양 스타일의 탤런트다.

여기에 질소냐 ‘나도 여기 있다’를 보이신 황염수 선생 연기도 폭소를 자아냈다. 두 분 연기는 코미디언 구봉서, 배삼룡 수준 이상이셨다. 두 분의 그 천연덕스러운 연기모습은 같이 심사를 하는 많은 분들에게 피곤을 잊게 해주시는 청량제였다. 두 분은 똑같이 연기도 잘하신다. 두 분 중 사정이 있어서 심사에 불참하시는 날은 정말 활력이 빠진 것 같고, 심사자체가 지루하고 피곤할 정도였다.

어느 날 3시경 필자는 귀가 중 광화문 버스정류장에서 버스를 기다리고 있는데, 누군가 뒤에서 ‘김형~’하고 불러 뒤를 보니 황염수 선생이었다. 필자 집은 역촌동이고, 황 선생은 돈암동, 버스 타는 광화문 정류장은 같았다.

뜻밖에 개인적 만남에 반가웠다. 황 선생이 나를 귀여워해주신 걸 나는 평소 느껴왔었다.

옆쪽 가로수 밑 나무 벤치에 앉아 잠시 쉬었다. 황 선생이 먼저 말을 하신다.

“어제 박고석 씨와 나하고 시끄러웠디. 좀 미안하기도 하고, 그러나 심사 일이 좀 지루하니끼니 박 선생과 모두 웃자는 뜻이디 뭐….”

“두 분의 오가는 말씀은 재미있고요, 조용하면 더 피곤하고 힘들지요. 대화가 오가는 사이엔 즐거운 리듬이 있으니까요.”

보통 심사장에선 대략 공적인 대화는 해도 괜찮지만 개인끼리의 개인적 대화는 하지 않는 게 불문율이었다. 그러나 황 선생과 박 선생의 유머러스한 담소는 늘 즐거웠다. 자주 뵙고 보니 나 역시 황 선생도 박 선생처럼 존경하며 따랐다. 황 선생은 평소 말수는 적으시지만 유머가 풍부하셨다. 고독 속에서도 인간적 맛이 넘쳐흐르는 분이셨다.

가로수 그늘 아래서 난 황 선생에게 궁금한 걸 물었다.

“그림은 주로 언제 그리세요?” 황 선생은,

“꼭 시간은 맞추어 하진 않고 사정에 따라 그리지요.” 라며 일정 시간은 아니라고 하신다.

“그림이 좀 팔리시는지 여쭤 봐도 됩니까? 하하하….” 하고 어려운 질문을 드렸더니,

“허허허 여보 김 형, 요즘 그림 팔아 생활하는 화가가 몇이나 되갔소. 고석 씨도 힘들고 모두들 어려워. 그나마 고석 씨나 나나 작은 소품을 그려 용돈을 써야 하니까니.” 라며 멋쩍은 듯 하시며 답하신다.

“그래도 박 선생은 화실을 열어 레슨이라도 하시니 어려운 경제에 다소 도움이 되실 텐데요. 황 선생님도 작은 화실을 해 보시면 어떠세요…. 대부분들 화실운영을 하시면서 경제적 도움을 꾀하시는데요.” 하고 다시 여쭙자 선생은 뭔가 생각을 하시면서 천천히 입을 여셨다.

“요즘 누구라도 힘든 건 비슷해서 나도 실은 조그맣게 화실을 오픈하고 있다오. 그림 팔아 밥 먹고 살긴 현실적으로 어렵지요. 그렇다고 마냥 놀 수는 없지 않겠소? 그런데 그것도 해보면 쉽지 않아요. 나 같은 비상업적 성격인 체질은, 알다시피 내가 장사를 못 하지 않나. 허허허….” 라고 조용히 밝히셨다.

그러나 화실도 운영하려면 이것저것 어려운 점도 많다고 하셨다. 나이도 있으시고 사업가 스타일이 아니시기에 많은 고민과 생각을 하셨을 것이라는 짐작이 들었다.

돈암동은 예전부터 몇몇 분이 교습소를 했었던 지역으로 당시 대입준비 위주로 해왔던 지역이다. 그런 환경 속에선 사실 순수지킴으로서는 힘든 세월의 흔적이었을 것이다.

순수한 작업을 해 오시는 황염수 선생으로서는 많은 고민을 하셨으리라 짐작된다. 오랜 세월 장미를 그림 테마로 해 오신 분이기에 현실적 고민도 많으셨다고 본다.

매년 조선일보 주최 청소년 미술 심사장에서만 10년 가까이 옆에서 뵙긴 했지만, 오늘처럼 오랜만에 조용히 황 선생과 편한 마음으로 담소를 나눈 적은 없었다. 그건 나에게도 행복한 시간이었다.

황 선생은 마음도 곱고 유머도 풍부하시다. 평소 정의감이 강하셔 '목에 칼이 들어와도 아닌 건 아니다'고 말하는 분이다. 그러한 급한 성격이시지만, 장미를 그리실 땐 세상의 모든 걸 다 잊으신다는 황염수 선생. 꽃피는 오뉴월이면 나는 황염수 선생이 더 그리워진다. 그래서 동네건 거리에서건 우연히 장미꽃이 보이면, 잠깐 서서 그 장미 꽃송이를 한 번 더 보고 있다가 지나간다.

우경희 이승만 신동우

Kim

우경희 이승만 신동우

미대출신으로 출판미술 성공한 분들

우경희(1924-2000) 선생과 이승만 신동우 선생 등 세분은 순수미술로 출발했으나 본인들의 환경적 요인으로 미술작업이 대중적인 출판미술로 방향을 바꾸신 미술인이다. 그렇지만 세월이 흘러 이제는 순수와 대중의 어떤 커다란 구분선이 허물어지고 있다. 대중적이라고 해서 잘못됐다는 개념은 틀린 것이다. 출판미술도 절대 필요한 분야로 건강한 미술활동인 것이다. 이 세분들도 자긍심만은 대단하셨고, 그 분야에서 나름대로 국가와 사회에 많은 공을 세우신 분들이었다. 여기서 한분씩 들여다보려 한다.

우경희 선생은 동경제국미술학교 출신으로 1974년 12월 6일부터 12일까지 공간사랑에서 첫 개인전을 하셨다. 고향 개성에서 자랐고 개성중학시절 땐 미술교사였던 오지호 선생, 김주경 선생의 지도받으면서 미술을 익혔다. 그 뒤 중학교 미술교사를 하시다가 서울로 피난와서 정착했다. 전쟁 이후 60~90년대 국내 일간 신문연재 소설삽화계의 자리를 빛낸 화가였다.

필자는 1971년부터 1976까지 매년 5월말에 광화문 근처 학교강당에서 조선일보학생미술심사를 우경희, 박고석, 이승만 선생과 4~5일을 내내 같이 지냈다. 우경희 선생은 성격이 깔끔하셨다.

어느 날 심사장에서 내가 우 선생에게 "데생이 정확하고 섬세하신데, 전부터 그처럼 잘 그리셨나요? 그게 좀 궁금해서요."라고 바보 같은 질문을 했더니, "내가 일제강점기 때 징병 되어 동남아로 끌려가서 1년을 고생했는데, 그때 틈날 때마다 스케치를 많이 했고, 6·25전쟁 땐 일본주재 유엔군사령부에서 군화가로 일하며 스케치와 소묘를 끊임없이 했지요"라고 하셨다. 그 덕에 빠른 손놀림 스케치를 다른 분보다 빨리 하게 된 게 아닌가 생각한다고 말해 주셨다.

그러나 오늘에 있기까진 힘들게 살아온 건 우리 모두 비슷한 일화를 지니고 있다. 동서문화사 고정일 씨에 따르면 우 선생도 생활이 어려워 바둑판에 선 긋는 일로 생계를 이어가며 힘들 때도 있었다고 했다. 그 당시 그런 일을 하면서 우경희 님의 말은 '내가 개성중학교 시절 그림을 그리려면 밥 굶는 각오로 해야 된다는 오지호, 김주경 선생의 말씀을 늘 듣고 왔기 때문에 슬퍼

하진 않았다' 며 얘기하셨고 그래서 '매사에 참고 견디는 생활을 했다'고 했다.

우경희 님은 큰 키에 멋쟁이로 미남이셨다. 흡연은 박고석 선생과 비슷하게 하루 두 갑을 피우시는 애연가였다. 거인 같은 몸덩치에 비해 실같이 가는 선으로 세밀하게 삽화를 즐겨 그리신다. 마치 소녀가 곱게 그리는 것처럼…. 좀 이상할 정도로 큰 덩치와 곱고 가는 선은 묘한 상반되는 대조가 된다. 그런 모습에 흥미가 생겨 내가 또 우경희 님에게 물어봤다.

"왜 가느다란 실 같은 선으로만 늘 그리시는지요?"라고 물었더니 "내 체질이 맞는지 가늘고 세밀한 펜으로 해야 그림이 잘되는 걸 어떡하겠수. 껄껄껄…."라고 대답하신다. 평소엔 말이 없으신 조용한 분이지만, 흡연을 자주하셔서 주변이 늘 담배연기와 함께 사신 시가맨이었다.

조선일보를 비롯한 주요 일간신문의 소설삽화는 모두 우경희 선생이 맡아 그리셨던 당대의 톱 스타이셨다. 그분의 그림은 여성적 감성으로 가늘고 섬세한 터치가 매력이셨다. 크신 몸에 비해 가냘픈 가는 선의 양면적 대조는 우경희 님의 상징적 매력이었다.

이승만(1903-1975) 선생은 휘문보통학교 재학 중 춘곡 고희동에게 그림지도를 받았고, 그후 일본 가와바다미술학교(山端畵學校) 졸업 후 조선미술전람회 서양화 부문에서 연속 4회 특선하셨다. 그러나 집안 형편상 취직을 위해 1928년 '매일신보' 편집국에 기자로 입사, 학예부 미술 담당 기자였다. 이승만 선생은 내가 묻는 질문에 입사동기를 말씀해 주셨다.

"나는 입사 후 1935년 박종화 역사소설《임진왜란》과《세종대왕》삽화를 그렸지. 당시 동아일보에도 화가 기자가 있었지요. 동아일보의 화가 기자로는 청전 이상범, 조선일보엔 심산 노수현 기자가 일했고…. 두 분은 나보다 6년 선배였고 언론에 화가 기자가 필요했죠." 언론사에 미술기자가 왜 필요한가는 "어떤 상황 묘사에 사진이 없으면 싱거워요. 그래서 그림이 필요했었기 때문"이라고 당시를 얘기하셨다.

"카메라가 있긴 했지만, 그림 특유의 묘사전달엔 만족스럽지 못했고, 또 시간이 걸려요. 빠른 시간을 못 맞추는 사진이 늘 골치였었죠. 그래서 일간지 편집국엔 사진이 안될 땐 그림묘사로 대체 했던 거였죠. 다른 방법이 없으니까. 그래서 일간신문사엔 미술기자가 있었고, 경우에 따라선 문화예술

취재기자로서 뛰는 역할도 했다오."

이승만 선생은 70세로 지팡이를 짚고 오셨지만, 청소년미술심사를 계속 잘 하셨다. 심사 중 휴식 때 간간이 얘길 하셨다. 그게 1972년 조선일보주최 학생미술심사 때였다.

"당시 일간지 지면에 미술기자가 그리는 게 많았고 일본도 비슷했지"라고 웃으시며 얘기를 하셨다. 국내신문 역사소설 그림으론 청전, 심산, 이승만 등 3인의 화가가 명성을 떨쳤다. "난 매일신보 삽화를 했고, 젊은 박고석 선생은 조선일보를 했지."

휴식시간에 박고석(당시 56세) 선생도 담소하시며 껄껄 웃으신다. 지나간 세월 1920~40년 시절엔 조선일보, 동아일보, 매일신보엔 화가 기자의 활동이 매우 컸다는 사실을 확인해주신 장본인이셨던 이승만 화백께서 증언하신 것이다. 나는 그이야기를 그대로 메모해서 기록한 것이 바로 여기의 내용이다.

신동우(1936-1994) 선생은 용산고와 S미대 응용미술과를 다니셨다. 함경도 회령출생으로 늘 석탄 나르는 기차를 보며 꿈을 키우셨다고 했다. 1947년 봄 38선 국경의 소련군을 피해 남하하셨고, 6·25전쟁 때 중학교 2학년이던 신동우 선생은 부산 피난 시절

똑바른 길을 가는 사람

김정화백 신동우.

좌판에 만화책을 놓고 팔았다고 했다. 그때 김용환, 김태형의 만화 그림에 빠져있었고, 만화에 대한 애정이 깊어 만화그림을 장난삼아 자주 그려 보기도 했다고 하셨다. 그러다보니 저절로 만화그림에 익숙해지고 재미가 붙어갔다고 했다.

필자는 1967년 월간 〈새벗〉 어린이 잡지 편집실에 들렀다가 우연히 신동우 선생을 처음 만났다. 그 이후부터 이야기를 나누면서 점점 서로 가까워졌다. 어떤 때는 여러 전시화랑에서 또다시 우연히 만나곤 했다.

1976년 신동우 선생을 신문회관 전시장에서 만났던 때다. 필자는 어린 시절, 부모보다 더 크게 본 게 만화가였다.

“김용환, 김의환 만화를 보고 부모님보다 더 위대한 분처럼 느끼며 살았지요."라고 말했다. 만화를 하시면서도 이따금 전시화랑을 들러보시는 남다른 애정과 정취를 갖고 있던 분이다. 나는 그런 매력이 있으신 신동우 님에 대한 애정에 끌려 다시 만나보는 기회를 많이 가지려고 했었다.

신동우 선생의 만화는 다른 일반적인 만화그림과는 약간 다른 맛이 있었다. 미대를 나온 탓인지는 몰라도 실력파로 느끼는 데생이 깨끗하며 좋았다. 더불어 친형이신 신동헌 선생의 권유로 1953년 〈땃돌이의 모험〉이 데뷔작이었고 1966~69년 〈풍운아 홍길동〉을 소년조선일보에 1,200회 연재하면서 국내 최장수 기록을 세운 독특한 만화가인 분이다. 이를 계기로 신동헌 선생과 국내 최초 장편 만화영화 〈홍길동〉을 제작하여 큰 히트를 친 바도 있었다.

그 외에도 〈날쌘돌이〉, 〈삼국지〉, 〈차돌이〉로 경제력을 많이 쌓았으며 명성도 높아 만화로는 최고의 경지에 이르셨다고 봐도 충분한 입장이셨다.

그렇게 바쁜 분이지만 신 선생은 광화문에 자주 나오신다. 그러던 어느 날 소년조선일보 독자응모 청소년미술의 그림 심사하던 필자와 우연히 또 만났다. 둘은 다방에 들어가 이런저런 얘기하면 한 시간이 후딱 지난다. 시계를 본 신동우 님은 바쁜 일 때문에 달아나듯 또 뛰쳐나가곤 했던 분이다. 잠시도 앉아 쉴 틈이 없다는 신동우 님의 부지런함은 몸에 베인듯했다. 어딘지 인생에

달관한분처럼 보인다.

이즈음 한국일보 주최 만화응모작을 심사했던 신동우 선생은 허영만이라는 신인 만화가를 뽑아 데뷔시키신 장본인이기도 하다.

신동우 선생은 그 후 만화보단 풍속화 쪽으로 기울면서 그림 작업에 노력하는 모습이셨다.

필자가 남산의 주한독일문화원장의 초대로 '김정 독일 소묘전'이 오픈될 때, 제일 먼저 찾아와 축하를 해주신 분도 바로 신동우 선생이셨고, 1주일 내내 오셔서 이런저런 담소를 나누기도 하셨다. 얼핏 함경도 사투리를 섞어 쓰시고 항상 만날 때 마다 다양한 화제로 얘기를 나누는 재미가 있었다. 늘 회화 그림에 애착을 갖던 분으로 필자 전람회 때마다 한 번도 거름 없이 오셨다. 그런 고마움을 나는 느끼면서 지내왔다.

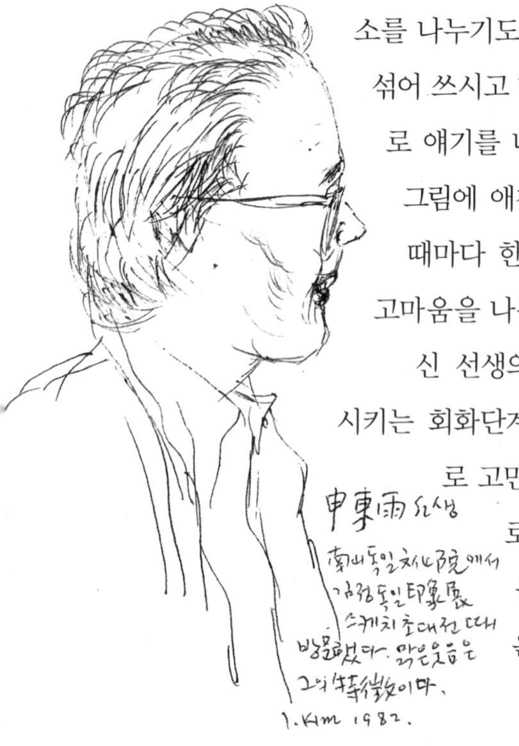

신 선생의 애착은 바로 풍속화로 발전시키는 회화단계로 꿈을 꾸시는 듯한 개념으로 고민하는듯했다. 그러면서 인물 드로잉을 자주 시도하신다는 얘기를 한 적도 있었다. 나 역시 좋은 꿈을 가지시고 계속 드로잉

주한독일문화원 초대전으로 '김정 독일 스케치展'에서 신동우 화백과 함께.

과 인물 데생을 많이 하시면 도움이 될 것이라는 조언도 감히 해 드렸었다.

그리곤 상당기간 동안 소식이나 만남의 기회가 없었다. 나 역시 조용히 작업하느라 외출이 적었다. 그러다 보니 오랜 기간 궁금하기도 했었다.

그러던 어느 날 슬픈 소식을 봤다. 더 많은 작업을 하셔야할 분이 환갑도 못 채우시고 58세에 타계하셨다는 신문기사였다. 마음이 덜컹하고 가라앉는 기분이었다. 정말 안타깝고 애처로운 뉴스였다.

생전에 필자에겐 나중에 여행 한 번 같이 가자고 자주 말씀하셨던 다정하고 따듯하고 선량한 분이셨는데…. 만화와 회화의 어떤 중간적 역할에 대해서 무엇인가를 늘 혼자 연구하시기도 했었던 분인데…. 신동우선생의 모습이 꼬리에 꼬리를 물고 며칠 생각했었다.

그분의 웃음소리는 좀 특이했다. 까르르르~하는 웃음소리는 함경도 특유의 묘한 나팔소리 같은 맛을 느끼게 해주셨다. 2년 전 신동우 님이 그립고 생각나서 그의 동영상을 보려고 나는 또 춘천을 가봤다. 그때나 지금이나 춘천시에 있는 애니메이션박물관에는 신동우 선생의 생전 자료와 일면들이 여전히 또 화면에 나오고 있다. 그 화면을 보면서 나는 세월의 빠름과 무정함을 또 한번 느끼며 서울로 돌아온다. 청량리역까지 오는 지하철에서 나의 머릿속은 신동우-김유정-강촌-청평-마석-사릉-망우-청량리에 대한 소설을 쓰고 있다. 그 소설의 주인공은 신동우 선생의 날쌘돌이가 종횡무진 활동하는 꿈을 상상하면서였다.

한묵 김창억

제12高普

佐藤九二男

十二九歲

2.9歲

김형국

최용연

이재철

유영국(11회)

1960 [illegible]

5회 재직했습니다

(대체 회장

이들은 한강에서 모였습니다.

[illegible] 때 (1개사) 일했습니다

한묵 김창억

추상과 구상을 자유로 넘나드신 원로미술인

한묵(1914-2016) 선생을 가까이서 직접 만나 뵌 적은 딱 두 번이었지만 박고석 선생을 통해 1960년대부터 전해 들어 익숙한 분이다. 한묵 선생은 한평생 거의 프랑스에서 지내셨다. 박고석 선생의 말을 빌리면 "한묵 선생은 성질이 좀 화끈한 데가 있디, 정릉에 살 때 말이디. 아니야… 아냐, 내 정신 좀 봐…. 그와 나는 오랜 세월 서로 신뢰하니깐 나도 그분을 좋아하디." 하셨다. 한묵과 박고석 선생 두 분은 비슷한 시절을 사셨지만 한묵 선생이 세살 위셨다.

한묵 선생도 그림 작품을 위해 많은 희생과 고생도 감수하시며 평생을 객지에서 살아오시다시피 하신 비구상계열 작업의 원로화가이시다.

1990년 10월 20일 점심때였다. 인사동의 한 식당에서 이만

익 님, 필자, C씨, P씨 등 4명이 식사를 하고 있는데, 갑자기 한묵 선생이 들어오셨다. 식사하던 우리 일행은 깜짝 놀랐다. 한묵 선생은, "아 만익이, 오랜만이네 잘 지내?" 하시며 우리가 앉아있는 식탁으로 오셔서 옆 의자를 끌어 합석하신다. 옆에 이만익 님에게, "요즘도 OO를 좀 밝히냐? 허허허" 하셨다.

미처 대답할 여유도 없이 "요즘은 너도 늙어가느라 옛날 파리 시절보단 좀…" 하시고 덧붙이자 이만익 선생은 당황스러운 표정이 되었다.

"하하하, 에이 참 그만 좀 하시죠. 여긴 파리가 아닌 서울인 거 아시죠?" 하면서 식당 종업원을 불러 "여기 식사 주문 좀 합시다!" 라고 큰 소리로 한묵 선생의 말을 가로막았다.

한묵 선생은 젓가락으로 반찬 한두 개 집어 드시곤 빙그레 웃으시다가,

"아 참! 내가 깜빡 잊은 게 있어서. 난 지금 가야돼. 나 간다~" 하시면서 아마도 보실 일이 생각나신 듯 급히 나가셨다. 우리 일행은 다시 밥을 먹었다. 이만익 선생은,

"한묵 선생은 누구도 못 말려요. 하하하, 옛날 옛적 얘기를 웃

자고 하신 거겠죠." 라며 멋쩍은 듯 본인 이야기를 덮었고, 일행들도 다 웃자는 얘기로 끝냈다.

느닷없이 오간 대화였지만, 한묵 선생의 직언하시는 버릇을 목격했던 현장이었다. 당시 77세였지만 마치 청년 같으신 정열을 엿 보이시는 일이었다. 한묵 선생은 한국 근현대시대의 원로화가 중 한 분이다.

한묵 선생이 식당 오셨던 날 이틀 뒤, 현대화랑에선 한묵 초대전(1990.10.22~31)이 있었으니, 아마도 본인의 전시 때문에 인사동에 들르신 것으로 추정된다. 식당에서의 갑작스런 5분간의 순간적 만남이었지만, 마치 서부영화의 한 액션 장면처럼 기억이 생생했다. 그리고 그 짤막하게 오갔던 대화 내용도 한층 젊고 핑크색이 짙게 풍겼던 것이다.

김창억(1920-1997) 선생을 우연히 만나 뵈면서, 예상치 못했던 옛날얘기를 듣게 됐었다.

1992년 청담동에 있던 효천화랑이 주최한 '김정 아리랑 초대전'(10.23-11.5) 기간이었다. 지금의 청담동은 한산하지만, 90년대 당시의 청담동엔 밤새 하룻밤 자고 나면 화랑이 하나 둘 생기던 1990년대의 강남 땅 화랑 봄 시절이었다.

1992년 11월 4일 필자는 전시종료 하루 전 오후 4시쯤 효천화랑에 잠깐 들렀다. 전시장엔 노인 한 분이 서서 전시장을 돌아보셨다. 뒷모습으론 모르는 분이지만 어딘가 뵌 듯한 느낌도 들어 가까이 가서 인사를 드렸다. 그때 그분이 바로 김창억 선생이고, 처음 만나 뵀던 것이다. 김창억 선생은 "근처에 지인을 만나고 지나시다가 전시가 있어서 그냥 들러 본겁니다"라고 하셨다.

들러주신 것만 해도 감사한 마음으로 홍차를 대접 했다. 사람인연도 묘한 것이다. 김창억 선생의 건강은 그냥 보통이셨으나 약간 힘이 좀 없어 보였다. 김창억 선생을 뵈니 장욱진 선생이 생각나서 내가 먼저 얘기를 꺼냈다.

"요즘 건강은 좀 어떠신지요. 또 어떻게 잘 지내시는지 여쭤 봐도 되는지요. 전에 경기여고에 계실 때도 많은 제자를 지도해 주셔서 훌륭한 졸업생도 많으셨고, 홍대에서 퇴직하셨는지요. 제가 알기로는 국내외에 선생님 제자도 많고 고교 미술교과서도 공동저서를 내셨고요. 당시로는 활동이 매우 크셨었는데요."

"아, 나를 그만큼 알고 있으시네요. 나이도 있으니 요즘은 그냥 조용히 지내고요, 학교 퇴직 후 작업에만 열심히 매달려 있지요."

"장욱진 선생님과 혹시 경복중학교 동창이신지요?" 라고 말문을 열었더니 즉시,

"장 선생하곤 나하곤 동창이지요." 라고 하시면서 장욱진 선

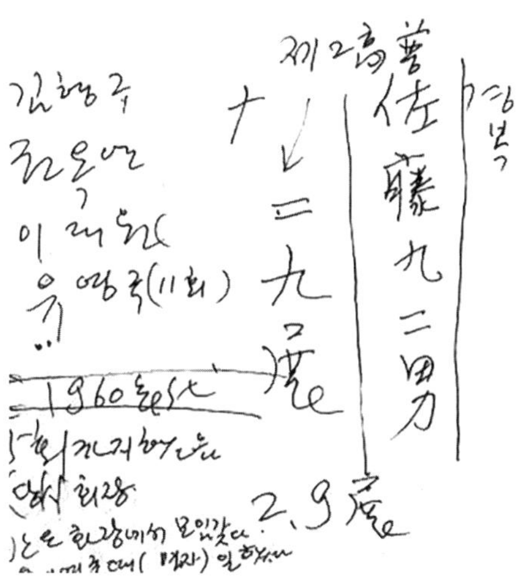

김창억 님의 글씨, 효천화랑에서 1992년.

생의 경복중학시절 얘기도 하신다.

"장욱진 선생도 경복중학교 동창이고, 동문으론 권옥연, 이대원, 유영국 등 모두 11회 들이에요. 그 당시 미술 선생은 일본인 사또구니오(佐藤九二南)였고, 그때 우리는 사또 선생님의 영향을 많이 받았지요. 그래서 우리들이 모이면서 뭔가 생각한 끝에 전시를 해보기로 하고, 1960년 초 미술 교사 이름을 따고, 제2 고보(高普)란 이름도 따 합쳐서 '이구회전(二九會展)'을 창립했죠. 5회전까지 전시를 어렵게 끌고 갔지요. 이구회전 모임 장소는 시청 앞 건너편 반도화랑(대표 이대원)이었어요." 이구회 모이는 날이 바로 술 먹는 날이었고, 당시 반도화랑의 여직원이 바로 박명자 여사로 지금의 현대화랑 대표라고 얘기해 주셨다. 얘기는 계속됐고, 유영국 선생 얘기가 나왔다.

그 시절 "우리들 술자리에서는 유영국 씨 손금이 늘 화제가 됐었다"고 언급하셨다.

"유영국 선생 손금이 뭔지 더 궁금해져 말씀을 듣고 싶어집니다"라고 다시 김창억 선생께 여쭤 봤다.

"아, 그건 손바닥을 펴보면 바로 특이한 일자(一字) 직선이었지요, 보통사람은 일자가 되긴 해도 주글주글 이어지거나 또는 이어지지 못하고 끊어지는 게 보통인데 유 선생은 굵은 선이 마치 자를 대고 굵은 직선을 긋듯이 쫙 넓게 있었지요. 그건 정말 신기했지요." 듣고 보니 정말 신기한 손금인 듯했다. 술자리에선 늘 유 선생 손금을 보곤 또 보고, 각자의 손금도 맞춰 보는 등 온통 손금화제가 처음부터 끝까지였다.

그 당시나 지금이나 손금은 사주팔자와 깊은 관계가 있다고 보아온 전통적 사상이 깔려있기에 관심이 많은 것은 사실이었다.

유영국 선생이 친구들에게 보여준 또 한 가지 특색은 생선이름을 잘 알고 맞춘다는 것이다. 유영국 선생과 생선 횟집에 술 마시러 같이 가면 생선 고깃점만 봐도 이름을 척척 다 맞춘다는 것이다. 아는 정도가 아니고 천재라는 별명을 가질 정도였다고 얘기하신다.

"가령 보통 생선은 대부분 겉의 생김새보면 알지만, 칼로 쓸어서 속살만 놓은 횟감을 보면 구분이 쉽질 않다. 모두 비슷비슷하기 때문이었고, 그래서 사람들은 잘 모르지요. 그런데 생선의 천재 유영국 씬 금방 알아 내셨지요.”

그래서 술자리에 가면 늘 유 선생의 손금보기와 생선 이름 맞추기가 재미있던 얘깃거리였다고 술회하셨다. 얘기 듣는 나 역시도 흥미진진해서 자꾸 캐물었던 것이었다.

그 생선살의 천재 비결 에피소드를 김창억 선생께서 또 얘기해 주셨다.

“유영국 선생 부친이 양조장을 하셨는데, 부친의 양조장 사업이 잘 안됐어요. 그래서 망해가다가 결국 문 닫게 된 거지요. 집안 형편이 어려워서 고민 또 고민을 하다가 유영국 선생은 바다 고깃배 선원 아르바이트 생활을 시작 했지요. 그때 생선 이름과 속살을 현장에서 먹으면서 알게 된 것이죠.”

유영국 선생의 젊은 시절 폭넓은 인생 훈련이 인간적 도량을 넓혀줬다는 말씀이었다. 젊을 때 고생은 약이 된 걸 보여주신 인생 성공신화 같았다. ‘젊어서 고생은 사서라도 해야된다’라는 옛날 현인들 말씀처럼, 유영국 선생의 삶은 철학자 같은 모습이 숨어있었음을 보여 주셨다.

특히 고생을 이겨내셨던 당사자 유영국 선생은 그야말로 한국인의 옛 모습을 닮은 지혜롭고 멋진 분이다. 존경스런 인간상이다.

한편 손금의 일자(一字)운을 타고나셔서 성공하셨다고 볼 수 있다는 주장은 운명철학 쪽의 얘기고, 필자는 본인의 의지로 본다. 유 선생의 용기와 끈기와 자신감이 성공하신 것이다. 이러한 작가 개인적인 비하인드 스토리는 작가 인문학연구에 절대적 가치로 평가된다. 그것이 작가연구에 한 단계 더 발전된 연구자료로 이어지는 것이라고 본다. 칸딘스키나 클레는 작가들 뒷이야기 기록을 잘했고, 그것이 미술인문학에 큰 역할을 했다. 인간의 진실한 뒷모습을 보면 저절로 존경스런 마음으로 받아들여지는 감동스토리이기 때문이다.

필자역시 유영국 선생의 용감한 삶의 철학이랄까, 성실한 노동 작업은 결국 삶의 승리로 이어진다는 진실 논리를 보여주심에 감동했다. 또한 짧은 만남에라도 소중한 작가 인문학적 진실의 모습을 후대에게 전해주신 김창억 선생께도 깊은 감사와 크나큰 고마움을 드린다.

김창억 님이 필자 전시장에 오셔서 귀하고 소중한 말씀을 해주신 뒤 5년 후 77세로 돌아가셨다. 그 후에 들은 바로는 돌아가시기 전부터 당뇨로 고생하셨다고 했다. 특히 발가락을 절단하셨으나, 상처가 아물질 않아서 한참을 고생하시다가 별세하셨다. 그 당뇨병의 발꿈치와 발가락의 염증은 정말 힘들고 아픈 고통이라, 얼마나 많은 고생을 하시다 가셨을까하며 아픔이 전달되어오는 느낌이었다. 그래도 생전에 베풀어주신 김창억 선생의 소중하고 귀한 말씀을 깊이 깊이 감사를 드립니다.

유경채

金正
亞細亞 國際美術展覽會 韓國委員會
120－160 大韓民國 서울特別市 西大門區 大新洞93－2
STEERING COMMITTEE OF THE ASIAN INTERNATIONAL
ART EXHIBITION, 93-2 DAI SHIN-DONG, SEODAIMOON-KU,
SEOUL, KOREA
TEL: (001-82-2) 392-5231
韓國 서울特別市 西大門區 大新洞 93-2
柳景埰
郵 120-160 電話 (001-82-02) 392-5231 番
서울마포
91.8.6
金正貴
江南区. 驛三洞 672-3
135-080

유경채

1미리 오차도 용납치 않는 화가

유경채(柳景埰, 1920-1995) 선생이 1975년 예술원 주최 미술 심포지엄 행사를 주관하실 때 나도 방청석에 참석, 멀리서 뵀었다. 강당에서 열린 심포지엄 주제는 '미술교육의 방향' 이였다.

첫 번째 발표자로 나온 최덕휴 교수가 발표 중 "1도는 1색 판화, 2도는 2색 판화다. 3도는 3색 판화로써…."라고 발표하는 도중에 질문자인 박철준 교수가 나서며 "다색과 흑백 구분이라면 될 걸 왜 복잡하게 1색, 2색, 3색이라고 합니까, 현장 학습에선 혼동이 올 수도 있습니다."라고 수정요구 발언을 했다. 그러자 최덕휴 교수가 당황한 듯 흥분하시면서

"내 발표를 끝까지 듣고 말하세요." 라고 했지만 박철준 교수는, "틀린 건 바로 고치쇼!" 라고 큰소리로 맞대응했다. 서로가 신경이 예민해졌고, 결국은 흥분된 어조로 막말이 나오기 시작했다.

세미나장은 순식간에 뒷골목 난장판으로 변했다.

박철준 "뭐가 어떻다고?"

최덕휴 "왜 반말이야! 넌 선후배도 모르느냐!"

박철준 "하려면 똑똑히 해라!"

서로가 더 큰 소리로 맞대응하며 걷잡을 수 없는 막말로 나오며 오갔다. 갑자기 불거진 파행에 방청석에선 "두 분 조용히 하쇼" "여기가 두 분의 싸움장이요?"등등 야유 섞인 항의가 들렸다. 이때 의장석에 앉아있던 유경채 선생이 나서며 "두 분 이리 와요" 하며 최 교수와 박 교수님을 문밖으로 끌고 가는데, 박 교수가 안 나갈려고 반항하자 유경채 의장은 넥타이를 잡고 강제로 끌고 가선 문밖으로 내쫓곤 문을 꽝 닫아버리셨다. 밖으로 밀려난 두 분은 계속 "이게 뭐요! 문 열어 문!" 하는 문 두드리는 소란이 나오자, 경비를 불러 두 분을 강제 귀가시켰다. 유경채 선생의 퇴장 조치로 막말 격론은 즉시 종료됐다. 행사는 여전히 그다음 순서로 진행됐었던 깜짝쑈 같은 일화였다.

또 다른 얘기 한토막이다. 유경채 선생이 덕수궁에서 청소년 미술심사를 하시던 중 다른 심사원 6명과 심사협의를 하는 과정이 하나있다. 예컨대 선발과정에서 입선-가작-장려까진 각자 관점대로 선발 진행되어 졌다. 1차로 뽑힌 그림들을 놓곤 그중에서 다시 특선을 선발한다. 여기서부터는 여러 심사원과 서로 의논하며 특선으로 올린다. 이 특선 등급부터는 선정관점 의견차이로 진행이 좀 막히기도 했고, 다시 진행되다가 또 막히곤 했다. 선정하는데 서로 관점의 차이가 몇 번 반복되자 유경채 선생은 심사를 거부, 말리는 것도 뿌리치시고 그냥 귀가하신 것도 목격했었다.

이런 일들을 몇 번 목격한 이후로 필자는 유경채 선생이 무섭고 조심스러워 늘 간격을 둔 채, 멀리서 뵈며 지내온 것을 고백한다.

그리고 많은 세월이 흘렀던 어느 날, 유 선생 부인이신 강성희 여사님한테서 전화가 왔다.

“김 교수, 내가 당신 부인한테 우리 넷이 한번 만나자고 두어 번 전했는데 통 전화도 없이 왜 그러시죠? 밥 한번 먹자는 게 그리 어려운가요? 왜 그러우? 난 두 분을 보고 싶은데 벌써 3년이 지났잖아, 두 분들은 왜 그래요?”

“네, 네 죄송합니다. 사모님 그게… 저….”

강 여사는 우리 집 사람과 E여대의 선후배 동문사이로 동문출신 동창문인회 활동을 30여년 해 오신 대표적 원로희곡작가셨다. 강 여사가 대학동문의 문

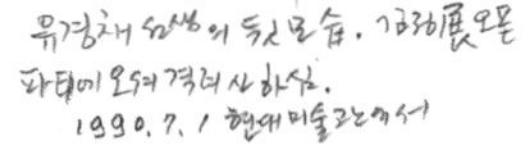

인회장시절 우리 집사람도 임원으로 일했다. 강 여사는 부드럽고 인자하시며 인맥이 넓어서 유 선생과는 정반대 성격이셨다. 필자도 사모님은 이해심 깊고 다정하신 건 잘 알고 있었지만, 유경채 선생을 피해오느라 그랬었던 것이다. 결국 유 선생님 사모님까지 두 분을 피한 것처럼 오해를 하시게 되어 내 마음도 좀 불편했던 것이었다.

1988년 아시아국제미술전람회 초대전 때도 뒤로 숨었다. 그러나 다음해 1989년 7월 아세아국제미전 때는 유 선생의 직접 지시로, 홍콩 대표 방한을 맞이하러 김포공항에 필자와 이대원 선생이 마중을 나갔다. 그날 비행기가 2시간 연착, 공항에서 기다리던 이대원 선생은 유 선생에게 연착 상황을 알렸다. 유 선생 전화

를 받는 이 선생의 표정이 굳어졌다. 계획에 차질이 생겨 유 선생과 전화로 옥신각신하시는 눈치 같았다.

통화 후 이 대원 선생은 "휴~ 틀림없고 정확한 분이라서. 비행기 연착을 난들 어떻게 해. 그냥 기다리는 수밖에. 허허허…." 하시며 이대원 선생 스타일로 넉넉히 웃으시며 넘어갔었다.

어떤 일에도 분명하게 맺고 끊는 정확성이 때로는 무섭기도 했던 것이다. 전시회 때도 개인전이나 그룹전이나 모두 일일이 초대장을 혼자 다 쓰시고 확인하고 발송까지 손수 하시는 성격이신 것이다. 틀림이나 지연, 잘못, 착각, 오해 등은 용납이 안되는 정확한 성격이셨다. 그 성격에서 나오는 시간엄수에 혼이 난 후배 제자들이 많은 것도 자연스런 일이였다. 그러나 본인에게 닥치면 겁부터 나는 것도 자연스런 일이었다는 점도 같다.

1989년 1월 15일 겨울, 필자와 L씨, O씨 일행은 신촌역 앞길을 지나다가 우연히 유 선생을 만났다.

"아니 어쩐 일로 우리 동네까지 오다니… 마침 잘됐다. 자 이쪽으로 모두들 오소." 우리일행과 유 선생은 근처의 중국집에 같이 들어갔다. 우리는 짬뽕으로 식사하는데, 유 선생은 평소처럼 중국 술 죽주(竹酒)를 속전속결 드시곤 말없이 먼저 계산을 하신 후 가셨다. 거의 깔끔한 젠틀맨 완벽주의 기질이셨다.

1989년 10월 4일 서울프레스센터에 유 선생 칠순잔치가 열렸다. 굉장한 것을 말씀하실 것처럼 목을 가다듬고는

"내가 70이란 걸 비밀로 해주시길"이라고 중대한 농담을 하셨다. 듣고 있던 좌중은 모두 "으하하하…." 웃었다. 웃는 것은 유 선생의 유머가 아니고, 정말 웃기지 못하시는 유 선생의 어색한 행동이 더 웃긴다는 의미였다. 유 선생은 도저히 웃기는 스타일이 아니시기에 평생 웃기는 일은 없으셨다.

1990년 1월 1일 필자는 모처럼 맘을 단단히 먹고 부부 동반으로 신촌 유 선생 내외 자택으로 세배 인사를 갔다. 두 분이 계셨고, 함께 차를 마시던 유 선생은 나에게,

"요즘 학교도 잘 나가고 지내지요? 그리고 여기 이대교육대학원 강의도 출강한다던데, 잘하고 있지요?"

유경채 전시 중 이대 동문 모임. 좌부터 소설가 윤남경, 동화작가 최자영, 극작가 강성희 사모님, 소설가 강신재.

"네 열심히 하고 있습니다."

그리고 차 한 모금 드시곤 약간 흥분하신 듯한 어조로 옛날 이대 강사 때 얘기를 하셨다. "내가 1955년도 이대 강사 시절 돈이 없어 여름 바지를 겨울에도 입어야 했지. 지금 대신동 집은 1958년 중학 1, 2, 3, 고 1, 2의 5종 미술 교과서를 제작키로 하고 K사 사장님이 우선 지어준 것이지요."라며 약간 목이 메신 듯 말씀하셨다.

"집만 덩그러니 있으면 뭘 해, 힘들게 살면서 그림도 해야하고…." 과거 어렵게 지내오신 고생담을 차분히 얘기하시던 유 선생은 결국 눈물을 슬쩍 닦으셨다.

이런 얘기는 마치 가족 같은 느낌이 드셔서 심리적으로 작용하신듯했다고 본다. 난 모르지만, 강성희여사와 우리 집사람하고는 오랜 세월 가족 같이 느끼며 살아 오셨던 게 아닌가 한다. 나 혼자만 늘 유 선생을 피해 도망 다닌 게 좀 미안했었다. 그날 필자는 귀갓길에 '늘 쌀쌀하고 차가운 유경채 선생도 뜨거운 감정 앞에선 어쩔 수 없는 눈물을 보이시는구나' 라고 생각했고, 그 이후론 유 선생님도 온정 깊은 따뜻한 분으로 기억하게 된 기점이 됐다. 그동안 내가 유 선생을 피해서 뒤에 숨어온 바보 같은 행동에 반성하는 계기가 됐었다. 그 바보 같았던 나의 마음을 후회하고 또 반성하고 또 반성하면서 지냈었다.

겉보기엔 냉정한 인간으로 보이셨으나, 가슴엔 인간적 사랑이 숨 쉬고 있는 분이다. 아무리 원로니 중진이니 하는 노화가들도 실제로 제자를 기르고 전시를 하는 이는 흔치않다. 창미회도 그렇지만, 아시아 국제전(亞細亞國際美術展 韓國委員會) 행사도 유경채님의 힘으로 끌고 간 것이다. 제자나 후배를 키워주고 도와주는 정성과 노력은 그만큼 존경과 대접을 받고 있다는 것이다. 아세아미전에 42명을 참여시켜 끌고 가면서 일일이 우편발송이름까지 쓰시는 애정도 그런 의미다.

1990년 7월 11일 현대백화점미술관 '김정 아리랑' 개인전 오픈에 오신 유 선생은 즉석의 격려사를 통해

"김정은 산, 소나무, 음악으로 자신을 다스리는 작가요. 미술의

인문학적 연구를 많이 했지요. 아리랑회화 작업도 그 연구의 한 테마입니다"라고 하셨다. 그날은 축사도 길게 하셨고 주위 분들이 권하는 술도 드시곤 늦게 귀가하셨다. 말은 없으셨지만, 깊이 반성하는 나의 마음을 읽으신 듯이 밝은 표정이셨기에 나의 속마음도 한껏 시원하고 편안했었다.

나는 그 긴 세월을 유 선생의 눈을 피해 숨어 살아온 것에 대한 반성과 후회를 여러 번하며 지냈다.

1990년 11월 현대화랑이 주최한 유경채초대전 때는 1949년 작 작품부터 전시를 했는데, 유 선생은 작품을 안판다고 하셔서 현대화랑 측에선 화집 등 여러 경비에 어려움을 겪었다. 강성희 사모님이 유 선생을 겨우 설득해서 소품이나 중소품으로 해결은 됐으나, 내부적으로 유 선생의 고집을 강 여사가 꺾진 못한다. 전시에서 작품을 하나도 안 팔고 후세에 전하고싶다는 유 선생 고집이었다. 그러나 강 여사께서 부드럽게 유 선생을 유도하시는 내공으로 그나마 고집 센 분을 부드럽게 조절하며 평생을 같이 하셨다.

1991년 1월 2일 아세아국제전은 유경채 선생이 주도·창립하신 서울의 국제적 미술전시행사였다. 행사를 모두 치룬 후 실무를 맡았던 H씨 등 4인이 모여 행사결과보고 겸 신년인사차 유 선생 댁으로 갔다. 일을 마치고난 그 자리에서 연장자인 H씨가 조심스럽게 입을 열었다.

"새해에 한 말씀 드릴께요. 선생님 새해에도 건강하시려면 정말 화 좀 내지 마십시오. 제발 부탁 좀 꼭 드립니다." 직언하자 유 선생은 계속 유구무언으로 술 한 잔 드신 후에도, 또 여전히 묵묵 부답이셨다.

그리고 4년 뒤 1995년 선생님은 조용히 먼 길을 가셨다. 따듯하신 속마음을 모르고 난 차가운 분으로만 알았던 20년 세월의 후회와 부끄러움을 깊이 반성하며 또 반성하는 시간이었습니다. 명복을 빕니다.

이용환 이춘기 김인환

이용환 이춘기 김인환

음주스타일은 다르지만, 주량은 비슷해

이용환(1929-2004) 선생의 평소 모습은 모범생이며 목소리도 조용하신 편이다. 그림은 사실적 표현 작업을 하셨다. 필자와는 앙가쥬망 동인으로 십여 년 이상 그룹 활동하셨고 건국대 교수 정년퇴직 이후엔 야외작업을 하며 전국을 누비셨다. 원로화가이신 심죽자 여사와 동갑 부부작가로 평생 같은 길을 해 오신 분이었다.

1989년 4월 7일 인사동 상문당화랑 회갑기념 부부 전시 문 앞엔 축하화분이 길게 늘어서 인도까지 나올 정도였다. 부부전 끝낸 뒤 5월 사당동 자택에서 그룹동인을 포함한 지인을 초대, 회갑기념 잔치도 하셨다.

이용환 선생은 평소엔 말없이 조용하시다가 음주 후 묘한 힘이 꿈틀거리는 모습이 나오는 듯한 특징이 있었다. 그분의 숨은

스케치여행. 좌부터 이용환, 최경한, 김정.

장기는 다름 아닌 춤이었다. 평소의 모습과 언행으론 전혀 상상이 안되는 또 다른 모습이었다.

1991년 청담동 성당옆 동네 주점에서다. 그곳엔 오페라의 왕이신 원로화가 전상수 님 등 이웃 여러분이 가끔 모이시는 곳이다. 그날은 이용환 선생도 참석하게 됐었다. 맥주 한두 잔 오가면서 홀은 화려했다. 이런 곳은 서양스타일의 무대이므로 댄스나 오페라 가수의 모습이 어울리는 환경이다. 음악 있는 밤의 흥을 못 참는 원로화가이신 전상수 님이 〈산타루치아〉 〈오, 쏠레미오〉 두 곡으로 멋지게 분위기를 띄우셨다. 전 선생의 실력은 전문 오페라가수 급이었다. 외양도 서양의 유명 가수처럼 앞머리는 번쩍거려 보일만큼 벗겨지셨고 뒷쪽 머리칼은 곱슬곱슬 말려있어 정말 실감날 정도다. 마치 오페라 가수의 분장처럼 느낀다. 무대 앞에서 부르시는 모습과 실력은 누가 봐도 오페라 무대에 나오는 프로급 수준으로 평가한다.

그 가곡이 끝나고 또 다른 연주가 나오니 이용환 선생이 무대 앞에 등장하신다. 슬그머니 홀 가운데 서시더니 춤을 추신다. 모두가 그 춤동작을 보면서 정신을 잃어간다. 날렵한 몸동작의 맵시는 보통 춤꾼이 아닌듯했다. 명 춤꾼이 출현한 듯한 모습이었다. 홀에서 그야말로 독보적인 댄스의 진미를 보여줘 많은 사람의 환호와 박수를 받았다.

날렵하고 매끄러운 춤은 기막힌 솜씨였다. 적당히 넘어가는 아마추어 수준이 아니다. 다 추고 나서 제자리에 앉으시면서 “오랜만에 땀 좀 흘렸다”고 하셨다.

그런데 즐거우면서도 한쪽으론 뭔가 걱정이 있는 듯한 모습이셨다. 최근엔 춤도 못췄고, 그저 집에만 있었는데 마음이 좀 무거웠다고 하셨다. 그 이유를 주위분들이 물으니, "심 여사의 아픈 무릎 고통 등도 요즘 내 마음이 편치 않았었는데 오늘 겸사겸사 몸으로 확~ 풀어봤다"고 작은 미소마저 보이셨다. 그리곤 맥주 한 컵을 단번에 드신다.

말 없고 조용하시지만, 마음속 답답함을 시원하게 춤으로 푸시니 보는 사람도 멋지고 상쾌한 느낌이었다. 필자 추측건대 댄스 실력은 아마도 프랑스연구 시절 익혔을 것으로 미루어 본다. 이용환 님은 건국대학교 미술과의 초창기부터 교수직을 해 오신 서양화가였다.

이춘기(1933-2008) 선생은 키 크고 말 없는 교장 선생 스타일로, 마음도 선하며 역시 모범생이었다. 그룹전시 오픈 때마다 오셔서 장욱진 선생과 같이 잘 어울리셨다. 부인 김재임 여사도 같은 서울대 서양화과 동문으로 만난 부부작가다. 신앙심 깊은 부인께선 필자의 대학에도 출강하셨던 엘리트 부부였다. 신혼초부터 두 분은 장욱진 선생을 좋아하고 따르다 보니 아예 양아들이란 별명까지 듣고 지내셨다. 장 선생 가족 대소사엔 늘 이춘기, 김재임 부부가 먼저 와 있는 걸 자주 목격했다. 필자를 포함한 박한진, 이만익, 최경한 선생 등 4인은 40년간 늘 장 선생 곁을 지켜왔기에 명륜동, 수안보, 용인 등에서 이춘기 부부를 자주 보면서 자연스레 알게 됐었다.

이춘기 선생은 전주대 교수직을 퇴직 후엔 작업에만 전념하셨다. 평소 도수 높은 돋보기안경을 쓰시고 말 없는 게 특징인데, 술 음주는 소맥 가리지 않고 용감하셨다. 키가 장대처럼 크시고 음주량도 많은 편이다. 음주 후 타인에 불편 줬다는 뒷얘긴 들어본 적 없는 깨끗한 분이다. 원래 천성이 반듯해서 거짓말이나 거친 행동과는 거리가 먼 젠틀맨 스타일이다.

1999년 10월 13일 17시경 오경환 선생 개인전오픈 때 일이다. 지인들이 모여 담소를 나누던 중에 이춘기 선생이 최관도 선생을 향해 "야 관도야, 너도 이젠 장가를 가야돼. 윗 어른들이 말하는 게 다 맞는거야. 시간은 돌아오지 않거던…." 그러고 필자를 보면서 "김정, 너는 정말 미술교육엔 완전 대부다. 누가 너만큼 연구논문을 쓴 교수가 없잖아." 그러자 옆에 있던 조명형 선생이 "나도 대학원생 논문 지도할 때 보면 백퍼센트 김정논문과 저서다. 그래서 내가 김정 빼곤 없냐? 라고 우스갯소리도 한 적이 있었지요."

필자로선 좀 부끄러웠으나 어쩔 수 없었다. 이춘기 님은 평소 말없고 조용하지만, 어쩌다 한마디씩 던지는 폭탄은 산사에 홀로 사는 철학자 같은 멋을 풍긴다.

필자의 조사에 따르면 1900년대 초기 화가 길진섭(1907-1974?)의 인물기록 내용이 후대에 많은 자료에 도움을 주었다고 《한국잡지백년》(최덕교著 현암사刊. p226-p227)에서 밝히고 있다. 길진섭 님이 1939년 1월에 기록하던 시절 '문장' 편집부에서 일하던 소설가 이태준 님도 동감했다. 길진섭 기록의 화가들 인문학 자료는 근대미술의 첫기록이었다.

어느 날 술자리에서 모씨가 장난으로 술상 맥주병에 소변 담은 맥주를 내놓았다. 마침 그 술을 이춘기 선생이 마셨다. 그런데 마시고도 태연자약했던 일화는 주변을 놀라게 한 화제였다. 그러나 두 가지 해석이다. 한 쪽은 그분이 그 맛을 알면서도 그냥 조용히 넘긴 연기는 완벽했다고 본 것이다. 원래 말수가 적으시고 성실하다는 주변의 평가이므로 그냥 알고 넘겼다는 논리다. 이와는 반대로 술에 소변 섞여 놓은걸 전혀 알지 못하시고 그냥 평소처럼 드셨다고 본 것이다.

지금까지 그 맥주 음주 사건은 결론 없이 미스테리로 남아있다. 세월이 가면서 끝내 수수께끼로 묻히는 것으로 본다. 그 정도로 착하고 조용한 분이지만, 불의 앞에서는 아닌 건 아니라고 주장하는 정의감은 매우 강한 분이었다.

필자가 이춘기 선생 큰 자제분 결혼식 때 가서보니 사돈도 조각가였다. 화가 부부와 사돈까지 미술인 대가족 풍경이었다.

김인환(1937-2011) 선생은 70년 초 필자가 역촌동 거주할 때 응암동에 사시는 이웃 김인환 선생을 만났다. 녹번 삼거리 은평초교 앞 버스에서 모르는 분이지만 자주 만났다. 어느 날 옆자리에 앉게 되어 인사를 나눈 후부턴 동네 막걸리 집에 몇 번 가면서 친해졌다. 그 당시 김인환 선생은 〈신아일보〉 문화부 미술담당 기자를 막 그만둔 시기였다. 동네에서 우연히 또 만나 막걸리 한 사발을 같이했는데, 집에 같이 가자시며 강요초대(?)를 받아 갔다. 어부인께서 우리를 보시면서 '오늘도 또 취중이구려' 라는 언짢은 표정에 나는 눈치가 보여 바로 나오니까, 김인환 선생이 '김형 가지 말고 딱 한 잔만 더….'해서 어쩔 수없이 밖에 나와 골목에서 막걸리 한잔을 또 했다.

내가 막걸리를 좋아하듯이 김인환 선생도 막걸리를 아주 좋아하셨다. 그 당시엔 막걸리를 한 사발씩 팔기도 했다. 그 후 정거장에서 우연히 만나면 막걸리 한 잔 후 각자 귀가했다. 음주 후에는 약간 다른 모습으로 변하지만, 김인환 선생 본래 행동은 말 없고 조용한 새색시 같았다. 그러나 술이 두 사발 정도 넘는 양을 드시면 약간의 취기영향을받는분이다.술자리에서 본인은,

"난 미술평론을 꼭 해보고 싶다오"라고 자주 언급하셨다. 그분의 말대로 김인환 선생은 신문사 퇴사 후 미술 평단 활동에 집중하시는 모습이 보였었다. 필자도 역촌동에서 다른 곳으로 이사하여 한동안 못 만났었다. 가끔 전시장에선 잠깐 얼굴 보면 반갑게 보며 스치는 정도였다.

그리고 15년 뒤 1988년 6월 18일 덕성여대가 주최한 '대학미술교육의 문제점' 학술대회에서 다시 오랜만에 만났다. 안휘준, 허영환, 필자, 유홍준, 이병남 교수가 주제 발표를 했고, 김봉태, 최만린, 한운성 교수가 토론에 참여했었다. 초대인사엔 김서봉, 장선백, 김인환, 정탁영, 권영필, 이성미 교수 등 70여 명이 참석하였다. 이날 김인환 선생은 학술대회의 중요 요점을 자세히 기록하기 위해 소속이던 조선대학의 교무과장을 직접 데리고 오셔서 열심히 기록하는 모습이었다. 미술비평과 미술교육 발전에 적극적으로 참여하겠다는 의욕이 엿보이던 시절이셨다. 그때는 아마도 조선대학교 교수 신분인듯했다.

학술대회 일부가 끝나면서 휴식시간에 오랜만에 나는 김인환 교수를 만났다.

"요즘도 대포 막걸리 여전히 드십니까?" 웃으면서 묻자,

"좋아하지요, 그러나 많이 못하고 자주 맛만 보고 지낸답니다. 좀 바빠서요…허허허."

"뭐가 바쁘시길래 그 좋아하는 막걸리까지 못 드시니…."

한국미술사교육연구회 제 2 회 학술대회

한국 대학미술교육의 제문제

● 때 : 1988. 6 . 18 (土)
● 곳 : 덕성여자대학교 미술관 L 303
● 후원 : 성보문화재단

---

10 : 00~10 : 25 회원등록

10 : 25~10 : 30 개 회 사 ………………………………… 문 명 대

10 : 30~12 : 30 오전발표 사회 : 이 성 미

미술교육의 기본방향 ………………………………… 안 휘 준(서 울 대)

실기교육과 이론교육 ………………………………… 김 정(숭의여대)

미술교육과 미 술 사 ………………………………… 허 영 환(성신여대)

12 : 30~13 : 30 점 심

13 : 30~15 : 00 오후발표

미술교육과 미 학 ………………………………… 오 병 남(서 울 대)

미술교육과 평 론 ………………………………… 유 홍 준(성심여대)

15 : 20~17 : 00 토 론 사회 : 김 리 나

강 경 숙, 권 영 필, 김 리 나, 김 문 환, 김 봉 태
김 영 나, 문 명 대, 변 영 섭, 송 수 남, 오 경 환
오 광 수, 유 준 영, 이 구 열, 이 성 미, 이 종 상
이 태 호, 한 운 성 (이상 가나다순)

17 : 00 연회 : 덕성여대 주최

한국 대학미술교육의 제문제 학술대회 인쇄물, 덕성여대.

"서울과 지방을 왔다갔다하려면 틈이 없고요. 거기다 연구도 해야하니까, 굉장히 바쁘네요."

"연구는 정말 더 늙기 전에 해야 되겠더라구요."

그 후 만나보긴 어려웠고, 2003년 최근에 해외여행 중국 러시아 쪽을 단체여행 다녀왔다는 타인의 소식을 통해 들었는데, 음주량도 늘었다는 이야기였다. 아마도 여행이니까 마음 놓고 드신 것으로 봤는데, 그 이후로는 소식을 들을 수 없었다.

그래도 평단의 입장에서 좋은 연구서를 한번은 출간하고 싶었던 김인환 님의 꿈이 실현 됐는진 모르지만, 아직까지 그의 평론집 연구서는 못 보았다. 늘 연구서를 출간하는 꿈을 꾸셨던 그의 꿈이 하늘에서는 완성되시길 바랍니다.

박철준 이항성

[illegible]

仁川에서 찍은 寫眞을 보내온 [illegible]

[illegible] 上京 [illegible]

[illegible] 繼承 [illegible]

四月 五日

[illegible]

1988

박철준 이항성

미술교육현장에 남다른 애정을 가진 분

박철준(1927-1995) 선생은 1962년 사범학교가 교육대로 승격하면서 교수신분이 된 첫 번째 케이스였다. 그때 서울교대 초대학장직을 놓고 J씨와 C씨가 물밑 경합을 벌였고, 결국 C씨가 초대학장이 됐다. 당시 C씨를 적극 지지했던 박철준 선생은 낙선된 후보 J씨와 서로 어색한 관계가 됐었다. J씨는 학장 후보에서 낙마한 뒤 계속 힘든 세월을 지냈다. 이런 사실은 J씨의 마지막 유언에서 느껴졌다. J씨는 우락부락한 외모와는 달리 심성이 곱고 학구적인 자세로 사신 분이다. 특히 조각 전공자로서 학생들에게 종이와 흙 작업으로, 중고교 교과과정에는 토기와 설치작업을 창안해 연구한 실물실기위주 권위자였다.

필자는 J씨 생존 때 가슴 아픈 유언을 듣고 1986년 박철준 선생을 만나 조용히 확인해보니 "그런 일 없었다"고 부인하셨다. 양자 대질조사를 할 수도 없는 일이라 두 분 일은 즉시 묻어버렸다. 정말 묘하게도 J씨와 박철준 두 분 다 조각전공자며, 출신학교도 S미대 조각과 동급동문이었다. 그런데도 서로 만나지 않고 평생 지내게 된 것도 가슴 아픈 일이었다. 필자가 특히 두 분에게 관심을 가졌던 이유는, 두 분 모두 50-70년대 한국미술교육 현장에 공로가 컸기 때문이다.

특히 J씨는 60년대 미술교육의 철학 및 인문학적 관점의 연구 저서를 낸 조각가였다. 전쟁수복 후 허허벌판의 미술 활동에 큰 역할을 하셨다. 연구실험을 통해 미술 국정교과서를 일제의 잔재에서 탈피하는데 세운 공적은 교과서 제작에 반영된 효과였다. 일본식의 '공예'를 '만들기 작업' 등 우리식으로 바꾼 건 J씨였다.

박철준 선생은 1984년 필자가 창립한 한국조형교육학회 초기 때 일본을 자주 오가시며 후쿠오카대학 교수 소개를 비롯해 도쿄, 오사카 등 일본과 미술 관련 학술교류 연결에 도움을 주셨다. 어느 때는 천호동 자택으로 필자를 불러 실기와 논문실험을 같이 해 볼 정도로 열성적이셨다.

"김 교수처럼 미술을 학술적 연구로 인문학 발전과 병행하는 태도는 제자들에 꼭

전하고 싶구려. 이런 연구태도는 반드시 필요하지요. 나는 그것을 칭찬해주고 싶은거요."라며 과분한 칭찬까지 주셨다. 학술세미나 행사 땐 무료로 참여해주신 화끈한 함경도 기질도 있던 분이다. 다만 J씨와 다른 점은 박 선생은 학술논문 실적이 적었지만 J씨는 미술 관련 연구논문과 저서가 여러 편 있다는 차이다.

두 분 모두 하늘에 잠드셨고, 피차 가슴 아픈 오해는 모두 푸셨으면 하는 마음이다. 오늘, 필자는 두 분의 공적을 균형 있게 평가하오니 편안히 잠드시길 바란다.

이항성(1919-1997) 선생은 우리나라 판화를 찍어 널리 알리고, 전쟁 후 미술 교과서를 만든 공이 큰 분이다. 누가 뭐래도 국내에 판화를 도입한분은 이항성 님이다. 특히 광복 직후 1951년 문화교육출판사를 설립, 당시 미술 교과서를 제작해 보급한 판화가이다. 미술 교과서를 거의 독점제작 해 발행하였고, 초창기 미술교육 관련 행사도 적극 참여하셨다.

그 힘으로 1960년대 이항성 선생은 InSEA 최초 한국 대표가 되셨다. 당시 동덕여고에 재직하던 최덕휴 선생도 InSEA에 참여해 활동했다. 1970년대 InSEA-Korea는 최덕휴 선생에게 인계됐고 이항성 선생은 파리에서 공부하기 위해 짐을 벗었다. 새 회장인 최덕휴 선생의 서류 심부름으로 필자는 종로2가 장안빌딩 2층 InSEA 사무실에서 이항성 선생을 처음 뵀다. 조용하신 인상이었다. 그 후론 이항성 판화를 보면 그때 모습이 기억난다. 판화의 형태가 동양화 기법처럼 보였던 기억이 강렬하게 오랫동안 남아있다. 그 뒤 InSEA는 최덕휴 회장을 중심으로 InSEA한국위원회 임원으로 김화경, 김창락 선생이 맡으셨다.

그 후 이항성 선생은 파리, 쾰른 등 유럽을 무대로 하는 개인 판화전을 갖는 등 왕성한 전시를 하셨다. 그 당시의 미술교육 관련 국제행사나 국제미술 정보는 유럽의 InSEA를 통해 국내 전달되던 시대였다. 당시엔 이항성 선생의 활동 의미가 크셨다.

그 당시의 InSEA가 작년 2017년 11월 서울-대구에서 국제학회학술대회를 개최했다. 전세계 480여 명의 교수급이 내한 참석해 큰 성황을 이뤘다. 국내학회공동 주최였지만 '한국조형교육학회'가 큰 역할을 했다. 그 국제대회의 오픈 축하말을 국제적 교수 2인이 했는데, 그중 필자가 선정되어 영상으로 했다. 건강문제 때문에 참석 못하고 영상 환영축사를 한 것이다. InSEA와 관련된 국제적 대회는 지금도 이어지고 있다.

이두식 윤건철

이두식 윤건철

두 분 모두 건강하고 우람한 체력이었는데…

이두식(1947-2013)교수를 처음 만난 건 그의 친누이 이화자 여사를 통해서였다. 이 여사는 70년대 필자부부가 다니던 사직동 수도교회집사로 만나 가깝게 지냈다. 이 여사는 글 쓰는 작가였고 인간성이 풍부한 전형적인 경상도 분이었다.

1979년 주일 교회에서 평소처럼 이 여사를 만났는데, 나에게 다가오면서,

"내 동생이 그림 그리는데, 고집이 좀 있어요. 인사동에서 지금 전시중인데, 기회 되면 한번 보시고 조언 좀 해주실래요? 동생이 아직 젊어서요."

"동생이 몇 살인데요?"

"이제 서른두 살이고, 지금 서울예고에 나가고 있어요."

이것이 처음 들은 이두식 님의 정보였다.

그날 필자는 바로 인사동 전시장 명동화랑에 찾아갔다. 명동화랑은 본래 퇴계로 명동근처에 김문호 대표가 운영하던 화랑이었다. 김문호 대표는 1970년 초 어렵게 화랑을 차려, 당시 미술계의 신선한 청량감을 주셨다. 명동화랑이 인사동에 다시 문연듯 했다.

이날 전시된 그림은 연필 드로잉과 채색이 혼합된 구상 추상 묘사된 반추상이고 전시장엔 작가본인은 없었다. 그날 이두식 님 그림을 처음 본 날이었다.

이두식 님도 건강한 체구로 경북 영주 태생. 부친의 경제적으론 잘 지낸 가정이었다. 서울예고로 진학 후 홍대와 인연을 맺은 것이다. 그 후 나는 일곱 살 아래인 이 교수를 전시장에서 만나면 그의 누이와 친해 마치 동생처럼 따듯이 대해줬고, 그도 나를 형님처럼 가까이 지냈다.

이 교수 부인도 미대출신으로, 필자의 대학 제자인 H원장과 각별히 친했기에 H원장 초대로 이 교수 부인과 H원장 등 3인이 함께 식사 두어 번 한 적도 있다.

그 후 세월도 많이 흘렀다. 이 교수는 직장도 홍익대로 옮겼고 나이에 비해 승승장구로 출세가도를 달리는 모습이었다. 워낙 활발하고 거침없는 언행에 욕심도 있고, 사업가 기질도 있는 성격인듯 했다. 작가로서 어쩌면 당연한 게 아닌가 싶어 그를 이해하며 지냈다. 그는 국내외전시를 비롯해 활동이 계속됐고, 작품 제작량도 상상외로 다량 제작하는듯했다. 은행 등 공공기관에 가면 이 교수의 그림이 자주 걸려있을 정도로 작품이 많았던 시절이었다. 다른작가 전시장에서 우연히 이 교수를 만날 땐 내가,

"바쁜 활동으로 애 쓰는구려. 요즘엔 누님도 못 만나곤 해서…."라고 말하면,

"헤헤헤…. 선배님, 잘 지냅니다. 그럼 바빠서 먼저 갑니다." 하며 웃으며 넘어가곤 했다.

이두식 교수 미협 이사장 출마설이 나돌던 끝에 1994년 12월 29일 한국일보 13층 송현클럽에서 제17대 미술협회 이사장에 출마를 선언하는 행사를 했다. 이른바 '미술인 송년의 밤'을 큰 규모로 열었다. 김서봉 님 축사에서 '이두식 씨는 체격부터 덕품이 있고, 예고때부터 내가 잘 알지만, 덩치에 비해 눈물이 많은 젊은 친구죠. 화풍도 구상 비구상 양쪽 왕래하는 등…이사장 출마로 작품제작을 잠시 유보한다'고 했다. 아마도 예고시절 김서봉 님과는 사제지간임을 암시한 것이리라.

필자와 같은 테이블엔 김봉태, 유희영, 박재호 4인이 앉았고, 앞에는 김서봉, 하종현, 정관모, 김흥수 4인이, 옆엔 전상수, 배동환, 이광하 등 모두 200명이 초청 됐었다. 축사가 끝나고 이두식 본인의 인사말에서 '본인은 부족하고 눈물이 많지만 잘해보려고 하니 저를 좀 꼭 도와주시길…' 부탁의 말도 길었다. 여흥엔 가수 안다성, 장우, 현인 등이 노래를 불렀다. 그러다보니 식사

가 8:30~8:50분쯤에 나와서 모두들 지쳐있는 표정이었다. 저쪽에 앉아있는 모씨가 '이건 9시 밤참이지 저녁은 아닌듯하네.'라고 농담반 진담반 하며 식순이 너무 길었다는 바른말도 나왔던 저녁 밤참이었다.

이날 유명 원로 가수까지 초빙하고 저녁행사의 비용도 만만치 않았지만, 이두식 님의 재력으론 감당이 그저 별로인 것으로 느꼈을 것이다. 한창 잘 나가던 시기이므로 또 할 만한 일이고, 이두식 님의 성격으론 즐겁게 치러야 할 과정이니 했을 것이고, 모두들 잘 먹고 끝났다.

1995년 1월에 치른 미협회장 선거에서 이두식 후보가 선출된 건 김서봉 선생의 공과 의리가 숨어있었다. 김서봉 님이 서울 예고 교사시절에 이두식을 가르치며 지도했던 사제관계였다. 미협 선거때 이두식 후보가 지원간청을 해서 고심 끝에 받아들인 김서봉 님이 예고출신 화가들을 동원, 범 화단의 표를 모아 밀어줬던 것. 그 당시 상대방 미협 후보는 박광진 선생이었고, 추대위원은 김영중, 김숙진, 민경갑, 이만익, 이신자, 황용엽 선생 등 화단의 원로 등을 포함해 쟁쟁한 분들이었다. 투표 후 개표결과 예상을 깬 이두식 당선에 모두들 놀랐던 에피소드다.

2002년 이 교수 부인이 안타깝게도 암으로 별세 했다. 부인도 많은 일을 해야 할 시기였는데 가슴 아픈 일이었다. 상처한 이 교수가 힘들었을 때 이 교수 누님이 동생 집에 머물면서 가사를 모두 돌봐주셨다고 했다. 앞서 말했듯 이 여사는 나의 집사람과 같은 교회 집사로 가까웠기에 서로 속사정을 이해하면서 지냈었다.

그 뒤 나는 집을 이사했고, 교회도 옮겨 이 교수 누님도 보고 싶지만 못 만난지가 오래됐다. 2005년 이 교수는 일본 오사카 모 대학에서 박사학위 받았다는 소식을 들었다.

아무튼 이두식 님 내외가 비교적 일찍 별세하신 건 슬픈 일이다. 할 일이 많았을 두 분인데 안타까운 일이며 고인의 명복을 빈다.

윤건철(1942-1986)교수도 건장한 체구에 미남형이었다. 70년대 시절 아현동의 한성중고 교사시절 앙가쥬망 그룹전에 신입회원이 됐다. 둥글둥글 웃는 얼굴은 친밀감을 주었고, 떡 벌어진 양어깨와 굵은 팔뚝은 거의 씨름선수를 방불케 한다.

그룹 동인들이 지방으로 스케치 여행 갈 때 무거운 짐을 단번에 들어준 장사였고, 모임 회식땐 밥 한 그릇을 뚝딱… 막걸리 술 한사발도 단숨에 들이키는 건

강미 넘친 대식가의 모습을 보여준 호남형이었다. 앙가쥬망 총무를 맡고 있던 필자의 업무에, 윤 교수가 이따금 도와주려는 성의도 보여준 착한 동생 같은 넉넉한 마음씨였다.

몇 년 후 강원도 강릉대학교수로 옮긴 후는 모임에도 자주 빠지면서 가끔 음주가 느는듯했다. 뭔가 여러 가지 고민이 있는듯도 했다. 직장 옮기는 문제였으나 쉽지 않아서 결국 뜻대로 잘 안 풀린 듯 했다. 많은 고민 끝에 더 발전적인 단계로 현실을 극복하고자 용기를 내서 미국으로 연구하러 갔다.

그 후 미국생활 반년 만에 결국 병을 얻어 귀국했고, 곧바로 수술 했으나 안타깝게도 별세했던 것이다. 그의 갑작스런 별세소식에 모두 놀랐고 가슴 아파 했었다. 특히 그룹회원들도 믿기지 않는 소식에 안타까워했다.

넉넉한 체구처럼 마음씨도 넉넉해 주위사람들 사랑을 받았는데…. 장례 때 아파트 빈소에 오신 임영방 님이 콧물 닦는 모습도 처음 봤다. 임영방 님의 남다른 정이 엿보이는듯했다. 워낙 얼음같이 차고 냉정한 체질의 임영방 님이신데, 오늘의 슬픔은 참기가 어려우셨던 모양이었다.

이런 모습은 임 박사님 뿐만이 아니었다. 44세라는 40대 초반의 꽃 같은 청춘을 그냥 버리고 떠났다는 슬픔에, 문상 오신 여러분들도 대부분 모두 눈시울을 적시는 모습이었다. 넉넉하고 빙그레 웃던 윤건철 교수님, 당신의 명복을 빕니다.

이석우

李石佑
2015.11.19

이석우

겸재의 한강 탐사추적 연구 중 가슴 아픈 별세

이석우(1941-2017)님은 미술의 인문학분야를 연구한 학자다. 1월 23일 병원에 입원 후 퇴원 13일 만에 응급실로 이동, 급성폐질환으로 별세하셨다.

사학전공에 미술비평장르를 인문학적 연구로, 영국을 왕래하며 폭넓게 저술해온 학자였다. 더욱 아쉬운 건 최근에 겸재의 한강추적 연구진행중이었다. 겸재 행적을 북한산-옥인동-홍은동-마포-양화대교까지 한강 줄기 따라 탐사 중이었다.

평소 이석우 님은 수첩메모를 비롯해 자료수집과 기록을 철저히 해온 습관이 있었다. 상대방이 민망할 정도로 바로 면전에서 수첩을 꺼내 기록하는 모습이 그에겐 자연스런 행동이다. 그러나 상대방은 말하기가 겁날 수도 있는 것. 어떤 이는 말하다가 이 교수가 수첩을 꺼내서 적는 모습에 놀라 말을 어물쩍 끝낸 분도 있다고 했다.

내가 본 이 교수의 기록 습관은 두 가지다. 최근에 기억력 저하로 인한 것과, 평소 기록 습관이 몸에 배어 있는 자연스런 행동이다. 전자는 누구나 고령으로 가면서 생기는 것이고 후자는 연구자료의 날짜 기록이 필요한 것이다. 결국 이석우 교수님은 둘 다 해당되는 분으로 충분히 이해했었다.

그의 연구논문이나 저서는 정확한 기록의 산물이기에 더욱 믿음이 배어 있다. 그런 모습을 나는 늘 존경하면서 좋아했다. 이런 어떤 인문학적인 연구 환경이랄까 관심과 연구의 입장에서 자주 만나다보니, 이 교수와 필자는 허물없이 지내온 사이였다.

내가 그분의 연구를 높이 평가한 이유는 철저하게 증거를 확인하는 부분이다. 10여 년 전 분당의 오피스텔 연구실은 이 교수님의 학문연구센터였다. 자료문건과 취재노트는 엄청났다. 이 교수만큼 쌓아놓은 개인 연구자료는 드물다. 상자마다, 봉투마다, 서랍마다 자료가 넘쳐 쌓인 게 연구실 풍경이다.

이석우 연구실에서(2008), 정면 가운데 기타를 든채 한국문화 담론을 발표하는 필자모습.

그런 복잡한 연구실 공간에서 예술 및 인문학 원로들이 일 년에 두세 번 연구발표와 토론을 했다. 밤 늦는 줄 모르고 담론이 오간 시절이었다.

이런 인문학 토론방을 만든 이가 이석우 교수다. 원로 외에 참석자는 대학원 박사과정 5학기 이후 원생들만 허용한건 작은 연구실사정 때문이었다.

그 시절 필자도 연구실에서 〈김정아리랑 회화작업, 노래듣다〉 담론발표를 했었다. 나에게 기타를 꼭 지참해달라는 이 교수님의 당부였다. 기타실력도 신통치 않았던 나지만 이 교수의 노력에 뭔가 힘을 보탤 수 있다는 게 즐거웠다. 이 교수님이 좋아하는 음식은 추어탕과 매생이 국밥, 식성도 나와 비슷했다.

이 교수님은 겸재미술관장을 맡은 이후엔 더 바빠졌지만 늘 연구하는 태도를 잃지 않으셨다. 특히 안휘준 교수님의 저서를 좋아했고, 근래 저서인 《조선시대 산수화특강》에 심취해있는 모습이었다. 이 교수님은 독서뿐만 아니다. 인문학적인 입장에서 주요문화 행사나 내용에 대해서도 두루 관심을 갖고 파악하시는 도사급 수준이셨다.

2016년 이 교수는 국악방송 초대석에 출연, 경북영천의 시안미술관 주최 '김정독도아리랑특별전'을 쾌거라며 언급하면서 생방송을 했었다. 필자는 독도아리랑특별전시를 이 교수에게 알린 적도 없고, 팜플렛도 안보냈지만, 세상 돌아가는 걸 다 파악하시는 분이였다. 공과 사를 잘 분별하시는 소신 학자에게 칭찬들은 나는 격려도 됐지만, 좀 부끄럽기도 했었다.

이석우 님은 인문학 학자지만, 평생 혼자 그림을 그려온 노력파였다. 그 모습을 보아온 목동 좋은샘교회 유경선 목사님이 2015년 이 교수 드로잉과 수채화그림을 교회초대전시했다. 오픈때 참석한 열화당 이기웅 대표도 '헛된 과장 없는 마음속 그림을 보는듯 하다'고 축하 말씀을 전했었다.

겸재미술관장 재직 시 형편이 어려운 젊은 신인을 발굴, 초대

좌 김정과 이석우 자장면 한그릇도 기쁘게 비운다.

전 해주며 용기 주는 인간적 모습은 감동이었다. 필자와 이기웅 대표도 오픈 때 참석 축하했지만, 이건 아무나 할 수 없는 것이다. 마치 자상한 아버지 같은 마음이어야 된다. 물론 뒤에서 김병희 문화원장님의 숨은 도움도 있었으리라 보지만…. 이건 고귀한 존재의 사랑이다.

지난봄 2016년 필자는 광화문 교보문고 들렀다가 우연히 이 교수의 신간저서가 베스트셀러 판매대에 있는걸 보고, 책 모습을 찍어 카카오톡으로 이 교수께 보냈다. 사진 받아보며 좋아 활짝 웃고 다니시는 소년 같은 천진스런 모습, 이젠 그 모두가 추억인

이석우 묘앞에서의 필자, 2018년 4월.

것이다. 금년 9월 추석 때 나 혼자 조용히 공원묘지를 찾아 이 교수를 만나 뵙고 왔다.

그 자리에서 "여보 이 교수님, 아직도 할 일이 우리주변엔 산더미처럼 쌓여있는데 어쩌자고 그렇게 갑자기 가셨소이까… 이 교수님이나 나나 각기 전공을 조금 더 정리하고 후배들에게 넘겨줘야 할 것이었는데… 또한 남은 가족들의 아픔도 생각하셔 주소서… 이왕 가신 거 편안하고 복된 마음으로 주님 곁에 있으심을 기억하겠습니다."

최경한

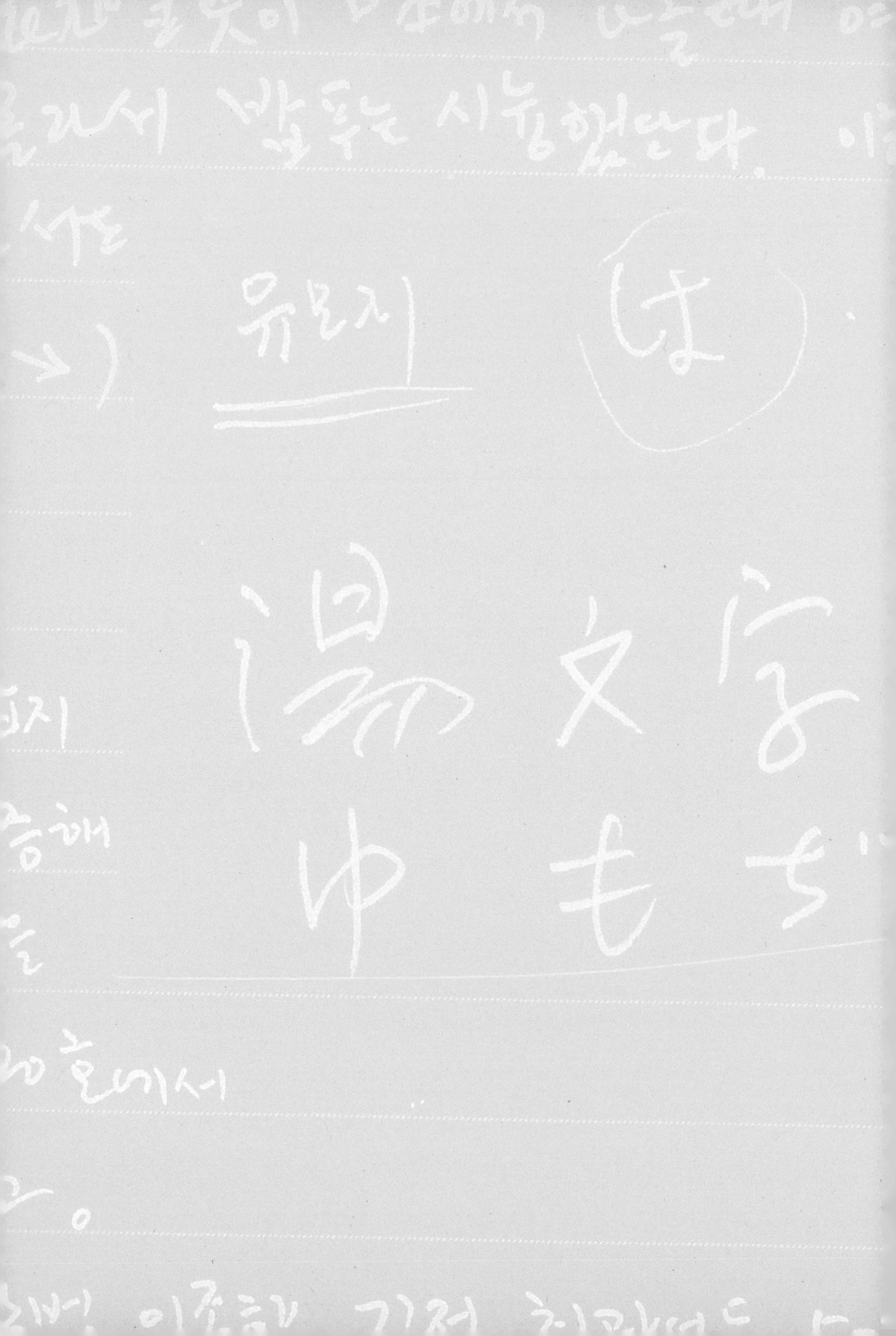

유로지
は
湯文字
ゆもじ

최경한

따듯하고 인자하신 성품으로 그룹전을 지켜오신…

최경한(1932-2017) 선생은 1961년 앙가쥬망 창립 때 박근자, 김태, 황용엽, 안재후, 필주광 다섯 분과 함께 을지로 국립중앙도서관화랑에서 가진 창립 전시 멤버 중 한분이다. 그 후 안재후, 필주광 두 분이 별세, 최근 최경한 님이 작고하시며 창립멤버 절반이 별세하셨다. 앙가쥬망 그룹전은 창립 이후 금년이 57주년 전시로서 국내 장수 서양화그룹이 됐다.

최 교수님이 19살 청년 때 서울대 입시 면접에서 혼났던 일화 한 토막을 들려주었다. 지금은 회화(繪畫/會話)의 양면적 구분이 쉽지만, 60년 전 모습은 좀 달랐다.

1951년 겨울 최경한 님이 서울미대 입학당시였다. 입시원서에 '서울대학교 예술대학 회화과'로 써서 적어놓은걸 구두시험 볼 때 장발학장이 '자네정말 경기중학 나왔나?'라고 자꾸 묻더라는 것.

가짜 경기중학교를 나온 걸로 의심하시는 눈치였다. 회화과라고 쓰게 된 사연인즉, 최경한 님 친구가 입학원서를 대신 써주었고, 접수시켰었다. 그 친구가 당시 미술 회화과와 언어 회화과의 개념이 좀 헷갈리는 시대였기 때문에 그땐 회화과라면 무조건 회화과(會話科, Conversation)로 알아들었던 시절이었다. 장발학장은 입학 지원생이 통역과를 희망했는데, 행정상 미술과로 잘못 지원한 것으로 알고 자꾸 반복 질문하면서 의심했던 것이다.

회화라는건 그림을 뜻하는 말이 근래에 많이 인식 됐지만, 5~60년 전에는 그냥 미술이나 서화(書畫)로 일상화했던 것이다. 회화라면 누구나 외국어로 대화하는 것으로 이해하는, 일반 대중에겐 좀 낯선 말이었던 것이다. 당시 사회상 어휘사용의 바뀜 때문에 빚어진 코미디였다고 술회했다.

'면접하는 장발학장님이 자꾸 고개를 갸우뚱하면서 이상한 눈으로 나를 쳐다보시는 게 아주 무서웠다'는 기억을 최경한 님이 1989년 11월 24일 인데코 갤러리 전시장에서 털어놓으셨다. 앙가쥬망그룹 조명형, 박한진, 이학영, 박학배, 이계안 회원 등이 모여앉아 들으면서 배꼽잡고 웃던 일화였다.

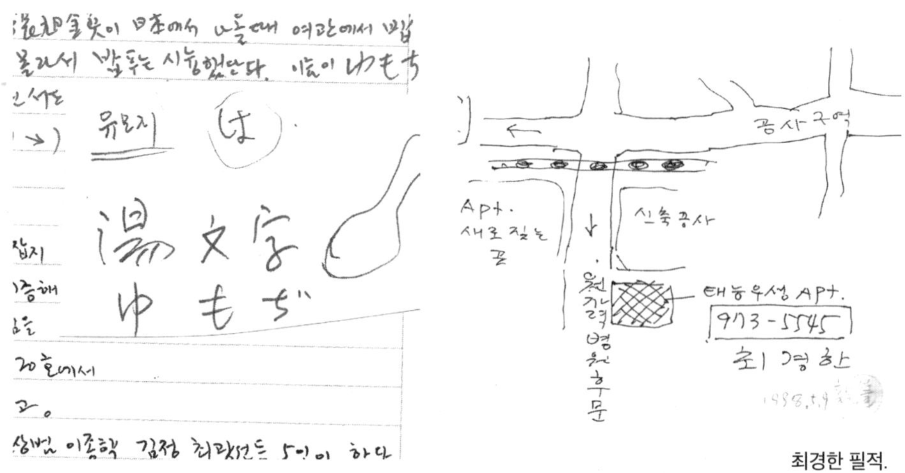

최경한 필적.

사실 흘러간 얘기 한토막이니까 깔깔대고 웃을 일이지만, 당시 합격이냐 낙방이냐 가슴조이면서 면접관 앞에서 운명의 순간 눈치만 봐야했던 청년의 가슴은 얼마나 숨 가쁘고 지겨운 5분이였을까…. 손에 땀이 줄줄 흘렀을 것이다.

그렇지만, 필자생각으로 보면 아마도 '지금이나 그때나 침착하고 모범생이었던 입시청년 최경한은 조용히 무표정으로 면접관 앞에서 대응했을 것'으로 본다. 원래 천성이 그렇게 태어나셨다.

동인들이 1977년 겨울 충남 스케치 여행 때다. 추운 날씨 현장스케치를 하고 돌아와 작은 시골여관방으로 들어갈 때, 방문 앞 좁은 툇마루 밑엔 시뻘건 연탄불이 철 뚜껑 덮인 상태로 있었다. 일행은 신발 벗고 툇마루 딛고 방으로 들어갔다. 바로 내 앞의 최경한 님이 들어가려는 찰나에 틀니 치아 하나가 입에서 튀어나와 연탄불 철 뚜껑에 탁 떨어졌다. 순간 최 선생은 뜨거운 철판 위 틀니를 재빨리 맨손으로 집어 마당에 던졌고, 맨발로 다시 틀니를 줍는다. 바로 내 앞에서 벌어진 일이라 그 모습을 몽땅 보게 됐으나 도와드릴 시간 없이 순식간이었다.

나는 손과 틀니는 그대로 괜찮은지가 궁금해 다가가서 살펴보니, 다행이 틀니 한쪽부분만 약간 흔적 있을 뿐 천만 다행이었다. 그때 최 선생은 40대 후반이셨고, 나는 30대 후반이였다. 따라서 최 선생은 틀니를 일찍 하셨으니 고생이 많으셨을 것이다.

필자가 특별히 치아에 실감하는 이유가 있어서다. 나 역시 30대에 부분 틀니를 했었다. 50대 말엔 임플란트 신세가 됐었다. 그래서 최 선생의 치아고생을 누구보다 잘 이해했었다.

1990년 5월 19일 백병원에 박학배동인 부친상이 있었다. 빈소엔 최경한, 이남규, 이학영, 필자, 이민희, 이상국 님이 보였다. 일행은 길 건너 우동집에 들러 먹는데, 최경한 님이 우동그릇에 담긴 도자기 순갈을 보면서, "이 순갈을 보니 장욱진 님 생각이 났다"면서 장 선생의 일화를 말했다.

"장 선생이 일본의 여관에서 식사를 하시는데, 국물을 떠 드시는 순갈을 달라고 종업원에게 말하는데, 그 떠먹는 순갈의 일본말이 생각나지 않아 자꾸 손짓으로 떠먹는 시늉을 했는데도 종업원은 이해 못한 듯 큰 국자를 들고 왔기에 할 수 없이 큰 국

기흥의 장욱진님 댁에서. 좌부터 김정, 장정순, 이순경 여사, 최경한.

자로 국물을 떠 드셨다."고 해서 모두들 웃었다. 필자도 일본어로는 무엇인지 자세히 모르자 메모지에 유모지라고 최경한 님이 쓰셨다. 우리식으로 보면 식혜를 떠먹을 때 작은 도자기 수저였다.

1987년 필자의 서독전시를 앞두고 최경한 님 외 몇몇 동인들이 축하 겸 송별회 명분으로 맥주 한 컵을 나누자고 모였었다. 일부러 독일맥주 분위기로 동숭동의 OB HOF라는 곳으로 오라는 연락이었다. 최경한 님 외에도 이만익, 박한진, 이민희, 김태호 님 등이 있었다. 모임의 의미는 김정독일초대전이지만, 독일관련 이런저런 이야기를 비롯해 유럽 맥주와 미술 관련된 이야기도 풍성했

60년대 김서봉 화실의 앙가쥬망모임. 좌부터 최경한, 최관도, 김정.

던 자리였다. 여기서 최경한 님은, "내가 83년 핀란드 세계조형대회에 갔을 때, 일행과 헤어져 몇 개국을 돌아보며 다녔는데 마침 독일만을 못 가봤다"고 했다. 그러자 이만익 님은 "독일은 프랑스와 조금 다른 점이 있다. 프랑스는 그림들을 잘 안 산다. 그러나 독일은 중간 부를 가진 가정이 평균적으로 많아서 그림 값이 맞으면 잘 사주는 편이다. 옛날엔 프랑스가 잘 살았는데 요즘엔 독일이 더 잘 사는 거 같다. 우리나라도 많이 발전했다고 보는 게 맞지."

1994년 1월 19일 인사동 남원국밥집에서 최 선생과 이만익 씨, J씨, 필자 등 4인이 식사 모임이었다. 이날 최경한 선생은 대학 입시 때 혼나셨던 얘기로 화제를 이어갔다.

"우리대학이 입시모집을 전기냐 후기냐 결정시기에, 결국 전기로 되자 수험생이 2천 명이나 몰려왔고, 가장 시급한건 석고데생용 이젤이었죠. 급히 준비할 시간도 없고 빠른 방법을 모색할 때, 인근에 있는 D여대에서 급히 500개를 빌려오는 방안을 발휘해서 위기를 모면했다"고 하시며, 후기 땐 반대로 D대학에 빌려줬다고 입시작전 때의 고충을 고백하셨다. 석고 데생에서 해방시켜 정물도 그리는 방법을 시행하는 등 입시개선에 도움을 줬다고….

필자가 평소 최 선생을 좋아했던 이유 중 하나가 독서부분이다. 최 선생은 독서를 많이 하신다. 필자와 대화 중 독서관련은 늘 시간이 짧게 느껴질 정도로 독서화제는 동감이었다. 나보다 독서분야가 다양하셨고, 독서량도 많고 다독하셨다. 그룹동인의 스케치 여행 때 장거리 기차나 버스에서 독서 즐기는 회원은 최 선생이었다. 그런데 나는 1권 정도 준비했지만, 최 선생은 2권을 준비해 읽는 분이었다.

최경한 선생의 첫 개인전은 1988년 4월 12일 서울갤러리였다. 그런데 전시 예약의 실수로 4월 5일로 잘못 접수되어 모든 언론과 화랑에선 5일로 발표, 5일 내방객들이 왔다가 헛걸음치는 해프닝이 벌어졌다. 내용인즉, 57세에 이르도록 개인전 못한 것을 본 고교 동창인 엄규택 양정고교장 등 친구들이 첫 전시를 주선했던 것이다. 전시예약을 운전기사가 심부름으로 접수하는 과정에서 착오가 생긴 것이었다.

화랑과 언론은 5일로 보도했고, 실제는 12일 오픈했으니 속 많이 상하셨지만, 그래도 허허 웃는 선량한 모습의 최경한 님이셨다. 두 번 온 사람들도 많았지만, 모두 이해하고 잘 넘어간 추억이 있다.

전시오픈 축하노래는 최관도의 흘러간 〈가요백년〉, 최경한의 정지용 작 〈고향〉을, 최자영의 시조창 가곡인 〈산도 절로절로〉를 창(唱)으로 불렀다. 최자영은 필자의 처로서, 무형문화재 여창가곡 이수자로 김월하 님의 제자였다. 평소에도 최 선생 내외분을 잘 아는 사이지만 최경한 님 첫 전시를 꼭 축하해 드리고 싶다며 자진 출연했다.

1988년 4월 16일 토요일 최경한 님의 신문회관 서울갤러리 전시가 끝나기 하루 전쯤 된 날이다. 나도 종료가 좀 아쉬워서 전시장에 또 한번 들렀더니, 임범택, 박한진, 차명희, 진송자, 이주광, 손승덕, 이민희 님 등이 있었다. 일행은 무교동 오향장육 중국집으로 이동하고 독한 고량주를 먹고 한쪽은 팥떡을 먹고 있었다. 한 시간 뒤쯤 최경한 내외분과 염 교장 내외분, 김태 내외분, 안재후 님까지 함께 모였다. 여럿이 모인자리에 L씨가 최경한 님에게, "최 선생 덕에 맛있게 덕을 먹었지요. 덕 많이 쌓은 분 덕에 떡덕을 먹어시유~"라고 하자 최경한 선생 왈, "덕봤슈? 떡봤슈~? 떡이나 덕이나 또 덕이나 떡이나 그게 모두 덕 떡이고 그게 그거유~"라고 맞받아 응수하시는 즉흥 유머가 최경한 님이다. 이젠 비슷한 덕도 떡도 모두 흘러간 추억이다.

나 역시 최 선생과 동인활동으로 50여 년 지내오는 동안 신뢰나 사랑이 쌓여 온건 분명하기에 늘 옆에 있는 느낌이었고, 같이 일하고 싶은 때가 많았다. 작은 것이지만, 조선일보 주최 전국어린이 및 청소년미술대회 심사참여도 최 선생을 추천, 박고석, 황염수 님 등의 원로들이 퇴임하신 그 자리에 최경한, 전상수, 오경환 님을 모셨었다. 나중엔 최 선생님이 심사위원장까지 하신 인연의 시작이기도 했다.

1997년 예술의 전당에 시민 위한 미술교양강좌 프로그램이 신설되면서 최 선생이나 필자가 몇 번 특강하며 만나던 때 최경한 님은 '정년퇴직 후 마음이 홀가분한 특강도 괜찮네'라며 좋아하셨다. 비교적 시간이 자유로우셨기에 나도 큰아들 주례를 부탁했다. 1998년 6월 주례사를 짧고 간결하게 하셔서 배고픈 하객들의 기립박수까지 받은 분이다. 그 시절은 건강하게 만나 뵙고 했었는데…. 세월이 너무도 빨리, 달아나듯 10년, 20년이 지나갔다.

최경한 님은 별세하시기 전 많은 기간을 신장관련 질환으로 투병하시던 세월이었기에, 가족모두가 많이 힘드셨을 것이다. 2017년 7월 6일 오전 서울대병원 장례장 빈소엔 고교동창을 비롯, 가까이 지내신 분들도 있었다. 이봉열, 박한진, 필자, 오경환, 김경인, 이계안, 조명형, 이민희 님 등이 보이셨고, 멀리 속초에서 김태 님의 부인도 오셨다.

한세상을 만나고 살면서 언젠가 이별을 한다는 게 인생이라지만, 40년을 같이 그룹동인으로 활동하시던 분이라 마음이 울적하고 무거운 채로 귀가했다. 앙가쥬망 그룹 시절 필자가 총무 노릇을 길게 한 건 기록을 꼼꼼히 하는 성격을 회원들이 알고 "김정 총무, 또 좀 부탁합니다"라는 압력이 계속 있었기 때문이다.

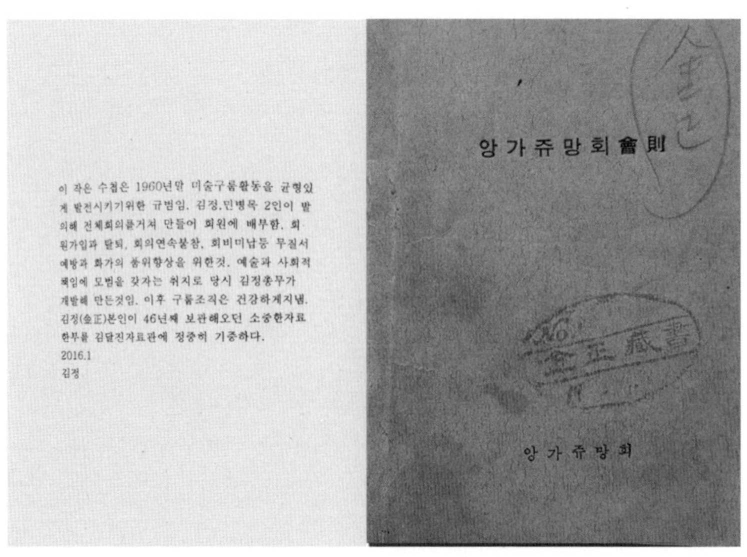

이 작은 수첩은 1960년말 미술구룹활동을 균형있게 발전시키기위한 규범임. 김정,민병목 2인이 발의해 전체회의를거쳐 만들어 회원에 배부함. 회원가입과 탈퇴, 회의연속불참, 회비미납등 무질서 예방과 화가의 품위향상을 위한것. 예술과 사회적 책임에 모범을 갖자는 취지로 당시 김정총무가 개발해 만든것임. 이후 구룹조직은 건강하게지냄. 김정(金正)본인이 46년째 보관해오던 소중한자료 한부를 김달진자료관에 정중히 기증하다.

2016.1

김정

앙가쥬망회會則

金正藏書

앙가쥬망회

김정 총무가 만든 회칙. 50년 보관해오다가 김달진 자료관에 기증한 앙가쥬망 그룹 수첩 초판.

김상유 김종휘

김상유 김종휘

비슷하게 오셨고, 비슷하게 떠나신 두 분…

김상유(1926-2002) 선생을 처음 만나뵌 건 1970~80년대였다. 필자가 강원도 정선의 아리랑축제준비위에서 '정선아리랑 회화제' 준비위원장으로 위임받아 작가추천을 할 때였다. 수소문 끝에 김상유 님을 만나 뵀는데, 출품초대 제의를 거부하시는 것이었다. 더욱이 말씀도 별로 없으셔서, 나는 좀 쑥스러웠었다. 그러면서도 어딘가 좀 이상하신 분인 듯한 인상을 받았고 솔직히 조금 무안했었다.

애당초에 내가 직접 뵙지 말고 실무진을 보냈더라면 좋았을 것을, 하는 후회도 했다. 그렇지만 나보다 십여 년 선배님이시기에 직접 만나 뵙고 예의를 지키며 부탁하려 했는데, 오히려 거절만 당하니까 첫인상이 솔직히 썩 좋지는 않았다.

그 후 며칠이 지났는데, 김상유 님으로부터 전화가 왔다.

"생각해 보니 김 교수님의 제의와 성의에 감사를 드립니다. 제가 뭔가 잘 모르고 섣부른 행동을 해서 죄송하기 그지 없습니다." 하시면서 출품하시겠다는 것이었다. 나름대로 뒤로 조사해 알아보니까 김정은 성실하고 틀림없는 작가라는 대답을 듣고 전시참여를 결정하셨다는 뒷얘기를 하셨다.

그 행사 이후부터 김 선생은 전시장에서 우연히 나를 만나면 반갑게 손도 붙잡고 맞아주셨다. 웃으시는 얼굴 표정도 나이 드신 할머니 같이 조용한 모습이다. 그림의 테마도 도를 닦는 인물의 좌상이 주류였다. 뭔가 도인 같은 느낌이었다.

김상유 님은 평소에도 외출을 별로 안하시므로 사람들과의 접촉도 별로 많지 않은 조용히 도를 닦는 종교인 스타일이셨다. 나도 그런 인연을 갖고 그 이후부터는 가깝고 친절하게 대하며 잘 지냈다.

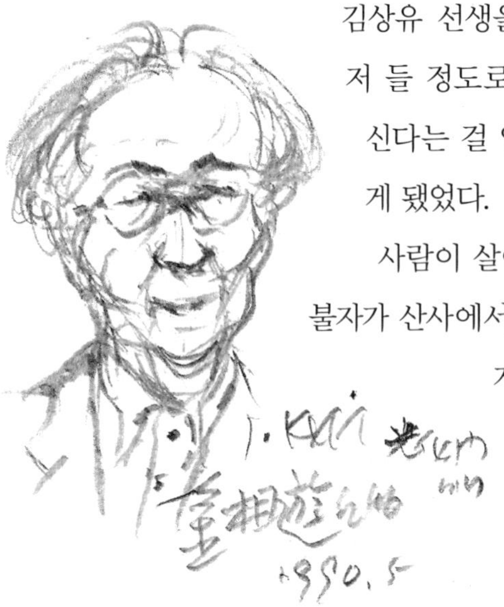

김상유 선생을 이해한 뒤부터는 존경심마저 들 정도로 조용하시고 정직한 삶을 사신다는 걸 알게 됐고, 내가 더 많이 배우게 됐었다.

사람이 살아가는 방법도 여러 갈래지만, 불자가 산사에서 도 닦는 조용한 자세처럼 곧게 사시는 모습을 본 것도 나에겐 큰 반성과 공부가 된 것도 감사를 드렸다.

김종휘(1928-2001)님은 앞의 김상유 님과는 정반대의 표정이시다. 목청도 크신데, 센 경상도 악센트가 어울려서 소란스러울 정도이시다. 하지만 원래 선하신 기질임을 알기에 모두 천성으로 그러려니 하며 넘어가는 것이다.

어느 날 묘하게도 두 분이 같은 심사장에서 만났다. 역시 중학생문예상 미술부문 심사장이었다. 한분은 말없이 조용하셨고, 또 한분은 건강미가 넘쳐나 목청이 쩡쩡하면서 시끌한 시골장터 분위기였다.

김종휘 교수님은 당시 홍익대 조치원분교에 재직하시면서 작품도 열심히 하시고 적극적으로 뛰시는 모습이었다. 필자와 같이 근무 하시던 홍종명 교수님과 김종휘 님은 구상전 출품멤버 그룹으로 친한 사이로 우리학교에도 두 번 방문하셔서 나도 같이 만난 적 있어 가깝게 지냈던 분이다. 평소에도 펄펄 뛰시는 듯한 밝고 명랑한 다혈질이셨다.

이날 심사장은 마치 음양의 조화를 보는 것처럼 김상유 님과 김종휘 님은 좋은 대조를 이루시는 모습이셨다. 목청크신 경상도분과 조용한 새색시처럼 낮은 목소리와 작은 표정의 대비는 그야말로 극과 극이요, 대소 음양 고저 강약 흑백을 한꺼번에 맛을 보는 기분이었다.

4시간 정도를 3명이 함께 심사하면서 느낀 사람 맛은 정말 묘했다. 그 맛은 마치 이른 봄 즉석에서 버무려 무쳐놓은 봄배추 김치처럼 억세고 쌉싸름하면서도, 봄 향기 풍기는 새콤달콤한 봄미나리와 작은 실파 무침의 조화로운 맛이다. 그건 바로 김상유와 김종휘 선생 두 분의 말맛을 섞은 즉석 무침요리 말맛이요, 표정 맛이요 강약음향의 소리 맛이자 흑백과 청홍의 색깔맛이고 종합 세트 말맛이었다. 그래서 사람은, 아니 인생은 이런저런 다른 색끼리 섞여있을 때 어울리고 행복하고 사는 맛이 나는 것이리라.

이열모 김윤순 한봉덕

이열모 김윤순 한봉덕

전공분야는 다르지만, 열심히 뛰신 분

이열모(1933-2016)님을 마지막에 뵌 건 2006년 1월 15일 조선일보사 2층 조선일보미술관 전시장이었다. 조선일보사 주최 '아리랑 30년 김정아리랑 초대전' 전시가 끝나기 하루전날이었던 그날 오후 2시경 혼자 들러주셨다. 마침 필자가 전시장에 있어서 이 교수님을 친절하게 맞았다. 첫 마디를 묻는 표정은 진지 하셨다.

"신문사 전시장이 꽤 넓네요. 여기 신문사에서 전시하려면 순서는 어떻게 되는거요?"

"네, 오랜만에 만나 뵈니 반갑고요, 그간 안녕하셨습니까. 미국에 자주 가시는데, 건강하셔야 하는데요…. 전시는 임대전시와 초대전이 있는데요."

"글쎄 초대전이라고 하는 건 어떤 것인지 궁금하구려…김 교수의 경우는 어떤 것인지….”

“저는 조선일보가 초대해 주신 건데요. 아리랑만 30여 년을 그려온 것’을 기념해서 열어 주신 겁니다. 민족 신문의 전통성이랄까 한국고유 문화의 전통과 관련해 아리랑회화만 36년을 그려온 게 좀 불쌍하고 가엾던 모양인지, 초대전 신청을 올렸더니 즉시 초대해 주셔서 저로서는 영광이고, 감사했습니다.”

“아 그랬군요. 그래도 아무나 신청한다고 다 해주는 건 아니니까. 그만한 이유와 가치가 있다는 얘기 아니겠습니까.”

“그렇습니다. 조선일보에 감사를 느끼며 정성을 다해 전시에 임했었습니다. 그런데 이 교수님께선 혹시 전시관련 사항이라도 생각이 있으신건지요?”

“아, 전시는 그렇고, 참고로 그냥 물어본 거요. 나는 요즘 미국에 오가면서 그림 작업도 하며 그럭저럭 지내지만….”

“아, 그러시군요. 건강은 좋아 보이십니다.”

그 후 미국에 거주하신다고 전해 듣기만 했고, 전혀 뵙지는 못했다. 나는 과거 늦은 나이 대학원시절 이 교수님에게 강의 듣던 늙은 제자였었다. 성깔은 깔끔하시면서도 인

간미도 풍기셨던 분이다. 강의시간도 잘 지키시고, 열심히 작업하시는 것이 이열모 선생의 성격이셨다.

그런 깔끔한 성격 때문에 최덕휴 교수님과의 관계가 어떤 때는 불편하셨던 일도 있었다. 결국 성균관대로 옮기신 후, 미소를 많이 띠신 게 보였다는 느낌이었다. 작업도 좋으시고 언행도 좋으셨으니 작품만 열심히 하시면 행복하신 것이다. 열심히 하셔도 짧은 세월을 막을 순 없으니 다 흘려버리시고 잊으시고요, 모두 다 지나간 세월로 아름답게 꾸며주시길….

평소 친절하시고 예의바르시던 이열모 님도 하늘에서 꼭 편히 잠드소서….

김윤순(1931-2017)님은 작가는 아니지만, 미술관에서 화가와 같이 지내신 분으로 화가 가족이다. 미술관 교육생을 상대로 교육 프로그램 편성 및 진행 담당한 초기에 애쓰셨다. 1975년인가 초기 때 필자에게 연락이 와서 덕수궁 국립미술관에서 처음 뵌 것으로 기억된다. 당시 이경성 관장님의 지시로 미술아카데미 강좌 과정을 최초설립 출발, 운영하는데 김윤순 님이 실무를 맡아 바삐 뛰셨다. 교양 미술문화강좌란 타이틀로 전 국민을 대상으로 '미술이란 무엇인가'에서부터 시작해서 차츰 전공 실기영역으로 까지 발전해 가는 초기 시절이었다.

필자에겐 일반 '미술아카데미강좌'에 청소년 미술교육특강을 부탁 의뢰하셨다. 당시 나는 사양하고 은사이신 최덕휴 교수님을 추천했고, 최 교수님이 한 번 특강을 하셨다. 그리고 몇 달 뒤, 최 교수님 후임으로 필자가 맡아 꾸준히 했었다. 그 인연으로 김윤순 님을 약 10년 가까이 미술아카데미에서 만났었다. 김윤순 님은 Yes냐 No가 분명하시고, 적극적이셨다. 당시 덕수궁의 교양미술강좌인 '미술아카데미' 수강 인원이 많아 1부 2부 나눈 것이 장안의 화제가 되기도 했다. 그 초기시절의 중심에서 실무로 뛰신 김윤순 님의 밝은 정열이 숨어있었다. 참가인원도 많았지만, 초기라서 어떤 기준도 없기에 동분서주 하셨으리라본다. 김윤순 님은 사업하는 사장님같이 시원하게 맺고 끊는 결단력에 강한 스타일로 보였다. 아마도 이경성 관장님도 그렇게 느끼셨기에 일을 맡기셨으리라 본다.

그러다가 내가 81년 서독으로 가면서 인연이 끊겼다가, 몇 년 후 다시 과천으로 옮긴 다음 또 필자에게 강의를 부탁하시어, 계속했는데 그때는 담당자가 바뀌었다.

그 후로 김윤순 님은 개인적으로 가회동에 한국미술관을 꾸며 운영을 하신 걸로 기억한다. 우연히 광화문에서 만났는데 무척 바쁘신듯했다. 그리곤 몇 십 년 세월이 흐른 후 필자도 바빴고, 김 관장님도 오죽 바쁘셨을까 하는 생각도 해봤다. 9월 26일 별세하셨다는 보도를 보며, '삼청동 미술관을 꼭 한번 찾아뵈려했었는데'하며 후회했다. 옛날 고생하시면서도 정열적이셨던 모습이 스크린처럼 스쳐갔고, 그분에 대한 추모예의로 홀로 조용히 고인의 명복을 빌었다.

한봉덕(1924-1997) 선생은 평북 영변출신. 1951년 1·4후퇴 때 서울에 정착하셨다. 1956~9년경 혜화동 로터리 앞에 한봉덕 화실을 차려 운영하셨다. 필자가 성북동 출생으로 중고교시절 보성중 옆 언덕고갯길 혜화동-성북동고개를 자주 다니면서 한 선생화실 앞을 지나곤했다. 한 선생의 집도 성북동이므로 필자는 길에서 자주 마주쳤던 추억이 있다. 같은 동네에 살던 민병목 님이 "키 큰 저기 가는 분은 한봉덕 선생이지. 만나면 인사해도 돼요"라고 알려주셨다. 나는 그 시절 돈암동의 박고석 선생 임시화실에 나갔었다. 그래서 한 선생의 활동과 모습을 알게 됐었다. 한 선생님은 거인체구에 눈이 부리부리하셨고 운영하신 화실 밑에는 혜화우체국인데, 현재도 혜화동우체국은 그대로 있다.

화실을 운영하시던 그 시절에 한 선생도 고갯길을 자주 다니셨고, 나도 그 길이 유일한 도로였다. 어느 날 언덕길에서 우연히 또 만났다. 내가 인사를 꾸벅하니 "오오…그래."라고 하시며 이름도 묻지 않고 좀 무뚝뚝하셨다. 그리곤 한동안 안 보이셨다. 화실 운영이 좀 안되셨던 것 같았다.

결국 혜화동 화실을 문 닫아 치우시곤 조선일보사 문화기자로 옮기셨다는 말을 전해 들었다. 내가 한 선생을 뵌 건 결국 인사 한번 꾸벅한 10초간 짧은 만남 인연이었다. 그래도 한 선생님을 한동네에서 뵙고 살았다는 행복은 기억에 남겨져 있고 감사한 것이다.

1971년 스웨덴으로 가시기 전 김병기, 김영주, 한봉덕 등 현대작가초대전을 조직, 꾸준히 활동을 하셨다. 그 후 스웨덴에서 평생을 마감하셨다.

유준상

안상철

정병관

을 전시하
를 초대
術文化
려해 주

김 정

14(수)
Feb 200
00

Feb 2001
nde herzli

술관
eum Seoul

DER WARTERAUM SCHWARZ

AUSSTELLUNG FROM SÜDKOREA
VOM 21. 2 - 24. 3. 2002

die 21 Künstler aus Korea, die in De
sind
Yu, Byeong Yeong/ Kim, Soonok/ Kim
Lee, So MI/ Kang, Min/ Kim, Jung/ K
Yoon, Myong Sik/ Jang, Soo Chang/
Do, Ji Ho/ Lee, Han Soo/ Jun, Won Ku

AUSSTELLUNGSRAUM ATELIER AM
Salzmannbau, Himmelgeister Straße 1

Eröfnung der Ausstellung: Donnerstag
Geöffnet: Donnerstag 17 -21 Uhr / Sar

Mit freundlicher Unterstützung des Kul

유준상 안상철 정병관

모두에게 사랑과 정을 주시던

유준상 님은(1932~2018) 이 책을 만들어 가는 도중에 갑자기 별세하셨다는 문자를 받았다. 그 순간 '아, 불편하시던데… 결국… 그동안 많이 힘드셨겠구나'하는 생각이 머리를 스쳐갔다.

내가 유 선생을 가장 최근에 뵌 건 2013년 5월 22일 강남의 아트센터에서 허계 서양화 개인전 오픈 때였다. 평소 허계, 박재호 부부와 가깝게 지내던 나는 부랴부랴 전시장에 갔다. 나 역시도 오랜만에 강남에 갔었는데, 마침 그 자리에 유준상 님이 참석하셔서 반갑게 인사를 주고받았다.

그런데, 유 선생은 전시장에서 몇몇 분과 인사를 하시곤 잠깐 머뭇거리시더니 바로 밖으로 나가셨다. 무슨 일인가 싶어 나도 같이 따라갔다.

"어디 편찮으신가 봐요?"하니

"서 있기가 좀 불편하고, 그렇다고 의자에 앉아있기도 그렇고, 축하하는 자리에 초라한 꼴이 여러분들에게 누가 될듯해서 나왔죠."

여전히 언어 스타일은 유머와 겸손이 깔려있다.

"어디가 그렇게 힘드시는지요?"

"……."

말을 하시기가 불편하고 귀찮은듯해서 나도 더이상 묻질 않고 옆에 앉아만 있었다. 전시장 밖 이곳에는 공용 벤치 같은 의자가 한두 개 있었고, 그 자리에 가만히 앉아 먼 곳만 바라보신다. 손에는 지팡이를 짚고 운동모자로 얼굴을 살짝 가리는 듯한 모습이셨다. 나 역시도 멍하니 앉아있기가 뭣해서 전시장 안으로 들어가서 음료수 한 잔을 갖고나와 권해드렸더니 조금 드시는 듯하다가 못 드신다.

원래 유 선생은 건강한 모습에 건강미 넘치는 뼈대 골격이 크신 편이다. 옛날 같으면 장사 씨름꾼 스타일이셨다. 그런 분이 힘없이 앉아 계시니 나 역시도 마음이 좀 편치 않았다.

유 선생님은 2000년도 서울시립미술관 초기시절에 초대관장으로 활동하셨다. 필자가 한독미술협회회장이던 2001년, 한국과 독일 작가가 함께 참가한 '한독작가 41인 조형전'을 시립미술관에서 크게 했었다. 전시에 앞서 유 관장님께 상의드렸던 것은 국제전의 성격이라서 어떤 국가 간의 격식, 절차 등 미리 사전준비가 필요할지 몰라서였다. 그때도 유 관장님은 날보고 "김 교수처럼 사전에 자세히 상담하는 건 잘한 거요."라고 격려해주셨다.

전시 오픈에는 국제전 성격이 있어서인지 주한 독일 대사와 대사관 직원 및 관련 독일인과 국내거주 독일인을 비롯해서 주한독일문화원 문화담당, 한독협회의 조영희 님도 참석했었다. 사전에 유 관장님의 조언이 많은 도움이 되었다.

제4회 한독미술회

2001 韓·獨 造形展

2001 Gruppenausstellung Koreanisch-deutscher Künstler in Seoul

2001. 2. 7(수)~14(수)
7. Feb.2001~14. Feb 2001

가브리엘 베가세 Gabriele Begasse　강민 Min Kang　김데보라 Debora Kim　김미인 Mee In Kim　김섭 Seop Kim　김순협 Soonhyob Kim　김정 Jung Kim

노용 Row Yong　닐스 운베하겐 Niels Unbehagen　도지호 Ji Ho Do　로타 크륄 Lothar Krüll　리자 루카스 Lisa Lukas　마셀 자우어 Michell Sauer　보도 쉬락 Bodo Schlack

보리기테 담스 Brigitte Dams　서정국 Jung Kug Seo　송매희 Mae hee Song　아흐메트 이브라힘 Ahmed Ibrahim　안네테 비르츠 Annette Wirtz　안드레아스 베 Andreas Bee

안스가르 스키바 Ansgar Skiba　안야 비제 Anja Wiese　에른스트 헷세 Ernst Hesse　요하네스 잔트베르거 Johannes Sandberger　요하임 스탈렉커 Joachim Stallecker　우도 지어스크 Udo Dziersk

울리케 케슬 Ulrike Kessl　유병영 Byeong Yeong Yu　율리아 로만 Julia Lohmann　이경아 Kyung a Lee　이소미 So Mi Lee　정주하 Chu ha Chung　치포라 라파엘로프 Zipora Rafaelov

크리스타 가테르 Christa Gather　토마스 루흐 Thomas Ruch　페트라 클라분데 Petra Klabunde　펠릭스 발쳐 Felix Baltzer　하비비 Vi Vi Haa　하인츠 헤르만 워르첵 Heinz Hermann Jurczek

헬무트 준트하우쎈 Helmut Sundhaussen　후버트 베가쎄 Hubert Begasse

장소 : 서울시립미술관
서울 · 종로구 신문로2가 2-1 TEL : (02)736-9757

주최 : 한독 미술회　후원 : 한독협회　녹십자

초대 서울시립 미술관장 시절에 주최한 국제전인 한·독조형전.

한편 이 전시의 독일 출품작가 몇 분도 참석, 한국관광을 겸해 찾은 아주 의미 있던 큰 전시회가 됐었다. 오픈 전에 축하인사말을 통해 유준상 관장께서 '양국의 발전을 진정 축하한다'는 짧은 메시지를 주셨고, 짧은 독일어로 '빌콤멘하이젠'(환영합니다)라고 해서 박수갈채를 받는 여유를 보여주셨고, 주한 독일대사는 '반갑고 흥분될 정도로 축하한다'는 축사를 주셨다.

이때만 해도 유준상 님은 건강하셨고, 의욕이 왕성하셨다. 그러나 아마도 시의 예산이 인색하게 나와서인지 늘 의욕이 좀 꺾이는 듯한 느낌도 들었다. 초기시절 시립미술관이 출발할 때였기에 서울시와의 예산관계로 골치가 아프신듯했다. 유 관장님이 좋은 계획서를 만들어서 위에 올려도 예산이 깎이는 일이 자주 있었던 듯 했다. 의욕은 대단하셨는데, 예산이 안되었기에 개인적 스트레스도 많이 받으신 듯, 어쩌다 미술관에 들르면 '에이 힘들어 신경질이 난다'고 하신적도 있었다.

필자가 역삼동에 살 때다. 유 선생 부인께선 우리집 근처 논현동에 갤러리를 운영하셨다. 크지도 작지도 않은 아담한 갤로리로 안세병원 앞이었다. 역삼동-압구정동-성수대교로 이어지는 구간이었다. 당시만 해도 화랑이 잘 되는 편은 아니었다. 그런 가운데에서도 화랑을 운영하시는 용기도 대단하셨다. 결국 수년간 힘들게 운영하시다가 문을 닫았다. 부인께서도 활달하시고 친절한 분이셨었다.

2003년도 쾰른의 모 화랑주인이 한국의 작가를 초대해 전시를 하고 싶다는 의견을 국립현대미술관을 통해 전달해서 유 선생 등 다섯 분이 인사동 식당에 모인 적이 있었다. 필자도 그 자리에 초대되어 독일관련 도움도 드릴까 했었다. 그때도 유 선생이 적절하게 잘 이끌어가신 역량도 멋지셨다.

유 선생은 한국조형교육학회 학술발표 집담회에 외부초청명사로 두어 번 오셔서 특강도 해주시면서 필자를 도와주셨다. 90년대 과천 국립현대미술관에 재직하실 때도 필자가 '현대미술관 교육강좌'에 출강할 때도 우연히 몇 번 뵀었다.

늘 그렇지만, 언제 어디서 만나 뵈어도 넓고 편안한 마음을 보여주신, 천성이 깊고 남에게 피해를 안주시며 좋은 삶을 사시는 모습이셨다. 평생을 그렇게 여유 있는 모습으로 살아오신 유준상님의 일생은 행복이십니다.

안상철(1927-1993)님은 일찌감치 그림 작업을 통해 세상을 달관하실 정도였다. 그래서 인지 어느 장소에서든 만나면 약간의 미소를 띠는 인상이었다.

1992년 중앙고교 강당에서 한국일보 주최의 청소년 미술작품 심사가 있었다. 나는 심사위원 중 나이가 제일 어릴듯해서 일찌감치 집을 나서 강당으로 갔더니, 이미 안 선생이 먼저 오셔서 자리에 앉아계셨다. 날 보시며 "전에 잠깐 전시장에서 봤는데 오늘 가까이 만나니 반갑네요" 라시며 아는척 해주셔서 고마웠다. 인자한 표정에 웃으시는

모습은 상쾌한 느낌이 들었다. 그날을 전후해서 좋은 일이 있으신가 할 정도였다.

이날 심사는 전상범, 박철준, 안상철, 이규선, 필자 등 5인이었다. 원래는 정창섭 님도 오실 예정이었는데 사정상 못 오셨다. 심사는 그런대로 순순히 진행이 잘 돼서 오전심사는 예정대로 끝날 무렵이었다. 학생들의 출품작을 깔아놓는 시간엔 밖에 나와 휴식하며 담배도 피우고 차도 마시는데 전상범 님과 박철준 님은 서로 대화를 좀 피하시는 눈치였고, 이규선 님은 조용히 앉아있었다. 잠시 뒤 전 선생이 한마디 하신다.

“아니 박 교수! 조금 전 왜 뽑은걸 또 떨어뜨리는 겁니까? 박 교수가 낙선 시키는 그 작품은 그림 그린 동기가 즐겁고 아름답잖소. 어린 동심이 그대로 묻어난듯해 좋은데 말이요...” 그러자 박 교수는, “아무리 동심이라 해도, 일단 구색은 맞춰야 할 게 아니겠어요?”

그때 옆에 듣고 앉아있던 안상철 교수가 가로 막으시면서 “두 분 평가 다 맞긴 맞지만, 그러면 두 분은 가만있고요, 나하고 이 교수 김 교수 우리 셋이 모두가 한번 결정해 봅시다.” 라고 재빠르게 중재에 나서면서 간단히 해결된 적이 있었다. 그만큼 두뇌 회전이 빠르시고 부드럽게 해결하는 모습을 봤었다.

그 이후부터는 주최 측에서 심사기간 3일 중 전 선생과 박 선생을 따로 날짜를 짜서 넣는 등 충돌을 피하는 듯 했다. 원래 두 분은 오래전부터 대학 전임 임명과 관련해서 사이가 좀 부드럽지 못한 사연이 있었던 것이지만, 안상철 님의 재빠른 지혜로 깨끗이 넘겼던 숨은 얘기 한토막이다.

정병관(1927-2017)님은 곧은 장대거인 같이 크신 분이다. 서라벌예대를 나온 것이 본인 욕망에 안차서 늘 마음에 걸리셨는지 계속 학교진학에만 신경을 쓰시고 혼기를 놓치면서까지 현장 배움에 전념하신 분이였다. 마음도 착하시고 미학 및 미술사전공의 파리1대학에서 박사학위 받은 후 이화여대에서 1980년대~1992년 정년까지 교수로 계셨다. 필자가 1987년 이대 대학원 강사로 석박사 논문 지도교수시절 두 번 만났다. 한번은 구내 식당에서 미대 이순혁 교수와 같이 만났다. 별 얘기 없이 차 한 잔 마시고 싱겁게 끝났고, 그 다음은 2015년 강남 신사동 아구탕 집에서 정교수를 다시 만났다. 정 교수님과 L씨, P씨, 필자 등 4인이 만나 저녁 식사하고 근처 노래방에 갔다.

제주에서 온 정 교수와 저녁 식사 후 찰칵. 좌부터 박재호, 김정, 정병관, 이봉열 등.

당시 정 교수님은 퇴직 후 제주에 내려가 살고 있었고, 오랜만에 서울에 온 것이라고 했다. L씨와 연락이 되어 합석한 것이다. 노래방에서 한곡씩 부르고 정 교수 차례가 오자 "난 지금 노래할 형편이 못되는데..."라며 극구 사양해서 결국은 세 명만 돌아가며 부른 적이 있었다. 제주에 중국관광객이 오면서 살기가 오히려 힘들어졌다는 말을 할뿐 구체적 얘기나 언급은 없이 과묵함은 여전했다.

본성이 선량하시고 책만 보시는 학자 타입이시라 우리는 늘 그런가보다 하고 그날도 많은 대화 없이 지나갔다. 그 후엔 전혀 만나지 못하고 소식도 없이 혼자 사시는 듯 했다.

늘 마음에 뭔가가 안 풀리는 숙제가 있는듯해서 주변에서 결혼 성사위해 신부 중매도 얘기해 봤으나, 성사되지 못하고 많은 세월을 독신으로 보내신 안타까운 학자로 기억된다.

H 잔트너

EIHNACHT UND
EUJAHR 1989

Y DEAR FAMILY JUNG KIM
M GEDICHT VON JOCHEM KLEPPER
SPRECHEND MÖCHTE MEINE MONOTYPIE
DEN TIEFEREN SINN DES WEIHNACHTS-
CHEHENS HINWEISEN: DASS SICH
FERNDE KIND NEBEN DEN SYMBOLEN
S OPFERS: LAMM UND KERZE.

N MIR IST ZU BERICHTEN, DASS
R MANCHMAL DIE MUSEUMSAR-

ABENDMAHL

Mein Gott
Hat stets
Und wer
Nicht al
Dem blie
Und Dein

Die ers
Erschie
Voll An
Und ele
Den Ärm
Gabst

Die Fe

Most sincerely, your

Mother and Grandmother

Hedda S.

H. 잔트너

부모 같은 존재로 제자를 다스린 명장…

H. 잔트너(prof. Hilda Sandtner, 1919-2006)교수는 그림 작업과 연구논문으로 평생을 바치신 독일의 대표적 화가 교수 중 한분이다.

내가 잔트너 교수의 제자로 처음 만난 건 1981년 서독 아우스부르그 대학에서 연구할 때다. 잔트너 교수님 연구실에서 실기작업과 이론연구를 했다. 그 무렵 잔트너 교수님은 절친한 두 분 교수를 소개해주셨다. 잔트너 교수님의 배려 깊은 소개로 프랑크푸르트대학 한스 마이어 교수(H. Meyer, 1912-2003)님과 뮌헨대학 루돌프 자이츠(R. Seitz, 1934-1996)교수를 만났다. 잔트너 교수와 이들 두 분 교수님 등 세 분과 인연이랄까 만남은 나에겐 큰 축복이요 나를 변화시켜주신 은사님들이다.

H. 잔트너 교수는 1919년 6월 27일 남독 투르크하임(Turkheim,

Schwaben)에서 출생, 평생 독신으로 지내시게 된 데는 사연이 있다. 어릴 적 가족이 화목하게 지내시다가 2차 대전이 일어나면서 큰오빠와 둘째오빠는 독일 전쟁터에 참전, 큰오빠는 탱크 병으로 전사했고 둘째오빠는 소총보병으로 전투하다 전사했다. 졸지에 두 아들을 잃은 부친은 괴로워하시다가 화병으로 별세, 한 달 뒤 모친도 지쳐 세상을 뜨신 비운이 두 자매에게 닥쳤다. 갑자기 고아가 된 두 어린자매는 부둥켜 앉고 울부짖으며 중학교를 마치면서 '우리는 떨어지지 말고 같이 살자'고 맹세하며 천주교에 입문한다. 그 후 두 자매는 독신으로 평생 의지하며 살기로 결심, 공부에 전념해 열심히 살아야 했다.

언니(Zilla Sandtner)는 교육학을, 동생 잔트너는 미술을 전공하며 서로 격려하고 한 눈 팔 시간 없이 공부만 했다. 그러다 보니 둘은 할머니가 되도록 독신으로 살게 된 것이다. 두 할머니는 자선돕기 모금이나 사회봉사 참여를 많이 해 오신 유명한 명사가 됐다.

잔트너는 미술을 전공하느라 뮌헨으로 옮겨 공방작업을 더 연마, 4년이 늦어진 25세에 뮌헨미술대에 입학했다. 기초학부 지도교수는 막스뮐러(Anton Marxmuller)교수였다. 3, 4학년부터 졸업 및 대학원 지도교수는 요셉 오버버거(J. Oberberger) 교수로서, 잔트너의 부모 같은 정신적 스승이었다. 잔트너 교수의 약력을 간단히 본다.

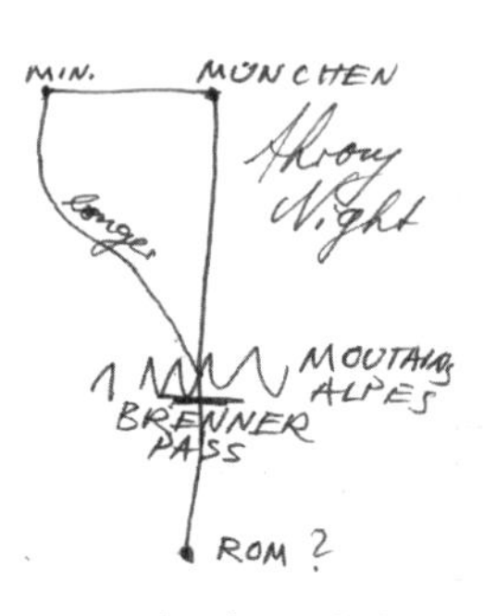

잔트너 교수의 필적.

-1947~53 뮌헨 미술대학 회화전공 졸. 지도교수 오버버거(prof. Josef Oberberger)

-1953~58 남독 바이덴 중고교 교사.

-1959~76 아우스부르그 대학 조교수/ 정교수

-1984 아우스부르그 대학 교수 정년퇴임.

-1984 남독 민델하임(Mindelheim) 텍스틸 미술관 관장.

-1985 민델하임 시립미술관장.

-1975~1984 전공 관련 저서 및 논문 백여 편. 특히 독일조형교육학회에서 간행하는 학회지 논문에 대표적 운영위원 그룹으로 활동을 함. 독일을 대표하는 詩에 잔트너 그림의 詩畫集 '어머니' 는 독일전역에 큰 호평을 받아 베스트셀러였음. 어머니 존재의 간절한 그리움을 시·그림으로 발표한 것.

작품활동-개인전 18회. 천주교성당에 스테인 글라스와 대형벽화작업으로 남독에선 매우 명성이 높음.

-1983~2000 국제섬유미술전 유럽전시 총감독 및 대회장 역임.

-2006. 7. 15 (토) 18시 향년 87세로 고향 민델하임에서 별세. Jesuitenkirche교회에서 장례치름.

나의 석박사유복합 4년의 박사학위 없는 최고과정 공방작업의 1단계 시절은 교수님 지도하에 일주일의 월화수 3일은 시간표대로 꼬박 교수님과 교내작업장에서 생활했다. 목금토 3일은 집에서 작업하거나 휴식 등 나의 자유 시간이었다. 이것이 1단계 작업이었다.

작업과정은 4년에 걸친 총 3단계다. 2단계는 슈타드베르겐(Stadtbergen) 시절이고, 3단계가 민델하임(Mindelheim) 시절이었다.

나의 작업내용은 어떤 것이든 지도교수는 관여치 않는다. 다만 완성된 작업을 놓고 잔트너 교수와 하루 종일 토론이 계속될 뿐이다. 토론내용이 아주 깊어질 때는 참고서적을 비롯, 화집도 들고 나온다. 가장 많이 본 책은 독일표현주의 화집이었다. (필자는 귀국 후, 교수님이 소장하시던 관련 책 20여 권을 서울로 소포 보내주셨음. 나도 그 책을 소중하게 보관하다가 10년 전 제자들에게 모두 나눠 분산 선물했음.)

제2단계 연구시절 2층에 살던 주택.

슈타트베르겐 시절 신세를 진, 언니 질라 잔트너 님(왼쪽)과 잔트너 교수.(오른쪽끝 김정)(1982)

잔트너 교수는 독일표현주의 회화에 많은 시간을 보내신다. 이유는 문화사적으로 평가가 높다는 것이다. 예컨대 그 시대적 상황에서 표현주의 회화가 출현될 수 있는 건 상당한 혁명에 가까운 대범성이라고 했다. 인상주의에 빠져있던 당시를 바꿔놓은 용기와 눈이라고 했다.

나보고 남부 무르나우(murnau)가서 역사적 현장과 분위기를 꼭 느껴보며 연구해보라는 당부까지 하시기도 했다. 무르나우는 클레 등이 묶던 집단화가촌이었다.

잔트너 교수님과 오랜만에 아우스부르그 대학에서. 1996년.

민델하임 시립미술관 김정전 오픈. 시장님, 남정호 특파원.

2단계 슈타트베르겐(Stadtbergen)시절이다. 이곳은 아우스부르그 대학과 먼 거리다. 3층집인데 마당 꽃밭 터에 허름한 창고가 있다. 미술관련 짐이 많으니 이웃의 눈치를 보며 꽃밭을 줄였다. 나를 위해 작업실을 꾸미셨다.

독일 사람들은 나무와 꽃밭이 없으면 죽는 줄 안다. 그런 환경에 잔트너 교수님만 역행을 하신 모습이니 얼마나 괴로우셨을까…. 마당을 줄이고 뚝딱 작업실을 지은 것이다.

이런 힘드셨던 것을 나중에 알게 된 것이다. 교수님은 단 한 번도 "너 때문에 다 이 고생이다"라는 식의 말씀을 한번도 하신 적이 없다. 잔트너 교수님은 늘 같은 표정이다. '웃는 듯 마는듯한' 우리들의 보통 엄마모습이었다.

통독 직후 뎃사우의 바우하우스 첫 탐방. 프랑크푸르트 대학 H.마이어 교수 김정 展 오시다.

가능한 1주일 또는 2주 현장 도서관, 박물관 미술관 화랑 등 예술탐방에 맞춰 자주 나갔다. 나중에 언급하겠지만, 나는 여기서 사람 공부, 즉 인물연구에 잔트너 교수와 마이어 교수를 모델로 하게 된다. 사람이 살면서 이처럼 숭고하고 남을 위한 희생과 고통을 이겨낼 수 있는가.

독일에 온지 2년차부턴 이따금 예술교육관련 논문이나 저서를 조사 연구도 했다. 독일 미술사 저서출판에서 황당한 일도 발견된다. 특히 아시아관련, 한국미술사에 관해 언급된 부분에서, 미술문명이 중국에서 일본으로 건너갔고 일본에서 다시 한국으로 영향을 줬다는 논리다. 이건 한국이 일본으로 전해준 순서가 완전히 뒤바뀐 것.

이뿐만 아니다. 목조각 등도 중국과 일본이 한국에 영향을 준다고 했다. 이것도 한국이 일본에 전해준 반대로 기록된 것이다.

우리가 세계에 자랑하는 팔만대장경 목판을 그들은 어떻게 설명할 것인가…. 한국에 대한 오류가 곳곳에 숨어있다.

목기에 관한 책(독일에서 번역됨) 저자도 프랑스 교수인데,한국문화를 기록한 유럽의 미술사가도 한국을 모른다. 따라서 유럽의 연구저서 기록 중엔 한국문화가 잘못 기록된 게 많다. 왜 이런 일이 있는가를 생각해 봤다. 결국 국내 전공교수가 국제적 연구로 번역 출간하는 등의 연구가 소홀했기 때문이 아닌가 한다. 누구를 원망하겠는가.

중국이 한국역사를 왜곡할 때 국내 학자들이 동북아역사재단을 만들어 논문으로 대응하려 하자, 모 정부 때 '중국을 자극하기 싫다'고 해서 결국 재단이 해체된 예가 있다. 인기위주 정치는 결국엔 우물 안 개구리가 되어 나라를 망가뜨리지 않겠는가. 중국이 이젠 백두산도 자국소유의 짱빠이산이라고 대놓고 표기하고 있는 현실이다.

무르나우 동네.

37년 전 당시 필자가 오류를 발견했던 저서는 일부분이다. 더 많은 연구서에 한국문화가 잘못 전해짐은 가슴 아픈 일이다. 그 후 우리도 국제적 논문을 포함한 한국연구도 부지런히 써야 된다는 생각을 하게 됐다.

3단계 시절은 민델하임(Mindelheim)기간이다. 이곳은 남독지역으로, 뮌헨과 40분 거리로 남독 무르나우 지역과 이태리 등 서독 남부미술 공부에 도움이 됐다. 잔트너 교수는 우선 표현주의와 청기사 그룹의 탄생에 관한 연구와 조사를 희망하셨다. 한편 독일소묘 스케치의 대가인 테오도 알트(Theodor Alt., 1846-1937)의 스케치 그림도 참고하라는 교수님추천이다. 알트의 소묘는 1800년 말과 1900년 초 당대를 대표했던 로텐버그 출신의 화가다. 필자에게 지도교수는 알트의 관찰 포인트를 잘 살펴보면 고전이면서도 현대 맛이 숨어있는 튼튼한 데생력이 생명력이라고 하셨다.

뮌헨 남부지역. 서독 당시 무르나우. 클레, 칸딘스키 등의 작가들이 모여 살던 지역.

칸딘스키도 처음 뮌헨에 왔을 때 알트의 소묘를 모델로 열심히 배웠다. 칸딘스키의 스승이 바로 알트였다. 나는 칸딘스키와 클레에 대한 연구를 더 자세하게 조사를 위해 무르나우 현지를 여러 번 왕래하고, 어떤 때는 이틀씩 묶기도 하면서 당시 청기사 그룹의 실체 현장 스케치도하며 명단을 입수해 연구하기도 했다.

(참고로 명단은 당시 참여하던 작가임.)

〈클레와 청기사 그룹〉

뮌헨 중심한 청기사 그룹을 표방하고 나선 작가는 클레 외에도 많다. 더 자세히 들여다보면 사실은 자주 만나 친하게 지내면서 서명은 안했지만, 동조한 작가가 많다. 클레와 마케가 거의 주인공이다.

참고로 클레(1879-1940)와 가깝게 그룹을 동조한 작가를 소개해본다.

-Grossmann. R 1882-1941. 독일 프라이부르그生. 판화가. 베르린 미술학교 교수.

-Ellasberg P. 1907-?. 뮌헨生. 판화가. 함부르그 미술학교 강사.

-Feininger L. 1871-1956. 뉴욕生. 함부르그 음악학교 다니다 미술학교로 전환, 화가로 입신.

-Genin R. 1884-1939. 러시아生. 뮌헨에서 작가 공방수업(privat Studium bei)하고, 베를린에서 활동.

-Jawlensky A. 1864-1941. 러시아生. 레빈에게 작가 공방수업하고, 뮌헨에서 화가활동.

-Bill M. 1908-? . 스위스生. 조각가. 독일 울름(Ulm)조형학교 강사.

-Kandinsky W. 1866-1944. 러시아生. 법률공부 하다가 1896년 뮌헨에서 미술로 전향, 바우하우스 교수.

-Leger F. 1881-1955. 프랑스生. 벽화 건축 도안에 관심 많음. 몽마르트 앞 교습소 화실.

-Marc F. 1880-1916. 뮌헨生. 화가집안에서 태어나 뮌헨미술학교 졸. 청기사 멤버.

-Munter G. 1877-1962. 베르린生. 칸딘스키 무르나우작품 143점 기증.

-Nebel O. 1892-1973. 베르린生. 칸딘스키에게 작가 공방수업하고, 뮌헨 정착.

-Nolde E. 1867-1956. tod. 스위스 성 갈렌. 디자인학교 교사. 청기사 멤버.

-Peiffer-Watenphul M.1896-? .남독 뷰파링겐生. 에센미술학교 교사.

-Petitpierre P. 1905-1959. 스위스 취리히生. 조각가. 양친이 독일인임.

-Reichel H. 1892-1958. 뷔츠부르그生. 뮌헨거주하며 클레와 절친, 여행도 같이 잘 감.

-Schlemmer O. 1888-1943. 수트트갈트生. 스트트갈트 미술학교 졸. 조각 및 무대예술가.

-Sonderregger J. 1882-1958. 스위스生. 판화가.

-Villon J. 1875-1963. 프랑스生 가스톤 듀상이 본명.

-Werefkin M. 1870-1938. 러시아生. 야브렌스키와 뮌헨과 무르나우에서 동거작가.

한편 뮌헨대학 자이츠(prof. Rudolf Zeitz, 1934-1996) 총장님을 잔트너 교수의 추천으로 뮌헨에서 수차례 만난 것도 매우 진지한 공부가 되었다. 자이츠 총장은 미술관련 연구는 저서와 논문조사를 통해 정서개발과 현장 실기 중심의 저서를 낸 분이다. 비교적 현장을 통한 실험연구가 많다.

독일은 초등학생부터 유아까지 화지를 A4용지 크기로 사용한다. 그에 비해 우리는 두 배 3배 이상 큰 화지를 사용하고 있음도 조사했다. 이 화지 한 장의 크기 비교가 한 아동 발달에 큰 영

뮌헨미술대 R.자이츠 교수. 옆모습과 정면. 우측은 디자인 전공 바샤 교수.

향을 끼친다. 예컨대 화지크기에 따른 표현의욕, 흥미유지, 체력한계, 시간속도 등 매우 중요한 과학적 분석자료다.

색깔 사용량을 조사했고, 한 아동이 그림을 그리는 시간대도 조사 됐다. 나날이 새로운 자료를 입수하게 되니 흥미가 더 생기게 되어 뮌헨까지 나의 행보가 넓혀져 갔다.

지도교수 잔트너의 소개로 몇 번 뮌헨에 가서 어렵사리 뮌헨예술대학 총장인 루돌프 자이츠 교수를 만나기도 했다. 힘들게 자료와 귀동냥을 했다. 자이츠 교수는 자료를 주는 것도 볼품없는 학생을 불쌍하게 여기는 마음이었겠지만, 한구석 나를 진지하게 보신 모양이다. 자료를 하나하나 챙기고 기록하는 나의 태도를 자이츠 총장님은 꼼꼼히 묻고 자세히 보셨다. 그러면서 구석에 쌓여

있던 자료도 챙겨주시기도 했다. 이분의 현장조사연구는 잔트너 교수와 함께 남독(南獨)에서 손꼽히는 분이다.

내가 처음 약속한 자이츠 교수를 뵈러 뮌헨대학을 갔다. 마침 엘리베이터를 같이 타게 됐다. 문이 닫히기 직전 한 여학생이 음료수병을 책에 받쳐 들고 황급히 엘리베이터 안으로 들어왔다. 급히 뛰어든 탓에 병이 넘어지려는 순간 총장은 야구 공을 받듯 재빨리 병을 받아냈다. 여학생이 감사하다고 하자 총장은 별거라고 했다. 나는 묘하게도 그 승강기 안의 풍경을 목격했었다.

나중에 총장실에서 내가 "총장님 동작이 빠르십니다" 하자 그는 "내가 키 작은 대신 몸은 빠르다"고 했다. 미술교육 논문에 대한 이야기를 많이 듣고 저서도 받았다. 자이츠 교수는 현장미술교육에 관련된 논문과 저서가 많고, 다정다감한 분이셨다.

자이츠 교수는 청소년 조형 활동에 관한 저서와 논문이 비교적 많았기에 뭔가 동심에 애정이 엿보이는 분이셨다. 여러 번 만나 뵙는 사이다 보니, 나는 서울과 뮌헨의 청소년 미술프로그램을 뭔가 만들어 볼까하는 생각도 했었다. 대머리풍의 아저씨처럼 생겼고 신경질 많은분처럼 느끼지만, 내심은 착하고 동심에 젖은 듯한 분이었다. 자주 만나진 못해도 편지로 왕래했었고, 내가 독일을 떠날 때 양국 간 청소년 미술협력 연구 얘기도 언급했더니 환영한다고 하셨다. 참고자료도 우편으로 제공해 주셨었다.

이 시절 프랑크푸르트대학 미술과의 한스 마이어(prof. Hans Meyers1912-2003) 교수와의 만남도 연구에 대한 많은 방법을 배웠다. 한 달 간격으로 자택(Darmstadt거주)을 방문해 마이어 교수님 작업실에서 작업도 같이 했다.

정년퇴임하신 뒤에는 나한테 며칠씩 본인 작업실에서 묶고 작업도 해보라고 하셨다. 넉넉하신 마음씨지만, 나는 사모님 눈치 때문에 하루 정도만 묵곤 했다. 외동 따님은 미국에 살고 두 노부부만 사셨다. 어떤 날은 시간이 많다고 하시며 근처 미술관이나 화랑에 동행하자고 부르시곤 했다. 1박 하는 날은 미술교육 논문에 관한 담소나 공부도 했다. 마이어 교수님은 연구논문 102편 발표하신 대단한 원로셨다. 나는 마이어교수님과 잔트너 교수님을 통해 득도(得道)랄까 베품과 자애(慈愛)를 평생을 통에 많이 배웠다.

마이어 교수님 자택 드나들던 때를 잊지 못해 10년 후 다시 찾아갔다. 가는 길에 못 보던 동상이 서있다. 등 굽은 노인의 모습이다. 그것도 참 인상적이어서 슬쩍 한 장 끄적거려 봤다. 우리 인생을 보여주는 거울처럼 다가옴을 느꼈다. 마침 비가 왔으나, 대충 완성된 뒤였다.

귀국 후에도 나는 잔트너 교수님을 비롯해 뮌헨대 자이츠 교수와 마이어 교수님 등 세 분과는 매년 연하장도 왕래 했다. 자이츠 뮌헨대 총장님과는 청소년사랑의 뜻이 잘 맞고 진행되어 1993년

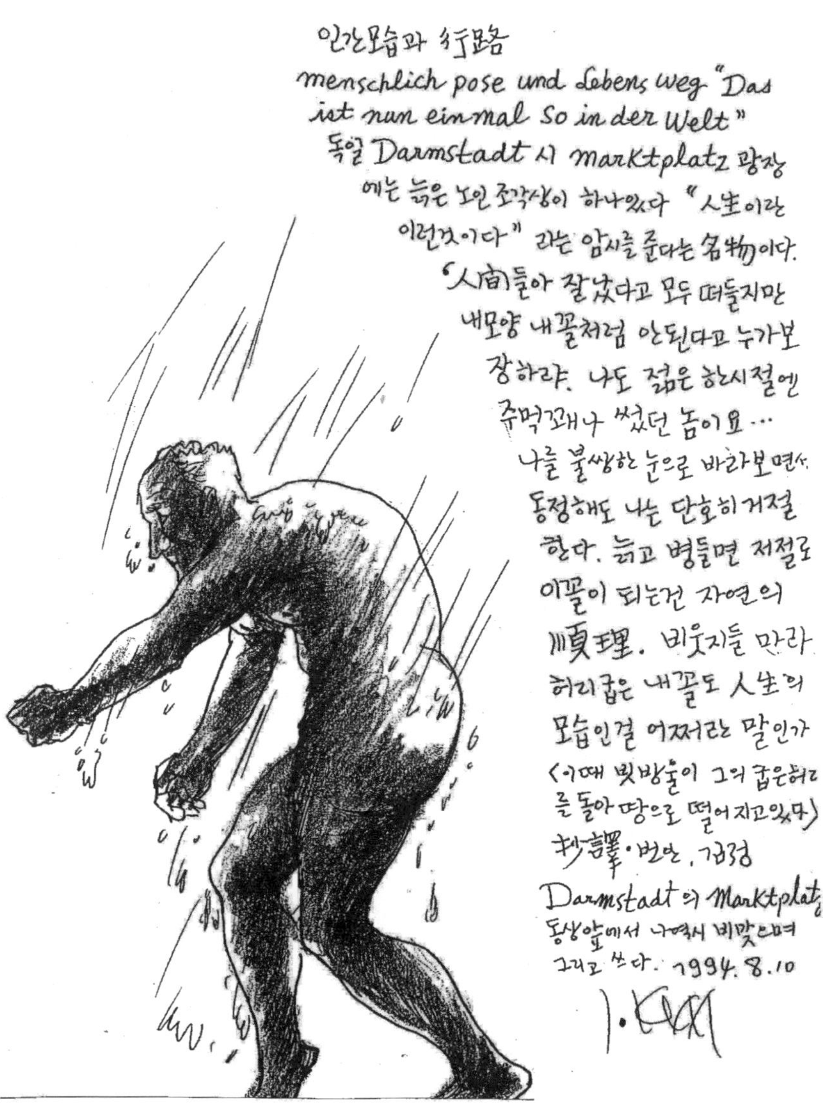

인간모습과 行路
menschlich pose und Lebens weg "Das
ist nun einmal so in der Welt"
독일 Darmstadt 시 marktplatz 광장
에는 늙은 노인 조각상이 하나있다 "人生이란
이런것이다" 라는 암시를 준다는 名物이다.
'人間들아 잘났다고 모두 떠들지만
내모양 내꼴처럼 안된다고 누가보
장하랴. 나도 젊은 한시절엔
주먹깨나 썼던 놈이요…
나를 불쌍한 눈으로 바라보면서
동정해도 나는 단호히 거절
한다. 늙고 병들면 저절로
이꼴이 되는건 자연의
順理. 비웃지들 말라
허리굽은 내꼴도 人生의
모습인걸 어쩌라는 말인가
〈이때 빗방울이 그의 굽은허리
를 돌아 땅으로 떨어지고있다〉
抄譯·번안,
Darmstadt의 Marktplatz
동상앞에서 나역시 비맞으며
그리고 쓰다. 1994. 8. 10

담스타트, 마이어 교수댁 가는길에 굽은 동상이 눈길을 끈다.

마이어 교수님 프랑크푸르트 작업실.

'서울-뮌헨 양국 아동 및 청소년 미술교류전'까지도 합의를 했고, 주한독일문화원 후원으로 추진하는 과정까지 이르렀다. 그러던 중 자이츠 총장의 1996년 갑작스런 별세로 중단됐다. 좀 더 일찍 양국 청소년미술문화 교류전을 할 껄 하는 후회를 했다.

그러나 마이어 교수님과는 계속 연락되어 마이어 교수의 저서 《독일의 미술교육》을 한국에서 번역 출판키로 합의 출간했다. 마이어 교수께선 인세도 받지 않으시고, 김정 자유로 하라고 말씀하실 정도로 깊은 사랑과 애정을 주셨다.

잔트너 교수님과 마이어 원로 교수님, 자이츠 총장님 등 세 분은 정말 나에게 인간과 예술과 학문에 귀감이 되시는 평생 스승님이셨다.

귀국 후 나는 한국의 미술교육을 연구를 어떻게 발

마이어 교수는 본인 저서의 한국어 출간을 위해
어떤 대가도 없이 필자에게 모든 권한을 주었다.

전시키느냐에 늘 고민을 했다. 한국은 과거 일본식 전인교육으로 익숙해졌고, 그것이 정서에 맞는 교육이 됐다. 예컨대 효사상이라는 장점도 있고 창조성이라는 기존 틀을 깨트리는 학습 성격 때문에 전통과 충돌하는 경우가 발생한다. 서양에서는 문제가 안되지만, 동양에서는 충돌로 인한 부작용도 있는 만큼 학문적 실험연구가 필요한 것이다.

서구식이 좋다고 하루아침에 적용하면 반드시 부작용이 생긴다. 그래서 학술연구단체를 중심으로 조용한 연구자세로 과학적 학문연구를 해야 하는 문제를 깊이 생각했다.

당시 필자는 이화여대 대학원 미술교육전공 석박사 과정지도를 했었고, 숙대, 경희대, 건국대, 세종대 대학원 등에 강의할 때였다. 전국엔 석박사 예체능계 출신들이 점차 늘어나고, 관련 연구 분위기도 서서히 확대되는 단계였다. 지역의 젊은 교수들도 연구모임 활동을 했다. 그 시절 이대 석박사 졸업생이 중심된 공식모임도 커졌고, 필자에게 참여를 희망해왔다. 관련 연구논문과 저서를 쓴 교수가 부족한 현실에서 필자가 회장을 맡으라는 것이다. 나는 부족해 사양했으나 거듭된 요청에, 현실을 이해하고 연구하는 자세로 참여를 수용, 1984년 한국조형교육학회를 창립했다. 초대 학회장을 필자가 맡으면서 정식 출범했다.

서독에서 수집한 필자의 자료와 국내연구 자료와 연계 및 응용가속이 붙었고, 자연스레 독일 학회 연구자료에서 많은걸 인용

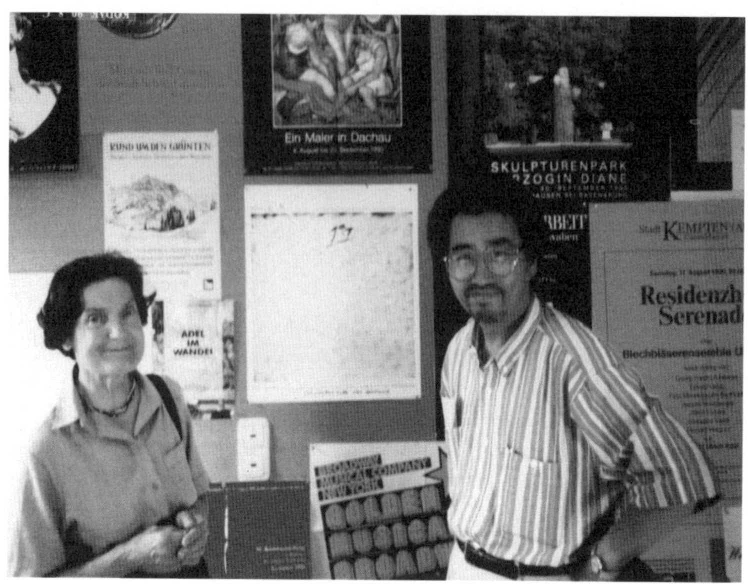

김정 독일 전시 때. 잔트너 교수와.(1990)

했다. 그러다 보니 우리학회 초기 활동은 바로 독일모델이었음도 숨길수가 없다. 그건 어쩔 수 없다. 우리는 연구논문이 극히 소수였는데 독일은 1인 교수가 30~100여 편을 쓴 세월이었으니…. 그 중간 역할은 내가 최선을 다할 수밖에 없다는 고민을 하다가, 결국 국내최초 학회논문집 1호를 창간발행하게 된 것이다.

미술 등 예술교육은 인간정서 개발이다. 참고로 서독에서의 미술교육 현장모습 단면을 잠깐 엿본다. 우리환경과 다를 수 있으나 정서교육의 장점은 환경적 분위기가 중요한 것이다.

민델하임 시립미술관초대, 김정 독일전에서 그 옆은 잔트너 교수.

책에서 볼 수 없는 아래의 독일 초-중고학교 예를 본다. 그렇다고 닮을 순 없다. 전통적 정서, 생활 등 문화차이가 있기에, 참고하며 국제적 정서로 맞춰가자는 것이다.

가령 수업하는데 갑자기 소낙비가 쏟아진다면 교사는, “여러분 잠깐만! 저 창밖의 요란한 빗줄기를 잠깐 봅시다. 물안개, 물줄기 돌풍, 모두 인간이 할 수 없는 자연의 힘을….” 라고 그때그때의 기분을 살려주며 멋지게 감성을 이끌어 낸다. 혹은 “이런 분위기를 그린 화가의 작품이 생각나는 학생 있냐?”고 말문을 열어 여러 사람이 공유하며 토론하면서 즐거운 찰나를 활용할 수

80년대 뮌헨의 렌바하우스미술관 앞에서 잔트너교수와.

도 있는 것이다.

그러나 이렇게 요란한 밖에도 불구하고 "딴 데 보지 말고 공부나 해"라는 교사와 비교해 보면 교육의 질은 큰 차이가 있다.

무한한 인간 두뇌개발과 정서 감정을 같이 가게 하는 노력을 잠깐 예를 본 것이다.

나도 박사공부 한다고 사전만 뒤적이고 학위를 땄다고 과연 만족했을 것인가를 생각해본다. 그건 아니다. 예술작업을 위해선 깊고 넓고 오묘한 자연을 따르고 더불어 인간과 같이 가는 것이 나의 길이라고 판단했다. 그런 결론이 나오니 나의 고달픈 일상이

WENN SIE MICH FRAGEN,
WARUM ICH KOREA LIEBE,
SO MUSS ICH ANTWORTEN,
WEIL ES DORT MENSCHEN WIE
KIM JUNG
GIBT UND WEIL DIESES LAND
AUSSERDEM EINE URALTE IM-
POSANTE KULTUR UND EINE VIEL-
FÄLTIGE, ZAUBERHAFTE LAND-
SCHAFT HAT.
UM JHNEN LAND U. LEUTE
VORZUSTELLEN, HABE ICH DER
AUSTELLUNG V. HERRN KIM JUNG
MEINE SKIZZEN, DIE ICH IM VO-
RIGEN JAHR IN KOREA GE-
MACHT HABE, BEIGESELLT. VIEL-
LEICHT STRAHLEN SIE ETWAS
VON DER FREUDE AUS, DIE ICH IN
KOREA EMPFINDEN DURFTE.
HERR KIM JUNG IST
MIR NICHT NUR ALS KÜNSTLER
SONDERN AUCH ALS KUNSTERZIE-
HER KOLLEGE. ER IST EIN WELT-
BERÜHMTER PROFESSOR DER
KUNSTERZIEHUNG, DER VIELE
BÜCHER GESCHRIEBEN HAT. ER
IST ES IN DER TAT UND MIT DEM
HERZEN. UM IHN GIBT ES NUR ZEICH-
NENDE KINDER, DA ER IHNEN BEI

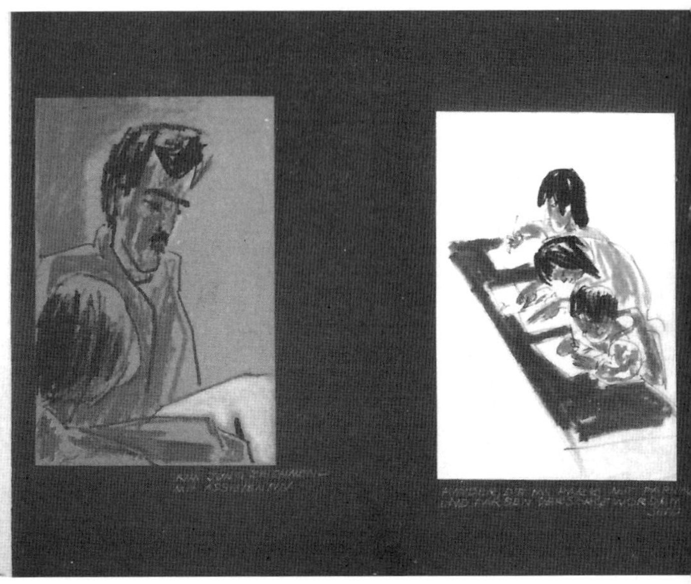

서울 여행 후 독일에서 서울스케치 展 여는 잔트너 교수. 김정 얼굴 보임.

차츰 즐거운 상황으로 변하는 걸 느꼈다. 그래서 지도교수와 논의 철학이 옳다는 결론에 도달하면서 나는 '스승님께 고맙고 감사함'으로 서독 연구 4년을 끝냈다.

스승 겸 모친은 편지도 정성스럽게 그리신다. 전·현직 시장님도, 매년 보내주신 분들께도 인간적 감사드린다. 필자의 아리랑 유럽전시 중 독일 전시만 잠시 본다.

독일에선 3회 초대전을 스승님들 생존 때 해주셨다. 그때마다 반가운분들 만났고, 1회는 1987년, 2회 1990년 3회 1997년, 매번 민델하임 시립미술관이었다. 특히 울름(Ulm)대학 홀즈바우어 교

Wir trauern um

Frau Professor Hilda Sandtner

Ehrenringträgerin

Die Verstorbene hat sich in besonderer Weise um die Stadt Mindelheim, den Landkreis Unterallgäu und den Bezirk S
hen verdient gemacht. Ihr fundiertes handwerkliches und kunstgeschichtliches Wissen, ihre künstlerische unermü
allem ihre Begeisterung waren wichtige Attribute auf ihrem Weg zur Gründerin des Mindel
des Stiftungsvertrages im Jahr 1984 und nach seiner Eröffnung im Jahr 198
Förderin stetig weiter entwickeln und vergrößern durfte.
t, die mit ihrer Schönheit und Eleganz ihre Sam
uz Erster Klasse des Ver
rden ausgezeichnet. Di
greiches Wirken mit der

Ein Leben für die Kunst

Professor Hilda Sandtner versto

Mindelheim (mg): In der vergangenen Woche verstarb die Gründerin des Schwäbischen Textilmuseums in Mindelheim, Profesor Hilda Sandtner im Alter von 87 Jahren. Professor Sandtner war zuletzt in einem Pflegeheim in Augsburg untergebracht.

Schon von Kindesbeinen an beschäftigte sich Hilda Sandtner, die in Kirchdorf im Unterallgäu aufgewachsen ist, mit Kunst. Ihre Ausbildung erhielt sie schließlich n der Kunstakademie in Münhen bei Professor Oberberger. anach war sie in Weiden am ymnasium als Kunsterzieherin tig, von wo aus sie schließlich die neu gegründete Fachhochule und spätere Universität gsburg berufen wurde. Neben Dozententätigkeit mit dem werpunkt textiles Gestalten, sterziehung und Werken, arite sie an eigenen Kunsten, wie bunten Glasfenstern Kirchen der Region, dem endium in der Stadtpfarr

bew, Ansch Untern Sandtn Ausland kamen zusamme Mindelhei dieser Sa zufangen w so das Texti ner-Stiftung, Sandtner Zeit intensiv betreut

Mittwoch, 12. Juli 2006
MZ · Nummer 158

Gründerin Textilmus gestorben

Trauer über de Professorin H

Mind Die Gründerin und delheimer Textilm Sandtner, ist gester Jahren in einem A storben. Ihr hat d Museum zu verda jekte aus aller W

Hilda Sandtne risbofen aufgew war ihr künstle den. So wurde akademie Mei berger, der di mus herausgeg leiter Christia die Familie

Mit Hilda Sandtner ist auch eine schaftliche Kämpferin für die Rechte de en heimgegangen. Wer sich als Frau i demischen Lehrbetrieb durchsetzt, ha einmal gesagt, der müsse besonders h den Erfolg kämpfen. Hilda Sandter w verheiratet. Ihren Haushalt hatte ih Schwester geführt. Die Verstorbene w ihres Lebens auch eine stolze Schwäbin rere Bücher mit schwäbischen Sprüch Witzen stammen aus ihrer Feder.

Im Rahmen der Vorabendmesse am tag, 15. Juli, wird um 18 Uhr in der Je kirche für die Verstorbene gebetet.

Hilda Sandtner ist gestern im Alter von en gestorben.

잔트너 교수 별세를 보도한 2006. 7. 12자 현지 신문.

수(미술평론)님도 2회와 3회 때도 오셔서 총평을 해주셨고, 동갑 친구인 마이어(E. Meier)시장님, 트리틀러(E. Trittler), 가브릴레(S. Gabriele)도 늘 따듯한 정과 마음을 현재까지 오간다.

덧붙여 내가 독일에 인연이 닿은 건 독일 사람들의 검소한 근면과 성실함이 나의 체질에 맞고, 베토벤 슈벨트 음악과 폴 클레, 에곤쉴레 미술에 매료된 게 전부였다.

1970년대 서독에 간 한국광부, 간호사의 부지런한 모습에 박정희 대통령도 만나 눈물을 흘리는 뉴스에 나도 눈물이 났다.

내가 아우스부르그 대학을 택한 건, 서봉연 교수(당시서울대 인문대. 작고)가 추천을 해줬다. 서 교수는 과거 함부르그대에서 학위를 받았던 원로교수. 서 교수와 잔트너 교수는 잘 아는 사이였다.

나는 서 교수가 후암동에서 당시 운영하던 '장애아 연구소'에 미술활동 자원봉사 주1회를 해주던 때였다. 나의 서독 꿈을 아신 서 교수님이 독일대학에 추천서를 썼다. 독일은 추천의 힘이 막강,

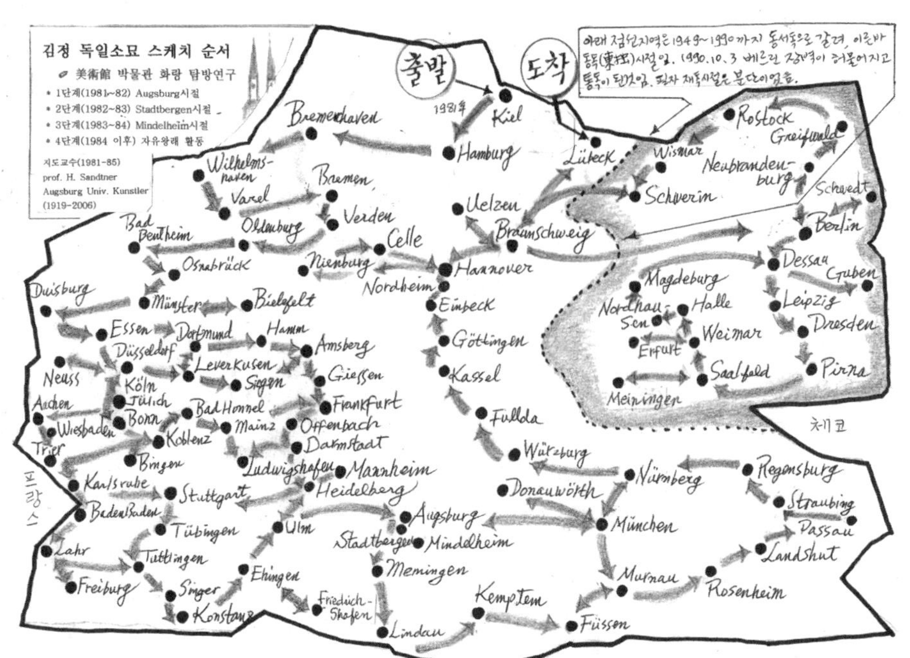

지도 교수님이 추천한 독일미술관(서독시절 및 통독이후 연속)현장 탐방순서, 계획의 60%만 달성함.

부정 없는 사회의 추천이 통했다. 입학하기 전 나의 소묘와 작품 10점 사진을 보냈고, 심사에서 합격된 상태였지만 다시 2차 현장 실기 테스트를 했고, 나의 면접과 즉석그림을 본 잔트너 교수는 바로 오케이 했다. 나중에 학과장 비서로부터 합격 통보를 받았고, 4년의 공부가 시작됐던 것이다.

잔트너교수솜씨의 연하장.

글을 마치며

SPRENGEL MUSEUM HANNOVER

Sprengel Museum Hannover · Kurt-Schwitters-Platz · 30169 Hannover

Mr. Professor
Kim Yung
J. Kim, 672-3 Yeok Sam-dong
Kangnam-Ku
135, SEOUL, Korea

Sachbearbeitung
DR. UDO LIEBELT

Telefon (05 11) 1 68 - 4644
Telefax (05 11) 1 68 - 50 93

Datum Jan. 24th, 1996

Hello, dear Prof. Kim Yung!

Just today I introduced our colleague Mrs. Kyu-Hyeong Park from the Sonje-Museum in Kyongju in our museum. In this occasion I remembered that I didn't answer your friendly greetings of May, 20th, 1992. It's a long time ago when I had the pleasure to serve in the National Museum of Contemporary Arts for museum education staff and for your organisation.

I hope you and your work is well. If you are travelling through Europe it would be a pleasure for me to meet you again. In opposite I would be glad to stay a new time in Seoul.

Short greetings from the icecold North of Germany,
with kind regards yours

LANDESHAUPTSTADT HANNOVER

'아트 가이드'

많은 분의 영혼 앞에 명복을 빕니다. 클레(Paul Klee), 꿈에서나 뵐 분이 운명의 장난처럼, 바로….

1950년대 중고교 시절엔 미술교과서에서 장승업, 장발, 고흐, 세잔느, 클레, 칸딘스키를 보며 지냈다. 나는 클레(Paul Klee 1879-1940)그림을 마치 동화그림처럼 좋아했다. 그 후 대학원석사논문도 〈클레의 회화적 추상성에 관한연구〉를 썼고, 여타에도 글 쓴 적이 있다. 클레를 좋아하다보니 클레 관련 책이 하나둘 모아졌다. 나를 평소 귀여워해주신 원로화가 박근자 여사도 69년 미국여행 때 "평소 클레를 좋아하는 거 같아 한권 사왔지"라며 선물을 주셨다. 내가 클레 좋아하는걸 아신 모양이다.

클레는 마치 먼 할아버지처럼 느꼈고, 클레는 아리랑을 어떻게 느낄까하는 괴짜 상상도 해본 적 있다.

1981년 나는 서독남부 아우스부르그 대학원으로 공부하러 갔다. 대학원 잔트너지도교수와 미술전공학위문제로 고민에 부딪혔다. 지도교수는 박사학위공부 권했고, 나는 학위보단 작가로서 석박사 융복합과정 공방작업을 희망했다. 의견 충돌은 한달간 힘든 고통이었다. 진통 끝에 내 의견이 수용, 박사학위 없는 1,2,3단계공방작업 4년 연구였다. 이것은 이른바 독일 화가의 아버지로 일컫는 알프렛 뒤러(A.Durer 1471-1528)가 그의 스승인 볼게무트(M. Wohlgemuth 1434-1519)에게 공방작업 수업 받던 최고수준 전통방식 모델이다. 지도교수는 '고생하면서 박사학위 않고 실기하는 건 드물다'고 하시며 인간적으로 받아 주신 듯, 내 손을 잡아주셨다. 박사 끝내면 바로 떠나는 게 보통모습인데, 인간적인 겸손의 모습이라는 말씀도 하셨다.

나는 판화 및 회화작업실은 지도교수와 공동 사용했고, 거처는 지도교수가 대학 앞 꼬마방 1년을 확보해주셨다. 그것이 1단계공방작업과정이었다. 비교적 아우스부르그와 가까운 지역이었다.

민델하임 미술관을 지켜온분들.

제1단계: 아우스부르그(Augsburg)연구. 2단계: 쉬타드베르겐(Stadt-bergen)연구. 3단계: 민델하임(Mindelheim)연구 등 모두 4년 작업과 답사연구다. 1, 2단계는 회화 및 판화작업 등 2년 연구. 3단계는 미술관 현장탐방 및 작가토론연구 2년이다. 당시 동서독 분단으로 서독 시절이였다.

잔트너 교수와 마이어 교수는 학회모임이나 전시 때 왕래를 하며 지내셨다. 내가 전시를 할 때는 마이어 교수도 민델하임에 내려오시기도 했다. 나는 두 분의 가르침에 젖어 무엇이던지 기록 했다.

재독시절 잊을 수 없는 주변의 고마운 분들.

힘든 1년을 이웃에 살던 나는 잔트너 교수와 퇴직하신 언니 등 두 노인자매의 자연스레 양아들이 됐다. 학위보단 인간우선이란 나의 행동에 잔트너 교수는 감동을 받았다고 했고, 내 모친 연령과 비슷했다. 언니도 퇴직교사 노파였다. 고생하는 내가 안됐는지 두 할머니는 어미 마음처럼 야채(Salat)도 가끔 갖다 주셨다. 나홀로 객지생활고에 비싼 야채 못 사먹는 걸 아신 듯. 당시 나는 영양이 나빠 치아가 빠지던 힘든 때였고, 현재 틀니는 그 시절이 원인이었다. 나 외에 조각전공의 양아들 말쯔(Maltz)가 있다. 그는 나와 동갑인 아우스부르그대학 강사다. 말쯔가 어렵게 대학 다닐 때 돌봐주셨던 잔트너 교수를 어머니라고 했다. 말츠와 나는 가끔 학교공방에서 3모자가 만나곤 했다.

3단계시절은 민델하임 연구다. 40분 거리 뮌헨의 렌바하우스(Lenbach haus)미술관을 자주가게 됐다. 렌바하우스는 독일 표현주의와 청기사 그룹의 멤버였던 칸딘스키, 클레, 마크, 마케, 뮌터 등과 깊은 관련 있는 미술관.

특히 클레는 젊은 시절 남독 무르나우를 오가며 작가 능력을 키웠다. 무르나우는 남독 알프스의 정취를 느끼는 곳. 여기엔 클레, 칸딘스키, 마크 등이 중심된 화가 작업촌이다. 결국엔 청기사 그룹을 낳게 한 무대였다.

그들은 시골에만 머물 수는 없어 밥벌이 때문에 가끔 뮌헨 등

도시로 나와 돈을 벌어야했었다.

그때 클레는 33세. 뮌헨에서 미술교습소를 했을 때 오버버거라는 17세 청년이 클레 화실을 드나들며 데생과 이론을 배웠다. 그 뒤 오버버거는 뮌헨대학을 졸업 후, 뮌헨대 교수가 됐다. 그런 오버버거 교수의 뮌헨대학 제자가 바로 나의 스승인 잔트너 교수였다.

따라서 스승→제자 관계를 보면, P.클레(1879-1940)→J.오버버거(1895-1968)→H.잔트너(1919-2006)→김정(1940-)처럼 된다. 다시 역순으로 보면, 김정→잔트너→오버버거→클레다. 결국 클레는 스승제자의 맥이다. 우연치고는 정말 놀라웠다. 나는 꿈같은 현실을 보고 한동안 멍했었다. 내가 청년시절부터 그토록 좋아했던 클레, 물론 두 단계를 거쳤지만…. 참으로 묘한 사제관계다. 이런 관계를 알고 당시엔 자다가도 벌떡 일어나 '이게 꿈이냐 생시냐'를 혼자 느끼며 마치 하늘의 뜻으로 받아들였다.

너무도 신기하고 흥분돼서 잔트너 지도교수에게 나의 청소년시절 클레 얘기를 하니, 들으시곤 '아하~ 정말 기적 같구나.'라며 내 손을 잡아주

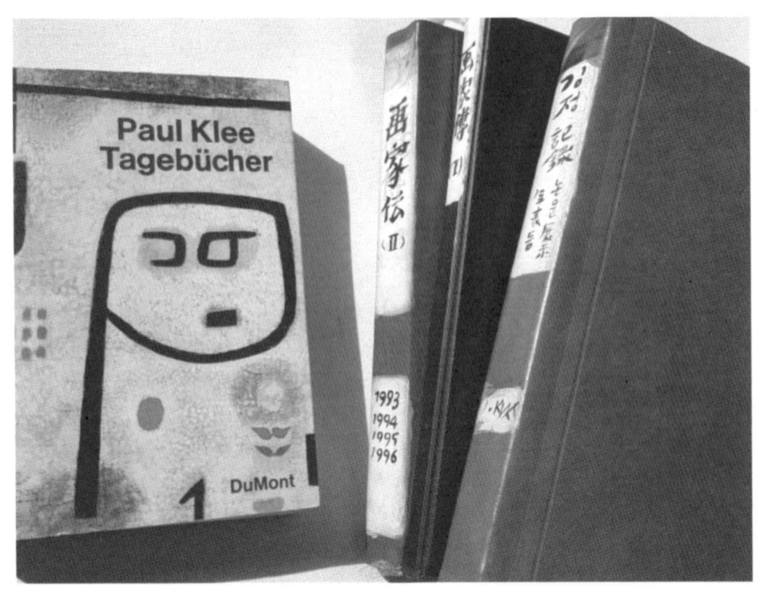

클레 일기장과 필자의 한국기록노트.

셨다. 나는 클레가 살던 남독 무르나우를 다시 가서 뮌터(G.Munter. 1877-1962, 칸딘스키 애인)의 집도 확인하고 봤다.

클레가 19살부터 쓴 일기(Paul Klee Tagebucher)는 독일화가의 소중한 연구사료도 됐다. 형식 없게 자유로 쓴 클레의 기록은 당시 화가들 인문학연구에 크나큰 보물이었다.

클레 기록은 나에게도 큰 자극이었다. 그 뒤 필자도 한국작가의 인문학적 연구하는 자세로 더 자세히 기록하게 된 것이다.

나의 재독시절 퀼른에서 공부하시던 권영필 교수님도 만나 하룻밤 신세 진 고마움도 있고, 프랑크푸르트 한국일보 남정호

90년대 50대 시절 역삼동작업실에서 김정.(정선 폐광 후 소나무 입체아리랑 제작)

특파원님에겐 며칠씩 묶던 감사함도 잊을 수 없고, 괴팅겐의 서수연 님도 감사한 마음이다.

필자 귀국 후 스승이신 잔트너 교수는 생전에 아들나라 방문을 희망, 1986년 4월 20일 내한하셔서 세종호텔 금강홀 한국조형교육학회 창립2주년기념 세미나에 참석, 격려말씀도 해주셨다.

서울남산 경복궁 용인민속촌 등 여행 겸 스케치도 하시고 며칠 쉬시면서 지내셨다.

경복궁을 보시곤 지붕 처마 끝의 곡선이 매우 멋있는 곡선 리

잔트너 교수의 서울 체류 기간때, 서울, 민속촌 등 관람 및 스케치.

듬을 느끼신다며 칭찬하셨다. 과장이나 요란하지 않고 자연스런 멋이라면서 일본이나 중국과는 다른 선흐름 멋 정신이 깃들어 있다고 하셨다. 유럽에선 곡선의 힘이 좀 부자연스러울 때가 있으나, 여기는 완벽한 감정 같다고 하셨다. 창덕궁, 창경궁 국립박물관, 용인 민속촌 등 12일을 체류하신 뒤 귀국, 민델하임 시립미술관에서 서울모습 그리신 걸 정리하셔 '한국스케치전' 을 하시기도 했다.

아들나라의 소중한 모습이라면서 독-한, 한-독, 양국친선의 애정을 드로잉으로 보여주신 뒤, 2006년 88세에 타계하신 큰 스승이며 여류작가셨다.

모젤 와인 회화제 서울전 오픈 때 주한독일대사 H. 울리히 자이트, 김정, 독일작가(좌부터)가 담소를 나누고 있다.

내가 많은 분들의 도움으로 여기까지 온 것이기에 평생 감사한 마음으로 지낸다. 그 마음으로 한국과 독일 젊은 작가를 위해 나름대로 발전적 모색도 해 봤다. 한독작가 드로잉 전시, 한독작가 교류전 시립 미술관 전시, 한독 공동출품초대 모젤와인 특별전(2011), 한독조형전(2010) 등을 추진, 시행해 왔고 국립현대미술관, 주한독일 문화원 공동주최 '미술관 교육과 미술 교육 세미나'(1992.4.21)에 하노버 미술관(Springen Museum)의 리벨트 교수와 접촉, 한독미술세미나도 시행시켰다. 작지만 사회에 보답하고자 노력을 했을 뿐이다. 한독협회 이사로(김우중 회장 시절) 그동안 행

서울 양재동에서 우연히 만난 독일 관련 3인. 즐겁게 점심하고 한 컷 찍음. 좌부터 최종고 교수, 김정, 남정호 뮌헨 거주 전 한국일보 독일특파원.

사 때마다 도와주었던 주한 독일문화원 및 주한독일대사님들에게 감사를 드린다.

월간 서울아트가이드 2년 반 연재를 끝내면서 언급치 못한 김원, 김화경, 박길웅, 변영원, 유영국, 정병관, 하동철, 한풍렬 님께 아쉬움 남긴 채 마친다. 지나간 수첩 기록을 뒤지고 찾느라 필자도 힘들었지만, 먼저 가신 작가 분들의 뜻을 잘 헤아렸는지가 마음에 걸린다. 정성들여 미술 인문학에 기초다리라도 세워놓고 싶은 마음이었으니, 나머지는 후배여러분들이 더 잘 연구하셔서 보다

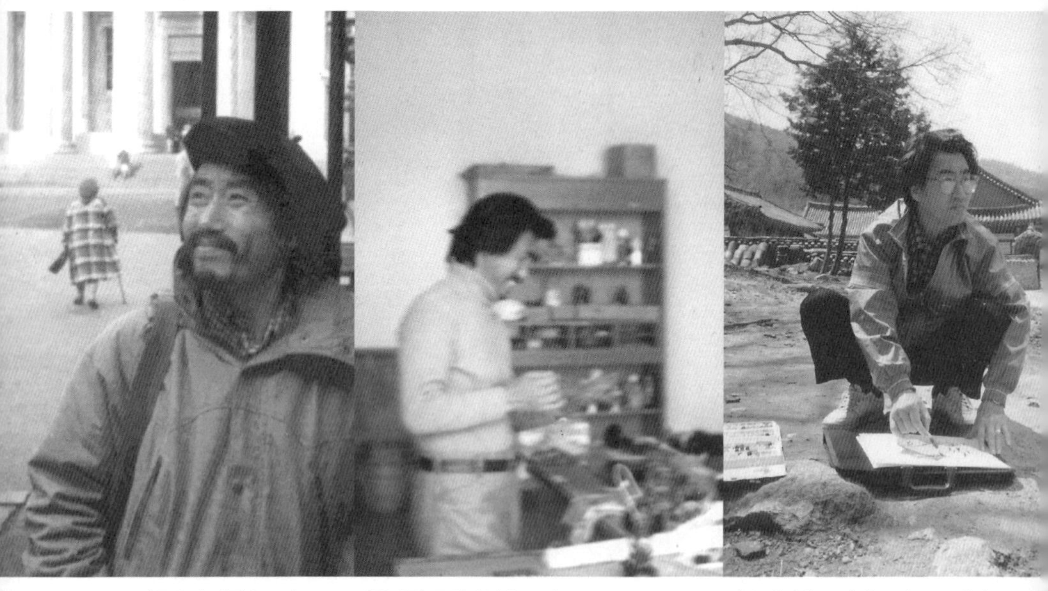

서독초기 시절.(1981) 서독시절 공방작업.(1984) 전국 아리랑 고장및 소나무 스케치.(1990

훌륭한 문화강국으로 뻗어가는 미술인문학의 기초가 되기를 바랄뿐이다.

본인 외에 다른 작가들의 얘기를 썼기에, 오늘은 본인의 간단한 모습을 보면서 조용히 정리하며 지내겠습니다.

미술계 외에 언론 법조 문학 등 각계 여러분이 '본 연재는 화가를 뛰어넘는 한국문화의 소중한 숨은 얘기로 흥미 있게 읽었다'며 격려 주셨고, '미술 인문학의 새로운 관심분야를 개척했다'는

통독직후 바우하우스 방문조사연구. 2000년대 작업실. 최근 작업실.

문화계 원로 분들의 격려말씀도 정중하게 받아들이며 감사드립니다. 한편 개인의 사적인 정보 부분은 가능한 피하며 조심 하느라 노력했고, 혹시나 불편을 드렸다면 죄송합니다.

한국적인 정서를 크게 봐서 문화로 언급한 점에 깊은 양해를 부탁드립니다. 또한 평소 그려둔 작가모습 스케치가 있으나 못찾아 부득이 게재치 못한 점도 이해를 바랍니다.

書評

한국인의 지혜를 찾는 원로 화가의 연구

-폭넓은 미술문화 발전위한 소중한 인문학적 관찰-

이주연 교수

1. 기록의 중요성을 몸소 실천하는 화가

이 저서는 김정 작가가 삶 속에서 스승, 선배, 친구, 후배로서 만난 우리나라 혹은 다른 나라 미술가 총 52명의 모습과 일화들이 장장 50여 년이라는 세월에 걸쳐 기록한 자료들을 모은 것이다. 이 자료가 기록으로 존재하지 않았다면 우리는 그들의 인간적이고 따뜻한 모습, 알려지지 않은 선행들을 절대 알지 못했을 것이다. 그래서 이 저서는 귀중하며 뜨거운 감동을 전해준다. 기록을 통해 우리는 미술가와 그들의 삶을 자연스럽게 이해하게 된다. 우리가 다른 자료로서만 접했던 미술가들의 공식적인 언행이 아니라, 그들의 자연스러운 모습들, 대화, 뒷이야기, 숨은 선행, 감동적인 사연, 여행 등의 기록들은 그들의 예술 세계와 밀접하게 연계되기에 귀중한 자료가 아닐 수 없다. 마치 반고호의 힘든 생활을 이웃의 동네 의사가 한두 줄 부분적으로만 기록해 놓은 것이 훗날 귀중한 자료로 인정되는 것처럼 말이다. 오늘의 작은 기록도 시간이 지나고 나면 역사가 된다는 것을 김정 작가는 알고 있었던 것이다.

김정 작가도 여러 편의 연구에서 언급한 바 있듯이, 우리 민족에게 부족한 것 중 하나가 바로 기록의 중요성을 간과하는 것으로, 우리의 훌륭한 문화예술을 기록하지 않기 때문에 잊어버리거나 잃어버리는 것들이 많다. 김정 작가는 기록과 자료의 중요성을 그 누구보다도 이해하고 연구하며 몸소 실천해온 미술가이다. 특별히 2017년 장욱진 탄생 100주년을 맞아 양주시립장욱진미술관의 발전을 기원하며 장욱진에 대한 애정과 존경이 담긴 장욱진 초상 드로잉 62점을 기증한 것을 봐도 알 수 있다. 이 드로잉들은 1967년부터 1989년까지 25여 년 동안 장욱진 작가와 함께 그룹 동인전 활동을 하면서 그린 초상 드로잉이기 때문이다. 사람들은 50여 년간 소중히 간직해온 드로잉을 아무런 조건 없이 기증한 것에 놀라지만, 사실 그것보다 더 놀라운 점은 바로 그 당시 현장을 인물 중심으로 기록했다는 것이고, 그것을 지금까지 보관하고 있었다는 사실이다. 본 저서도 같은 맥락에서 김정 작가가 기록의 가치와 이를 보관하는 것이 얼마나 중요한 것인지를 다시금 확인해주는 결과라고 할 수 있다.

미술가로서 김정 작가는 작업 전에 드로잉 노트나 낙서장 같은 기록장에 반드시 기록을 하는데, 이는 작품 제작을 위한 최초의 아이디어가 방향을 잃지 않도록 하기 위해서이기도 하지만, 작품 제작을 위한 다양한 아이디어를 기록으로 남기기 위해서이다. 김정 작가가 기록에 관심을 갖고 연구하게 된 배경에는 독일의 파울 클레 연구가 발단이 되었다. 19세부터 일기를 쓴 클레는 점차적으로 주변 화가들의 일상 모습을 그림과 글 등의 기록으로 남겼는데, 특별히 그들이 삶을 살아가는 독자적인 방식과 행동에 각각 특징이 이 기록에 남겨져 있기 때문이었다. 또한 이 그림과 글에는 이를 그린 클레 자신의 개성과 성품 등을 함께 발견할 수 있었는데, 세상을 보는 클레의 따뜻한 시선과 삶을 관조하는 모습에서 김정 작가는 큰 감명을 받은 것으로 전해진다. 그런데 김정 작가의 스승이 잔트너 교수이고, 잔트너 교수의 스승이 오버버거이며, 오버버거의 스승이 바로 클레라고 하니, 이런 기막힌 미술가의 전통이 사제 관계를 통해서도 이어져 내려오고 계승된다는 점이 흥미롭다.

2. 우리 민족의 정서를 기록하고 작품으로 남기는 아름다운 화가

김정 작가는 전국을 다니면서 소나무 스케치를 어마어마하게 많이 그린 아리랑 화가로 유명하다. 스케치의 양은 상상을 초월한다. 김정 작가가 아리랑과 소나무에 취하게 된 동기가 있다. 때는 바야흐로 1961

년 강원 양구 최전방 보초병 시절 멀리서 농민들이 흥얼대는 아리랑을 들으며 부모님 생각에 눈물짓던 군대 첫 1년은 지겨운 세월이었으나, 아리랑을 2년째 듣게 되면서 차츰 관심이 생기게 되고 3년째 제대 무렵에는 아리랑 애호가가 되었다고 한다. 그 후 영월, 강릉, 속초, 삼척을 시작으로 문경, 영천, 서산, 충주, 정읍, 나주, 진도, 해남, 마산, 울산, 부산, 제주 등 전국의 소나무와 아리랑을 찾아다닐 정도로 아리랑과 소나무의 매력에 빠지게 되었다고 한다. 김정 작가에게 있어 각 지역 아리랑 전수자의 노래와 주변 소나무를 찾아 지역적인 노래의 특징과 환경이 어우러지는 느낌을 어떻게 시각적으로 표현해내는가는 연구의 큰 과제였다. 아리랑의 경우 태백산 줄기를 따라 강원도-충청도-경상도-전라도로 흘러가는 형상이었고, 지역마다 음색이나 고저, 떨림 등이 조금씩 달라짐을 기록하였으며, 음률과 지역의 환경 언어 구조 및 풍물 등도 함께 스케치하며 연구하기 시작하였다. 아리랑을 불러보는 것도 중요하지만, 그 속에 담긴 다양한 배경 요인과 정서를 함께 관찰하고 찾아나가는 태도는 미술을 기록하고 자료로 남기는 김정 작가의 평소 모습과 다르지 않았다. 따라서 김정 작가의 아리랑은 아리랑만을 일반적으로 표현하는 것과는 성격이나 출발부터 다른, 우리 민족의 정서를 기록하고 작품으로 남기는 점에서 차별화된다고 할 수 있는 것이다.

3. 예술적 미술 발전을 위한, 인문학적 연구의 필요성을 보여준 교수

과거 우리나라에 학교미술교육을 담당한 미술가들은 순수 미술가 육성이나 기술적 테크닉에 관심이 있을 뿐, 미술이 인간 정신에 어떤 영향을 미치는가의 관점에서 미적 감성과 정서적 조형교육 분야 탐구에는 관심이 적었다. 그러나 김정 교수는 미술교육을 포함한 예술교육은 '인성교육과 더불어 미술실기와 인문학적 이론이 통합적으로 융합되어야 한다'고 생각하였다. 미술 실기와 인문학 이론을 바탕으로 기술이나 기능 이상의 것들이 논의되어야 한다는 원칙을 갖고, 실기와 인문학, 인문학 이론을 융합하는 주장을 논문을 통해 펼쳐나갔다. 그의 이러한 노력들은 1984년 조형교육 분야에서는 국내 최초로 한국조형교육학회(韓國造形敎育學會)를 창립하는 계기가 되었으며, 김정 교수는 학회의 초대회장으로서 학술 세미나를 개최하였고 논문집인 조형교육(造形敎育)을 정기적 발간하는 등 미술의 이론적 접근에 대한 무관심과 몰이해, 재정 부족 등으로 힘든 속에서도 '미술에서의 실기와 인문학에 대한 연구'를 지속하였다.

미술가로서 한국조형교육학회를 구상하고 이를 실제적인 창립으로 이끈 것은 대단한 일이었다. 당시 미술교육은 실기 담당 교수들이 맡았는데, 실기와 이론이 융·복합된 분야로 인식되도록 노력한 김정 교수에게 주변의 무관심은 큰 벽이었다. 그러나 고맙게도 박고석, 최덕휴, 유경채, 이구열, 전상범, 이대원, 이경성, 임영방, 이종무, 김서봉, 박철준 등 원로 미술가들이 지원을 아끼지 않았다고 하는데, 그분들도 앞으로의 미술, 미술교육을 포함한 조형교육이 지금과는 다르게 향할 것을 이미 알고 있었다고 생각되며, 김정 교수가 이를 솔선수범해서 나서는 것에 대하여 후반에는 고마운 마음까지 가졌을 것으로 추측해본다. 초창기 한국조형교육학회가 경제적으로는 어려웠으나 운영 체제가 매끄러웠던 것은 김정 교수가 남긴 기록과 자료에 근거하여 학회 회원 간 소통과 이해로 학회를 이끌어갔기 때문이었다. 기록의 의미를 이해하고 국내 최초로 조형교육 관련 학회의 논문집을 정기적으로 발행, 배포한, 또한 누구나 지식을 공유할 수 있도록 소통의 중요성을 몸소 실천해온 미술가이자 인문학자, 그가 바로 김정 교수이다.

4. 모두의 존경과 사랑을 받는 화가이자 교수

한국조형교육학회는 2014년에 30주년을 맞이하여 현재는 명실 공히 가장 활발하고 우수한 학회로 성장하였다. 창립 초기에 논문집을 한 해도 거르지 않고 지속적으로 발간하는 학회는 한국조형교육학회를 제외하고는 한곳도 없을 정도로 20세기 학회의 운영은 열악 그 자체였다. 한국조형교육학회는 2000년부터 한국연구재단(舊 한국학술진흥재단)이 시행된 한국의 학술지 논문 인증제에서 그 당시 전국 500여 학회 중 예체능 계열 학회 학술지로는 최초 유일하게 학회지 논문 인증을 받았으며, 지금까지 등재 학술지를 발행하는 우수한 학회로 인정받고 있다. 국제적으로는 전세계미술교육학회(International Society of Education through Art, InSEA)와 오랜 연합을 맺고 있는데, 2017년에 3년마다 개최되는(2017년부터는 2년마다 개최) 인시아 세계대회(InSEA World Congress)에서 한국조형교육학회가 가장 선두에서 공동 주관하기도 했다. 한국조형교육학회는 김정 교수의 뜻을 받들어 2016년부터 김정학술상을 제정하여 한국 미술교육 발전에 기여, 탁월한 교수를 선발하여 그 공로를 인정함으로써 우수학자들의 연구 의욕을 높이고 미래 조형교육 분야 발전을 도모하도록 하고 있다. 모두의 존경과 사랑을 받는 화가이자 교수, 그가 바로 김정 작가이다.

이주연 /미술교육. 철학박사,

경인교육대학교 교수, 한국조형교육학회 고문, 한국문화예술교육진흥원 이사

Korean Arirang artist and professor who has been committed to researching humanities

This book is meaningful as it is an honest and straightforward record which unfolds while the author looks back on his past, who is the painter and professor Kim Jung that has made remarkable achievements in both theory and practice. Like Paul Klee he has particularly respected, professor Kim Jung is a strict artist who continues making academic efforts as well and sets an example for other professors by approaching arts in an academic and educational manner as well.

Jooyon LEE, Ph.D

professor, Gyeongin National University of Education. advisor, Society for Art Education of Korea. Board of Trustee, Korea Arts &Culture Education Service